黄塵の彼方

三浦由太
Yuta Miura

文芸社

黄塵の彼方　目次

黄塵の彼方

辺見との出会い

昭和二十年八月十五日、その日は日本国内も全国的に炎暑晴天だったようだが、北京も一点の雲もなく晴れ上がった炎天であった。私は、北支軍（北支那方面軍）の嘱託として、北支（華北）の各種産業の増産計画、生産督励に従事していて、軍司令部前で終戦の「玉音放送」を聞いた。

茫然自失《ぼうぜんじしつ》の体《てい》の人もいたし、人目もはばからず泣き崩れる軍人もいたが、私はそんなに驚きはしなかった。戦局が押し詰まっていたのは知っていた。私は昭和二十年の初めのうちに、いやがる家内を説き伏せて、家族を日本に帰していた。配給も滞りがちで連日空襲にさらされる本土からみれば天国のような北京にいて、勝った勝ったという軍の発表ばかり聞かされている家内が帰国したがらなかったのも無理はないが、私は昭和十九年に内地に一時帰国した時に、軍中枢部の親しい友人から戦局の実情を聞かされていた。終戦の時も、「やっぱりそうだったか」というのが私の偽りのない感懐だった。

驚いたのは、たちまち北京の町中《まちじゅう》が青天白日満地紅旗《せいてんはくじつまんちこうき》で埋まったことだ。よく見ると、どれも新品ではない。大きさも不ぞろいだ。竿も長短まちまちである。各家々にしまってあったのだろう。日本軍が北京を占領したのは昭和十二年七月の支那《しな》事変開始から間もなくのことだった。以来八年間、この国旗を掲揚することは禁じられていた。掲揚ばかりでなく、単に所持していることが発覚しただけでも反日分子として厳しく追及されたであろう。それを八年間、各戸でタンスの奥にしまっていたのだろう。誰一人失くした者がない。いつの日かこれを掲げる日がやって来ると思っていたのだ。それが八年でなく、十年でも、二十年でも、いや、五十年でも百年でも、中国人は自分たちの国旗を掲げる日を黙って待ち続けただろう。彼らは三百年満州族の王朝に支配され続けた間も、だまって頭を下げ続けて、三百年後に清朝が倒れるまで待ち続けたのだ。

「勝った、勝った」と叫ぶ中国人の顔には、安堵《あんど》と喜びの表情があふれていた。それは待望久しかった日本軍による占領状態からの解放の喜びであり、その根底には蒋介石主席が率いる国民政府への期待と信頼があった。

「玉音放送」の前に、蒋介石は、中国国民に「汝《なんじ》、己《おのれ》の如く人を愛せよ」というキリストの山上の垂訓を引用して、

「われわれは報復を考えてはならず、まして敵国の無辜《むこ》の人民に汚辱を加えてはならない。

もし暴をもって、かつて敵が行なった暴に報い、奴隷的辱《はずかし》めをもってこれまでの彼らの誤った優越感に報いるなら、報復は報復を呼び、永遠に終わることはない」と呼びかけた。これは「以徳報怨《いとくほうえん》（徳をもって怨みに報いる）」演説と呼ばれて評判になり、日本人居留民の間でも敬意と感謝の気持ちを呼び起こした。そして私たちも、永遠の日中友好関係を誓ったものである。

私たちは、終戦を機に新中国が世界の近代的な強国の仲間入りをして堂々と門出するものと期待し、日本国民として協力を惜しまない気になっていた。ところが、十月に日本軍の全部隊が武装解除されたその途端、北京城内は百鬼夜行《ひゃっきやこう》の恐怖の町と化した。略奪、暴行、日鮮人・漢奸《かんかん》（中国人で敵に通じる者）狩りが一大旋風となって吹き荒れた。在留日本人は戸を固く閉ざして戦々兢々《せんせんきょうきょう》の日々を送るようになった。

人力車夫が政府軍兵士の格好をして金持ちの家に行って、漢奸の嫌疑をかけて脅迫し、大金を奪っていくといったような事件も頻発した。日本人で多少裕福と見られると、戦争犯罪の事実の有無にかかわらず逮捕され、釈放には大金を積まなくてはならないとうわさされた。

こうしたあわただしい混乱のなかで、日本人居留民の引き揚げが開始された。中国人の海外居留民を「華僑」というように、支那語では日本人の海外居留民を「日僑《にっきょう》」という。

私は北京の日僑自治会の役員に推され、朝から夜まで多忙な引き揚げ事務に没頭した。

引き揚げ事務に忙殺されているうちに、昭和二十年も暮れて、二十一年を迎えた。いちばん危険の多い、北支那開発会社と華北交通の独身女性たちの帰国が終わったので、私たちはほっと一息ついて、今度は生活困窮者や住宅を失った人たちの帰国準備にとりかかろうとしていた。その矢先に私は中国憲兵隊に逮捕された。

私が増産計画で華北各地を飛び回っていた間に、中国人の下僚を殴打したというのだ。私にはまったく覚えがない。私は華北農民の食糧増産のために、肥料を調達したり水利を調整するなどできる限りの尽力をしたし、軍部が作物を強制的に徴発しようとするのを、それでは占領地農民の反発を買って共産勢力の拡大に道を開くだけだとして、過酷な徴発をやめさせようとしてきた。それは華北の農民自身がよく知っているはずだ。

私に殴打されたという中国人の名前を聞いても教えないし、いつどこで殴打したのかということも教えない。尋問にあたる検事自身、私の嫌疑の具体的内容を把握していないようだった。

その日、私は初めて監獄というところに入れられた。そこは以前は日本軍の監獄だったらしい。終戦までは中国人の反日分子を入れていたのだろうが、それがすっかり釈放されて、今度は日本人戦犯を拘留しておくのに使われているわけだ。六畳か八畳ぐらいの広さの小室に頑丈な木製の扉がつけられて監房になっていた。もともとは独房だったようだが、だんだん戦犯として引っ張られる人が増えてきたらしく、私の監房には先客がいた。

分厚い綿入れの上下を着込んで、古毛布をかぶって、布団《ふとん》を敷いた床に座っている。私は軽く会釈をして名を名乗った。

「藤堂隼人《とうどうはやと》です。どうも、今晩は」

私が入って行っても身じろぎもしなかったその男は、挨拶《あいさつ》を聞いて毛布を頭から下ろして顔をのぞかせた。半白の頭に、顔には深いしわが刻まれているので、老《ふ》けて見えるが、おそらく六十は超していないだろう。

「おお、君も日本人か。僕は辺見だ。辺見健一《へんみけんいち》という」

「日本人かって、ここには日本人以外も入れられているのですか？」

「ああ、漢奸が収容されている。数日前まではここにも一人いたぜ」

「その人はどうしたんですか？」

「どうしたって、処刑されたんだろう。漢奸の運命なんてみな同じだろう」

私は、辺見がこともなげに発した「処刑」という言葉に、背筋がぞっとするような恐怖を感じた。北京の冬は寒い。火の気のない監房のなかときたら、凍りつくような寒さだ。恐怖を感じると同時に、協和服（満州国の国民服のようなもの）しか着ていない私はがたがたとふるえた。私は、少し申し開きをすれば釈放されるつもりで、なんの準備もなく逮捕されてしまったのだ。

「その格好では寒いだろう。だが、ここでは看守も呼べばいつでも来てくれるわけじゃない。僕は綿入れを着ているから、毛布は君が使うといい」

辺見は毛布を私に譲ってくれた。一枚を折りたたんで床に敷き、残り二枚をかぶってみたがやはり寒い。

「どうしたって寒いな。君、二人で押しくらまんじゅうでもするか」

「そんなことして看守にとがめられないですか？」

「大丈夫だ。日本の監獄と違って、その辺は中国の看守はゆるふんだ。もし看守が来たら、そのときには毛布を入れてくれるよう頼めるじゃないか」

押しくらまんじゅうなんて、子供のころ以来やったことはないが、とにかく寒いので二人で毛布にくるまってぐいぐい押し合いをした。そのうち息が上がってしまうころには、ようやく暖かくなってきた。さすがに大人二人が押し合いをしている音は周囲にひびいて、看守が何事かとやってきた。寒くてやりきれないので運動したのだと説明し、支那語で、

「請給《チンゲイ》我《ウォー》被子《ペイズ》（毛布をください）」

と頼んだら、

「杯子《ペイズ》在那儿《ザイナール》（コップはあそこにある）」

と言われた。

監房の扉の反対側に向かって左に小さな洗面台があり、そのわきに棚がとりつけてあってブリキのコップが置いてあった。辺見が、

「不是杯子《プーシーペイズ》、給他被子《ゲイターペイズ》（コップじゃない、毛布をくれ）」

と口をはさんだ。

支那語では、同じペイズという発音でも、声調《イントネーション》が違えば違う意味になる。日本語の「箸《はし》」と「橋《はし》」みたいなものだが、支那語の場合は四声《しせい》といって、声調が四つあり、それぞれ別の意味になる。日本人にはこれが非常に難しく、ときに間違えるのである。辺見に言われて看守はすぐにわかって毛布を持ってきてくれた。

「辺見さん、支那語がべらぼうにうまいですね。私は満州事変の翌年、大学を出てすぐ、

昭和七年に中国に来たからもう十五年になる。何年中国で暮らしても支那語はさっぱりできない日本人が多いが、私は北京の語学学校で数年本格的に仕込まれた。北京官話（中国語の標準語）については、北京に初めてやって来た中国人のおのぼりさんよりずっとうまいつもりです。その私でもちょっとした拍子《ひょうし》に四声を間違うことはある。あなたの支那語は支那人以上だ」

「ハハ、僕は生まれが満州だからね」

「えっ、お見受けしたところ、私よりは年上のようですが、日露戦争より以前には満州に住んでいる日本人はほんのわずかだったはず。もし、失礼でなければ、事情をうかがわせていただけませんか」

その初老の辺見と名乗った男は、少しの間瞑目《めいもく》して沈黙した。そして目を開いて遠くを見るような目つきになって言った。

「いいでしょう。どうせたぶん僕は生きてこの監獄を出ることはない。誰か日本人に僕が生きてきた人生行路《こうろ》を語っておけるなら、語っておきたいと思っていた」

辺見の語る話は、驚くべき内容だった。私はこれを記録することにした。

房のなかの生活はきわめて自由で、私たちがなにを話していても看守がとがめることはなかった。欲しいものがあれば、金さえあれば看守がなんでも買ってきてくれた。もっとも、金額の半分ぐらいはピンハネされる。私は面会に来てくれた友人に、お金と衣類と筆記用具を差し入れてもらった。さすがに金属製品を房内に入れることは許されなかったので、ノートと鉛筆を入れてもらい、鉛筆削りは些少の金を渡して看守に頼むしかなかった。

生い立ち

「さて、なにから話そうか」

辺見は口ごもりながら話し始めた。

「そう、僕がどうして満州で生まれたか、ということだったな。父は馬賊《ばぞく》だったんだ」

「えっ、馬賊？　馬賊って、あの……」

「そう、日本人の間では『馬賊の歌』で有名だな。

『俺も行くから君も行け
狭い日本にゃ住み飽《あ》いた
海の彼方《かなた》にゃ支那がある

支那にゃ四億の民が待つ』

っていう、アレだ」

辺見の話は、ノートにメモしながら聞いたわけではない。だいたい、このノートが差し入れられるまでに数日かかっているので、それまでに話はずいぶん進んだのだ。私は辺見の話をある程度聞いてから、筋が通じるようにまとめて記載することにした。

辺見の話は続いた。

馬賊というと、馬に乗った盗賊というイメージかもしれないが、中国の辺境は非常に治安が悪いんだ。中国の歴史は、農耕民族の漢民族と北方の遊牧民族との抗争の歴史みたいなもんだ。満州なんて、もともと遊牧民が住んでいたところに、漢人が移住して遊牧民の放牧地を耕していったようなものだから、抗争は起こるに決まっている。しかも、清朝はもともと満州族の王朝で、満州族の故地で漢族の勢力が増え過ぎるのを好まず、漢族の移住を禁止した。いわゆる満州の封禁《ふうきん》だ。だが、効果は上がらず、漢人は山東半島から海を越えて満州へ渡った。ところが、移住はタテマエとしては禁止されているんだから、政府による庇護《ひご》は受けられない。漢人の移民は、満州辺境から砂漠を越えて襲ってくる略奪者に悩まされた。その略奪というのはすごいもんだ。襲撃側は、来年も獲物が取れるように少し残しておくなんて遠慮はしない。食糧や家財はもちろん、婦女子も強奪し、男たちは全員虐殺して風のように去っていく。なにしろ、漢人はいくら殺しても無尽蔵にやって来るんだ。彼らは鬍《ひげ》が赤かったので紅鬍子《ホンホーツ》（紅胡子）と呼ばれて恐れられた。清朝による防衛措置を期待できない農民たちは自衛組織を発達させたが、この民間自衛組織は自分たちの村だけは防衛したが、たがいに騎馬を走らせて他村を襲撃しあった。そうした武装組織が縄張《なわば》りを協定したり離合集散を繰り返すうちに、馬賊と呼ばれる特殊な集団を形成するようになったのさ。古来「南船北馬」といわれるように、満州じゃ馬が重要な交通手段だったからね。攻めるにも守るにも馬が必要で、この自警団が発達したのが「馬賊」と呼ばれるようになったと考えてくれればいい。彼らの根拠地は普通、満蒙の原生林地区にあって、馬賊は「緑林《りょくりん》」とも称された。

日本だって、江戸時代は、治安を担当する役人が下働きに使っていた町人は結局ヤクザだろう。政府が治安維持できないような地域では、住民は「任侠道」をわきまえた親分にすがるようになるもんさ。

馬賊の収入はいろいろあるが、本来自衛のための保衛団というタテマエだから、村の共同のお金が正規の収入だ。治安維持のための税金みたいなもんだな。ヤクザのミカジメ料というところだ。たいがいはその部落の大地主が村長をしているが、村長が代表して支払う。

清朝の官僚の腐敗ときたらひどいもので、正規の税金はもちろん取り立てる。だが、これは住民の福祉向上のために使われることはない。国庫、つまり清朝貴族の収入のために納める分と、その中間で地方役人や軍閥が私腹を肥やすためにピンハネする分が正規の税金だ。それ以外に中国のどこかで起きた反乱を鎮圧するとか、災害の復旧とか、さまざまな名目の「特別費」が徴収された。それに地方役人のためにさまざまな贈賄《ぞうわい》が行なわれる。役人は役人同士で贈賄する。上司の誕生日だといっては贈賄し、転勤するといっては贈賄する。この金も最終的には農民の負担となる。直接には、上から下にすそ野を広げる官僚機構を通じて、贈賄される本人の関係方面が分担する。第一分担者の負担額に第一分担者自身の取り分を加えた額を第二分担者が引き受ける。この順序はねずみ講のように第三、第四と次第に官僚的支配機構の網の目の末端に向かって進み、最後の農民に至ってやむ。つまり、中国の農民は、役人から税金と特別費と賄賂《わいろ》を三重に徴収された。しかし、これらは役人に因縁《いんねん》をつけられないための費用であって、各地に出没する匪賊《ひぞく》の取り締まりは役人に訴えてもまったく取り合ってもらえない。

匪賊というのは本物の盗賊だ。完全に盗賊専門というのは少ない。普段は農民として田畑を耕しているが、凶作で生活が苦しくなったときなどに集団を形成して盗賊行為をすることが多かった。これに完全なゴロツキが加わって匪賊とか土匪と呼ばれる盗賊団になった。土匪というのは匪賊のうちでも土着性が強いもので、組織化が進むと土地の農民と関係がよくなって自衛組織化したりする。するとこれも馬賊の一種ということになる。

役人が匪賊の取り締まりをやらないわけだから、農民は自分のお金で馬賊を雇うしかないわけさ。匪賊による襲撃から部落を守る戦闘というのは実際上めったにないことで、この村は馬賊の縄張りだとわかっていれば普通は襲撃されない。だから馬賊の隊員は、普段は村道の普請とか、土塀の修繕とか地道な作業をやったものだ。村からの正規の収入以外に、買路銭《マイルーチェン》などと呼ばれた交通保証金がかなりの収入になった。農作物を運搬するには隊伍を組んで武装しなくてはならない。それでも相手が計画的に大集団で襲撃してきたらとてもかなわないから、通過地域を縄張りにする馬賊に保証金を納める必要があった。輸送隊が保証金を払い込むと保票《パオピャオ》と記された小旗や手形みたいなものが渡され、金額次第で護衛隊もついた。縄張りと縄張りの境界域ではお互いの保票を尊重し合い、次の縄張りの馬賊に引き渡すまで面倒をみる。とくに現金とかアヘンとか高価な物資の輸送は危険も大きいから保証金の額もはね上がった。こういうときはその地方の最高の総攬把《そうランパ》の名前で護衛を請け負うことになり、優秀な戦闘員が優秀な武器を携行して護衛する。それでも山間僻地には縄張りのあいまいな地域もあり、馬賊の仁義をわきまえない山賊の略奪にあうこともあった。万一の場合は出発地域の馬賊が損失を補償することになっていたから、あらかじめ高額の保証金が徴収された。

それ以外に、部落同士の争いや、土豪劣紳《どごうれっしん》による農民への苛斂誅求《かれんちゅうきゅう》を排除するために馬賊が出動することもあった。部落と部落のあいだには水や牧草地をめぐってしょっちゅう争いが起きる。それに馬賊が出動するのだ。土豪というのは、字義としては土地の豪族という意味だが、清朝時代の中国での意味としては、権勢をほしいままにした地主、富農、退職官吏、資産家など、まあ、地方の顔役、ボスというような意味だな。劣紳は都市における顔役みたいなもので、比較的教育があり、政治的・社会的地位も高い者のことだ。凶作・飢饉となると、土豪劣紳のきびしい取り立てに応じる余力はない。逆に少しでもたくわえのあるところをねらって襲撃することになる。そういうときは村の青年も馬賊の隊員になる。普段百姓をしている青年に腕っぷしの強いのは少ないから、喧嘩《けんか》一回についていくらで雇われる傭兵《ようへい》も加わる。そういう傭兵は収買壮士《しゅうばいそうし》と呼ばれていた。ほかに人質拉致が大金を稼ぐ手段として行なわれた。裕福な土豪を拉致して、その下僕に脅迫状を持たせて帰す。〇万元を某日までにどこそこに持参しないときは人質を銃殺して家屋を焼き払うと脅すのだ。仲介人の斡旋によっては十万元が五万元か三万元でかたがつくこともある。

で、僕の親父がどうして馬賊になったのか、ということは、僕にもよくわからない。僕が生まれた時には親父は満州の馬賊社会ではちょっとは知られた親分、馬賊社会でいう攬把だった。攬把の上に総攬把がいて、攬把の下には包頭《パオトウ》がいる。ヤクザでいえば、親分、大親分、若頭というところだ。

親父が大陸に渡ったのは、明治もだいぶ早いころだ。詳しくは知らないが、親父は西南戦争に参加したらしい。そうだ、あの西郷さんが挙兵した西南戦争だ。親父も、遠くからだが、直《じか》に西郷さんを見たことがあると言っていた。そういう関係で日本では明治政府のお尋ね者になってしまったんだろう、どういうツテをたどったか、大陸に逃げたのさ。最初から満州に来たのではないだろう。上海あたりに上陸して、いろいろうさんくさいことをしながら満州まで流れてきたのだと思う。

おふくろのことかい？　おふくろのことは親父以上にわからない。いずれ日本人ではない。たぶん漢人でもなく、満人だと思う。おふくろは自分の本当の親を知らない。小さいころに売られたんだ。満州じゃ人身売買なんて当たり前さ。小さいころに売られたから、親に売り飛ばされたのか、匪賊とかに襲撃されて親が殺されて子供だけさらわれて売られたのか、そういうことも覚えていない。売られた先で、少し大きくなると家事にこきつかわれるようになった。君、『ああ無情』ってフランスの小説知ってるだろう。あれに小さな女の子が宿屋の主人夫婦にこき使われる話が出てくる。この娘の話を読んだ時、自分のおふくろもこんなふうだったんだろうと思って、涙が出たぜ。

親父がその家の前を通りかかった時に、おふくろがちょうど逃げ出して来たのさ。親父も人身売買のことは知っていた。そういう制度はよくないったって、そのころの満州じゃそれが当たり前さ。そんな子供はそこらじゅうにいる。子供が逃げて来たのをいちいちかくまってやるわけにはいかない。だが、その娘は親父の後ろに隠れて馬賊式の乗馬ズボンにしがみついて必死で離されまいとしている。あまりにもやせこけていて、その家に連れ戻されれば、長くは生きられないように見えた。親父はおふくろを買い取ることにした。その家じゃ、買い値が高かったとか、ここまで育てるのにずいぶん費用がかかったとか、値をつり上げようとしたが、馬賊の攬把の言うことには逆らえない。親父はおふくろが本当の親の居所を覚えているなら連れて帰ってやるつもりだったが、おふくろは覚えていなかった。親父はおふくろをいっしょに馬に乗せて、自分の根城《ねじろ》にしている村に連れ帰った。おふくろはこの村で初めて人間らしい扱いを受けた。おふくろは、必死で働かないと、あの鬼のような主人のいる家に連れ戻されると思ったらしく、かいがいしく働いた。

やがて何年かして、やせこけた薄汚い小娘は、美しい娘になった。そう、息子の僕が言うのもおかしいが、おふくろは美人だった。親父も娘の美しさに気がついた。そればかりでなく、親父が少し離れた町の遊郭にたまに遊びに出かける時に、その娘がものすごい目つきでにらみつけるのにも気がついた。それは周囲の子分たちも気がついて、冷やかされるほどにまでなった。それまで親父は、馬賊稼業の自分が家庭を持つなんて考えたこともなかったが、その娘を妻にすることにした。

当時、中国では一夫多妻が当たり前だった。今でもそういうなごりは残っている。君も中国で長年暮らしていればそういう実例はいくらも見てきたろう。馬賊だって、いくつもの馬賊を束ねる総攬把はもちろん、大攬把《ターランパ》といわれるぐらいなら、数人の妾《めかけ》を持つのが当たり前だった。だが、親父は妾を持たなかった。おふくろと結婚してからは遊郭通いもしなくなった。たぶん、本当におふくろを愛していたのだと思う。

僕が生まれたのは光緒十四年、明治でいえば二十一年、西暦なら一八八八年のことだ。おふくろの正確な年齢はおふくろ自身わからないわけだが、たぶん僕を産んだ時はまだ十代だったはずだ。親父は、初めての男の子を授かって大喜びしたという。

僕は親父から教育を受けた。いつから始めたか覚えていないが、ものごころついたころには『論語』をある程度諳《そら》んじていた。幕末の士族ってみんなそうだったのかも知れないが、親父は学があった。そのころの中国では、科挙《かきょ》という官吏登用試験がまだ行なわれていた。科挙というと、無駄な受験勉強の見本みたいに馬鹿にされるが、広大な中国で頭の良さを試験するとなると、誰でも手に入れられる本のなかから試験するのでないと公平さは保てない。新知識を問うよりも古典から出題することになる。それに、中国はずっと皇帝の専制支配の国だったんだ。試験の主眼としては、自分で考えて正しい方策を思いつく能力よりも、皇帝の命令を美文に仕上げる能力を重視する方向に向かうのは仕方がない。そういう試験が実際の役に立つかどうかはともかく、頭が良くなくては科挙に合格できないのは確かだ。科挙は、県試《けんし》、府試《ふし》、院試《いんし》の順に予備試験があり、院試に合格すると秀才《しゅうさい》と呼ばれ、正式の科挙試験を受ける資格が得られる。秀才になるのも大変だが、地方の下級役人になれるだけだ。院試の次には郷試《きょうし》を受験する。郷試は三年に一度、省城《しょうじょう》（省の首府）の貢院《こういん》といわれる試験場で合計九日間行なわれる。郷試に合格すると挙人《きょじん》の称号が与えられ、朝廷の官吏になれる。さらに北京で会試《かいし》があり、それに合格すると貢士《こうし》となる。最後には天子自ら試験する殿試《でんし》があり、その合格者は進士《しんし》となって、中央の高級官僚となる。殿試のトップ合格者を状元《じょうげん》といい、これは中国読書人の最高名誉だった。

よく知ってるってかい？　ある程度大きくなって、初めて親父並みに漢文のできる人に会った時に教わったんだ。院試は毎年あるし、秀才までは、必死に勉強して何度も受験しているうちには合格できることが多い。その上の挙人になるのが極端に難しいんだ。何度受験しても秀才以上に進めぬ者を「落第秀才」といって、努力しても世の中に認められない頭でっかちの不満分子になって、暴動や反乱などの参謀役に担ぎ出されることも多かった。馬賊も集団が大きくなると経営や政治に通じた参謀役が必要になる。総攬把のところに初めて僕を親父が連れて行ってくれて、挨拶に行った時に、総攬把の参謀役として落第秀才の一人がいたのさ。林永江《りんえいこう》という、もう白髪頭《しらがあたま》のその秀才は、僕の才能を認めて科挙を受験するよう勧めてくれた。親父に、この子なら挙人になれるかもしれないと言ったが、その時は親父は笑って相手にしなかった。

親父は中国語の発音がへたで、四声もよくできなかったから、中国の文人が見ても立派に見えるような、きちんと音韻《おんいん》を踏んだ文章をつくることは困難だったが、漢文の古典に関する知識だけなら科挙の秀才クラスにも負けなかっただろう。中国では字がうまいとか文章をつくれる人は尊敬される。なにかのお祝いごとがあると「対聯《ついれん》」といって、お祝いごとにちなんだ対句を一行ずつ赤い紙に書いて門口《かどぐち》の両側の柱に貼りつける。旧正月が近くなって親父が街に出かけた時には、親父に対聯を書いてもらおうと親父の宿には行列ができたものだ。親父が馬賊社会でのしあがったのも、腕と度胸ばかりのせいじゃない。親父の仲裁が公平で任侠道にかなっているという評判が広まって、馬賊同士のもめごとで、親父に仲裁を頼んでくる連中が増えたからだ。

中国語は、中国人の子供が中国語を覚えるように自然に覚えたが、日本語は、親父から『論語』を教わるので覚えた。中国で『論語』は簡単に手に入るが、日本のような読み下し文はない。親父も普段の会話は中国語だったが、中国で暮らすなかでぶっつけ本番で覚えただけだから、『論語』を中国語で教えるほどのレベルではなかったのだろう。でも、それがよかった。僕は『論語』を中国語と日本語と両方で暗記した。子供のころに覚えた外国語というものは、日本に帰国するとすぐに忘れてしまうものだが、日本にも『論語』

があるから、僕は『論語』を見ると中国語読みも思い出すので、その後日本に帰国して何年たっても中国語を忘れることがなかった。『論語』のあとは『孟子』に進み、『十八史略』までやった。親父は頼山陽《らいさんよう》の『日本外史』も教えたかったらしいが、それは満州では手に入らなかった。

乗馬は、馬賊集団のなかで暮らしていれば、自然に上達する。家に犬がいれば子供は犬と遊ぶもんだろう。うちには馬がいたから小さいころから馬が遊び相手だった。馬の世話なんか、お手のもんだ。少し大きくなると、親父が帰ってくれば真っ先に駆け寄って親父の乗馬の世話をしたもんだ。水やり、馬糧の調合はもちろん、束ねたワラで馬体をこすったり、馬の蹄《ひづめ》の内側にくっついた馬糞をほじくって水で蹄を洗ったり、子供のうちに一通りのことはできるようになった。親父の馬は寒冷地に強い蒙古馬の雑種だったが、蒙古馬にしては足が速く、非常に利口で僕によくなついていた。あぶみに両足をかけるだけの足の長さがないうちから、片方のあぶみに両足をかけて乗るやり方で馬に乗ったものだ。この訓練は大きくなってからも役に立った。敵に銃撃を受けたとき、敵から身を隠すようにあぶみの片方にだけ足をかけて鞍の陰に身を縮めて疾駆する、そういう曲乗りの訓練になったのだ。

ほかに、数え八歳の初夏から親父は示現流を僕に仕込んだ。親父は示現流の達人だった。示現流を知っているか？　薩摩藩に伝わる古流剣術で、とにかく速く剣を打ち下ろすのが稽古《けいこ》だ。地面に木の杭《くい》を立てておいて、これを左右から木刀で激しく打ち据える、稽古はこれだけだ。毎日こればかりやらされた。だが、これで剣のスピードが養われる。親父がこの立木打ちをやると、木刀と立木の摩擦で焦げ臭いにおいがしたものだ。薩摩の兵隊と斬り合いをした上野の彰義隊の死者のうちには、額《ひたい》に十文字の傷のある死体があったそうだ。示現流の使い手の太刀を受け止めようとして、受けた自分の太刀もろとも相手の太刀も頭蓋にめり込んでしまったからそんな傷ができたんだ。示現流の真《ま》っ向微塵《こうみじん》の剛剣《ごうけん》の威力はそれほどすさまじいのだ。馬賊の武器は騎兵銃と拳銃が主なもので、剣を持っているのは多くはなかったが、持っているにせよ、その剣は青竜刀（なぎなた形の中国の刀）だった。が、親父だけは日本刀を背負っていた。

親父は僕には非常にあまい父親だったが、拳銃はどうしてもさわらせてくれなかった。男の子は誰でも小さいころ拳銃ごっこはするもんだろう。僕も木切れを削って拳銃に見立てて拳銃ごっこはずいぶんやったもんだが、本物の拳銃には絶対にさわらせてもらえなかった。子供は力がないから、変にいじって拳銃が暴発してけがをするのを恐れたのだと思う。親父は「小健《シャオチェン》のちんぽに毛が生えたら拳銃を射たしてやる」と言った。僕は小さいころ小健《シャオチェン》と呼ばれていた。親父の中国名は何一平《ヘーイーピン》だった。親父が日本人だということは知っていたが、小さいころは日本は中国のどこかにあるぐらいに思っていた。確かに親父の中国語には変な訛《なま》りがあったし、漢文を教える時に変な言葉を使うとは思ったよ。でも、馬賊には中国の地方で食い詰めて満州に流れてきたような人がいくらでもいた。中国語の方言なんて外国語みたいなもんだからな。それで、日本語は、どこかわからないけれど遠いところにある親父の生まれ故郷の方言だというふうに思っていたんだ。親父の本名が辺見一平だということがわかったのは親父が死ぬ少し前のことだ。

初めて毛が生えた時、たしか数えの十一だったな、僕は親父に見せに行った。親父は拳銃を射《う》たせてくれた。親父が持っているうちでいちばん軽い拳銃だったが、それでもずっしりと重かった。杭《くい》の上に瓦《かわら》を立てて射ってみた。初めての射撃で、僕は三十メートル先の瓦を木っ端みじんに射ち砕いた。自分で言うのもおかしいが、僕は射撃がうまかった。なにしろ目がよかった。目がいいのは母親譲りだと思う。おふくろも、親父が帰ってくるのを迎えに出た時、ほとんど地平線上にいる馬賊の一隊のなかから親父が何番目にいるかを言い当てた。満人はもともと弓矢が得意な狩猟民族だったから、目のいい人が淘汰《とうた》されたのかもしれない。

小さいころの僕の一日は、午前中が立木打ちと、前の夜に父から教わった漢文の復習。習字もやったが紙が貴重だったので地面に棒きれで書いて練習した。午後は思い切り遊んで、夕食後に父から漢文の素読を受けるという、非常に規則正しい一日だった。遊びのなかに乗馬や拳銃ごっこがふくまれる。ときどき親父は長距離輸送の護衛などで何日も家を空けることがあったが、そのあいだは漢文の復習の総まとめをみっちりやった。

科挙の階梯《かいてい》を上ろうとするような読書人階級のための学堂は中国のあちこちに無数にあったが、馬賊の根城になっているような僻村《へきそん》には、そんなものはなかった。僕は攬把の息子として馬賊の二代目になる気でいたが、親父は中国もいずれ近代化して馬賊稼業を続けることはできなくなると思っていたのではないだろうか。僕に正規の教育を受けさせることを真剣に考えたようだ。いつのころからか、「十五になったらお前は学校に行け」と口癖のように言うようになった。

僕には弟と妹が一人ずついた。二健《アルチェン》と阿信《アーシン》と呼ばれていた。親父は弟や妹にも漢文を教えたのだが、弟も妹も覚えが悪かった。僕は一度教わるとすぐにその意味を理解したし、わからないときにはその部分を尋ねた。ところが、弟や妹ときたら、まず、親父が読んだあとについて一行の文章を繰り返すことができない。意味もわからないし、どこがわからないのかもわからない。いきおい、僕は父の期待を一身にになうことになった。弟と妹は、そんな「できる兄」を尊敬した。どんなところにも金魚の糞《ふん》みたいにくっついてきていっしょに遊んだ。僕は弟と妹に勉強を教えるようになったが、これがまた、自分の理解を進めることになった。勉強は、人に教えようとすればいっしょうけんめいになるものだし、人に教えるためには、それだけ自分も理解していなくてはならないからね。

日清戦争のことを覚えているかって？　覚えていないなあ。日清戦争は僕が七つのころのことになる。七つといっても数え年だから、まだまるきりの子供だったし、満州の辺境にはそんなニュースも届かなかった。ずいぶんあとになって聞いたところでは、奉天あたりは朝鮮に向かう清国軍の通り道だったから、とくに田舎からかき集められた満州族の兵隊は野蛮で、行く先々で略奪行為をしたりして、けっこう混乱があったようだが、たぶん幹線道路沿い以外の中国人はなにも知らない人のほうが多かったと思う。戦争が起きているとわかったとしても、中国人は戦乱慣れしているから、外国軍との戦争と考えるより反乱軍と政府軍の戦争と考えるんじゃないだろうか。実際、支那事変でも、中国の田舎まで侵攻した日本軍の兵隊の話では、現地の中国人は日本軍を中国の軍閥軍かなにかだと考えていて、外国軍とは思っていなかったそうだぜ。

よくは覚えていないが、そのころの大人たちの主な話題は日本との戦争なんかより馬賊同士の抗争や高粱《コーリャン》や麦の作柄のほうだったと思うよ。でも、親父は日清戦争について知っていたかもしれない。親父は大きな町に出かけた時には必ず日本のニュースを探したらしい。今から考えると、親父がしきりに学校に行けと言うようになったのは、日清戦争のあとしばらくしてのことだ。日清戦争で日本に負けた翌年の光緒二十二年、つまり明治二十九年から、清朝は日本の近代化に学ぼうとして日本に留学生を送るようになった。日本への留学生の選抜試験のうわさを聞いた親父は、息子を日本に留学させたいと思うようになったのではないだろうか。

突然の転機

確かに僕はその後日本に行くことになったのだが、それは親父が計画したように、十五で町の学堂に入って、十八で留学生選抜試験に合格して留学したのではない。今から話す事件が突発したのがきっかけだ。

それは十三歳の旧正月のことだ。

北京で長年暮していれば、中国人がどれほど旧正月を大切なお祭りと考えているか、君もよくわかっているだろう。日本では西洋式に満年齢で数える風潮が広まっているようだが、中国では今でも数え年のままだ。しかも、日本では数え年を新暦の正月に合わせて数えるが、中国では旧正月で数える。数え年は、生まれた時に一歳と数えて、あとは元日ごとに一歳ずつ増えるわけだが、元日といっても新暦の元日ではなく旧暦の元日で数えるのが中国式だ。日本に行って中国との違いをずいぶん感じた。たいがいのことは日本のやり方のほうが合理的なように思ったが、このことだけは中国式が理屈に合っていると思った。数え年の習慣は昔ながらのものだから、その習慣を残すなら旧正月で数えるべきだろう。正月を西洋式の新暦にするなら、年齢も西洋式の満年齢で誕生日ごとに増やすのでなくてはならない。新暦の正月じゃ、まだまだこれから寒さが厳しくなるところで、年賀状に「初春」なんて書くのも気が引けるが、旧正月は厳しい冬の寒さもこれからは緩《ゆる》むだろうと期待させるころで、中国語の「春節《チュンジェ》」という言葉がぴったりくる。中国では冬の寒さが厳しいから春を待つ気持ちは強い。そのうえ旧正月には誰もが一つ年をとるわけだから、正月と誕生日と春が来るお祝いが重なって、西洋式にいえばニューイヤーとバースデーとイースターが一度に来たような祝祭になるんだ。

旧正月のお祝いも六日で明けるが、その日、親父は馬を買いに行くことにした。親父の馬はいい馬だったが、ずいぶん年をとって馬賊の頭目が乗るにはくたびれた感じになってしまったのだ。それで、新しい馬を買ったら、それまでの乗馬を僕に譲ってくれるという。それで僕も馬市の立つ町まで連れて行ってもらうことになった。

親父は若いころはそうとうな無茶もやったらしい。親父が片腕と頼みにした包頭《パオトウ》はその名を白永徳《はくえいとく》といった。ここんところにすごい刀傷《かたなきず》があってな――と、辺見は自分の右頬《ほお》を人差し指で五センチばかりなぞった――笑うと頬の筋肉が引きつって、ものすごい顔になった。拳銃の腕も大したもんで、空中に放り投げた銅貨に確実に銃弾を命中させた。僕は小さいころからよく遊んでもらって、白叔々《パイシューシュー》（白おじさん）なんて呼んでいたが、馬賊の間では白虎《パイフー》の通り名で恐れられていた。町に行った時にその笑い顔を小さな子供がまともに見ると泣き出したもんだ。白包頭《はくパオトウ》は、たぶんずいぶん大げさにした話だろうが、昔の親父がどれほど周囲の馬賊から恐れられていたか、いろいろな昔話をしてくれたものだ。

だが、おふくろと結婚し、僕が生まれてからは、人質拉致とかの荒稼ぎはしないようになった。それで、親父を見くびる相手も出てきたらしく、しばらく前から縄張りが荒らされる事件が相次いでいた。証拠はないが、同じ総攬把の傘下《さんか》にある、親父からは弟分にあたる劉という攬把のしわざではないかと白包頭は疑っていた。先手を打って奇襲したほうがいいと白包頭は進言したが、親父は春節明けに総攬把にかけあうことにして、すぐに喧嘩沙汰にはしたくないという態度だった。今度馬市に行くのも、白包頭は攬把不在の間に奇襲を受けることを懸念して反対したのだが、めでたい春節に喧嘩を仕掛ける者はいないだろうと、親父は取り合わなかった。だが、それも僕にとってはあとで聞いた話で、子供の僕はそんな危険な状況も知らず、初めて自分の馬をもらえるうれしさで親父の前に二人乗りで乗せてもらって意気揚々と馬市に出かけたものだった。

馬市では、親父は十分に吟味をし、蒙古馬の雑種——売り手は、こいつは日清戦争の時に日本の偉い将軍が乗っていた馬の種を受け継いだ馬で、ものすごい名馬の血統だと言っていたが、親父は本気にしなかった——を買った。そして、僕は、それまで親父が乗っていた馬を譲ってもらった。そいつは鹿毛《かげ》の体色だったが、顔の中央に白い筋があった。馬の毛色でいう流星だ。小さいころから僕が世話をして、僕が自分で流星号と名づけた。親父は笑ったが、自分でも気に入ったらしくてそう呼ぶようになった。流星号が自分の馬になったと思うと、僕はうれしくってねえ、早く帰って弟や妹に見せびらかしたくってすぐに帰ろうと親父をせきたてた。だが、親父は、流星号は年をとっているし、今日は二人乗りしてきたんだから休ませてやれと言って、一晩町で泊まることにした。なに、たまに町に来たから、白包頭と一杯やりたかったんだろう。

翌日、親父と白包頭はどうやら二日酔いみたいだったが、僕は夜明けとともに起き出して早く帰ろうとせっついた。二人とも、まだ眠いとか文句を言いながらも、毛皮の乗馬服上下を身につけ、弾帯を肩から斜めにかけ、それに十文字になるように親父は日本刀を、白包頭は青竜刀を背負って、帯の両脇に拳銃を一挺ずつ差し、騎兵銃を納めたケースを鞍につけるという典型的な馬賊スタイルで馬にまたがるとしゃんとなった。僕も刀こそ持っていないが、拳銃一挺を腰に差し、騎兵銃を背負って、馬賊の隊員のかっこうで流星号にまたがった。もう、僕も、あぶみをいちばん短くするとなんとか両足があぶみにかかるぐらい大きくなっていた。町を出ると、僕はさっそく流星号を早駆けさせた。親父は流星号を疲れさせないようスピードを落とせと言ったが、流星号も僕の気持ちをわかっているように、若馬のように駆けた。そこで、どうやら親父は買ったばかりの馬の足を試してみることにしたようだ。親父も馬に早駆けをさせた。ものすごい速足だ。親父の体重よりは僕のほうがずいぶん軽いはずだが、すぐに追い越されてしまった。白包頭の馬もなかなか足の速い馬だったが段違いの速さだ。途中で並足にして僕らが追いつくのを待って、親父は「こいつはなかなかいい買い物をしたようだ」と喜んだ。

ようやく村に近くなったころ異変に気づいた。村のある方角の森から煙が上がっている。僕らは顔を見合わせると、ものも言わずに馬を走らせた。旧正月のころの満州はまだ真冬だ。雪を蹴立てて馬は走る。森の入り口で親父は手を上げてスピードをゆるめさせ、なるべく音を立てないようにして村に近づいた。

村は、街道からはいくら目を凝らしても見つからない程度に森を入ったところにあり、街道を行きかう人のほとんどはここに村があることなど知らない。馬賊の隠れ家とはそういうもので、人に知られるようになったらもっと森の奥に移動するのだ。注意してみると街道から森のほうに馬の蹄の跡がある。僕らが昨日通った跡だが、それだけでなくもっと多数の馬が通った跡ができている。これも雪の季節だから跡がわかるのであって、街道の周囲の高粱《コーリャン》が馬に乗った人の頭も隠れるほどに高く伸びるころにはいくら馬が通ってもまったくわからなくなる。馬賊が活躍するのはそういう季節であり、たとえ官兵に追われても高粱畑に逃れればまずは見つかることはない。彼らが「緑林」と呼ばれるのも、こういう森のなかの隠れ家に潜んで神出《しんしゅつ》鬼没《きぼつ》に暴れまわるからだ。

村が見えるようになると、村が燃えているのがはっきりわかった。銃声や叫び声も聞こえる。村は今まさに襲撃を受けているのだ。僕らは馬を下りて音を立てないように近づいた。親父は声をひそめて、僕にここで騎兵銃を構えて出口から出てくるやつを射つように命じて、自分は拳銃を構えて白包頭とともに村の反対側の入り口のほうにそろそろと近づいた。二人が塀で囲まれた村のなかに入って行ってしばらくすると、一段と激しい銃声と叫び声が聞こえ、一団の馬賊集団が村から逃走してきた。僕は伏せ射ちの姿勢で、先頭の馬を射った。馬はすぐに転倒し、乗り手は後ろから来た仲間に拾われて、馬の集団は方向を変えて僕から遠ざかるように逃走した。その三頭目に縛られた女の人が乗せられているのが見えた。

「媽々《マーマ》（母さん）だ！」

馬賊にさらわれた女の運命は悲惨だ。さんざんなぐさみものにされた挙句《あげく》、売り飛ばされる。そのぐらいは僕も数え十三になるまでにもう知っていた。なんとかこの馬を仕留めなくてはならない。そのころ僕は騎兵銃で射程三百メートルまでなら畳半畳ぐらいの大きさの的を射《い》ぬくことができた。村から僕のほうに向かって逃げてきた相手を、僕は落ち着いて三百メートルの射程まで近づけて仕留めることができた。だが、方向を変えて逃げ出した相手はどんどん遠ざかっていく。畳半畳よりよほど大きな馬の尻を狙うのだから、僕は五百メートルでも絶対命中させる自信はあった。だが、相手は動く的だ。しかも、絶対に母さんに当てないように射たなくてはならない。すぐに槓桿《こうかん》を引いて弾丸を詰めかえて、僕は慎重に照準をつけた。そうするうちにも馬は離れていく。大きかった馬の尻が急に小さく感じられるようになった。六百メートル以上離れたらもう無理かもしれない。僕は心気を静めてじんわりと引き金を絞った。馬はもんどりうって倒れた。僕は流星号にまたがってすぐに追いかけた。親父たちも拳銃を撃ちながら村から出てきて追撃した。だが、それより早く後ろの馬の襲撃隊員が母さんを馬の上に拾い上げて逃げ出した。僕は馬上から一発射ったが、さすがにこれは当たらなかった。もう一度馬から下りて伏せ射ちをしようとしたが、その間に賊は森の奥に消えてしまった。僕はもう一度流星号にまたがって追いかけようとしたが、親父が止めた。森のなかには待ち伏せ隊がいるに決まっているから追いかけてはいけないというのだ。

「でも、媽々《マーマ》が、媽々が……」

僕は泣きじゃくった。

「わかっている。だが、お前まで失うわけにはいかない」

親父はつらそうに声を絞るように吐き出した。その時僕は急に弟と妹のことが心配になって村のほうに行こうとした。

「よせ、村にはもう生きている者は誰もいない。お前は見ないほうがいい」

追撃どころか、ここに長居すれば逆襲される。賊の顔を見たので相手が劉の一味だということははっきりした。村に残る遺体を埋葬する手間も惜しんで、とりあえず総攬把のところに行って事情を話して報復の手勢を貸してもらうことにした。

数日後、総攬把のいる町までたどり着いたが、総攬把の態度はいたって冷たい。すでに劉の一味と話がついていたらしい。それまで総攬把を親分とたてて、なんとか手勢を十人でも、せめて数人でも貸してほしいと下手に出ていた父は、がっくりと首を垂れて、何度か頭をテーブルに打ちつけた。その時、頭とテーブルがぶつかる音とは少し違う、金属製のものがぶつかる音を聞いたような気がしたが、誰も気にした様子はなかった。父はしばらく両手をテーブルの下におろしていたが、急に頭を起こして開き直った。

「そうかい、わかったよ。もう頼まねえ。俺は俺で好きにするぜ！」

総攬把はあぶらぎった禿げ頭をなでながら、ニタリと笑ってすごんだ。

「そんな捨てゼリフを吐くようだと、ここから生きて出られなくなっちまうぜ」

「馬鹿野郎！」

父は日本語でどなるなり、総攬把の眉間《みけん》を拳銃で射ち抜いた。白包頭も両手に拳銃を握って、父と二人で周囲の子分たちをたちまち皆殺しにした。武器を持っていないことを確認するために徹底的に身体検査されてから総攬把に面会させてもらったはずだが、どこに拳銃を隠し持っていたのだろうか？　実は総攬把の参謀役をしていた林永江秀才があらかじめ二人の坐る位置のテーブルの下に拳銃を隠しておいてくれたのだ。林は総攬把の非道をかねて苦々しく思っていて、総攬把には親父のほうがふさわしいとまで思っていた。親父が襲撃されたと聞いて、総攬把との面会の前に親父と連絡をとって拳銃を隠し引き出しのなかに忍ばせておいたのだ。父がテーブルに頭を打ちつけた時、なにか金属製のものの音がしたのは僕の空耳《そらみみ》ではなかったのだ。父は拳銃を取り出す音を隠すために頭をテーブルに打ちつける演技をしたのだ。

総攬把の会計は林永江が掌握している。林と父と白包頭、それに僕の四人は、総攬把の有り金を総ざらいと、持ち運べる限りの食糧弾薬を奪って町を出た。

「攬把、これからどうします？　これだけ金があれば壮士なんかいくらでも雇える。劉の奴ら皆殺しにしねえとおさまらねえ」

白包頭が父に聞いた。白包頭だって、自分の奥さんと子供を殺されている。僕は初めて流血の現場に居合わせてすっかり気が動転していたが、弟と妹の仇《かたき》は討ちたかった。母親も売り飛ばされる前に取り戻したかった。

父はしばらく黙っていたが、ようやく重い口を開いた。

「俺は馬賊の足を洗おうかと思う」

「えっ、仇は討たねえんですかい?」

「うむ。仇を討っても殺された子供が生き返るわけじゃない。壮士を集める手間をかけている間に妻は売り飛ばされてしまうだろう。そうなってしまえば広い満州から売られた女一人捜し出すなんて大海に落ちた針を探すようなもんだ。満州どころかロシアに売られてしまっているかもしれない。それに、街中《まちなか》で何人も殺してしまったんだ。人里離れた森のなかでの殺しとはわけが違う。俺たちはもうお尋ね者だ。うかつに町に出てきて壮士を探すこともできない。だいたい、俺は親子の杯を交わした総攬把を殺してしまったんだ。俺を殺せば自分の腕を宣伝できるだけでなく、親殺しを始末したということで義侠の名声も獲得できる。満州中の馬賊が血眼《ちまなこ》になってつけねらうだろう。

実はだいぶ前から日本に帰ろうかと思っていたんだ」

「えっ、劉のやつらをこのままにしておくんですかい？」

父は黙っていた。見渡す限りの満州の大雪原を陰暦十日の凜冽《りんれつ》な月光が照らしていた。黙ったままの父の頰に涙が筋を引いているのが月光に光った。やがてこらえきれずに嗚咽《おえつ》が漏れた。そしてついに父は号泣した。あの日、馬を買いに出かけなければ……、せめて馬を買ってすぐに戻ってきていたら……、僕の頭のなかではこの数日間の強烈な思い出が渦を巻き、一つ一つの考えがしまいまで考え終わる前に頭のなかではじけ飛んだ。僕も泣いた。白おじさんも、林秀才も、押し黙った。そして広大な満州の雪原に馬を走らせながら、ついに四人で声を放って号泣した。

義和団事件

当時は、日清戦争後の三国干渉で遼東《りょうとう》半島が還付されたあと、ロシアがその先端部を租借して大連に港を築き始めているところだった。そのロシアが建設中のシベリア鉄道の哈《ハ》爾浜《ルピン》から大連への支線、日露戦争後その長春以南が日本に譲渡されて、南満州鉄道、いわゆる満鉄になるわけだが、その南部支線は未完成だった。日本へ渡るには旅券も必要になる。僕が、父の本名が辺見一平で、僕の日本名が辺見健一であることを初めて知ったのもこの時のことだ。僕は、何度か繰り返し説明を受けて、世界には中国以外にも国があり、日本は中国とは違う国なのだということをおぼろげながら理解した。そのころいちばん近い日本の領事館は天津領事館だ。僕らはまず天津に向かうことにした。奉天と北京を結ぶ京奉線はすでに開通していた。まず奉天に行かなくてはならない。

林永江の情報では、総攬把は父をまるめこむことができなかったら始末する気でいたので、会見場にした宿の主人に、朝になるまで多少騒ぎがあっても部屋に決して入らないよう言い含めていた。だから、夜明けまでは部屋に入る者はないだろうが、夜が明けたら総攬把が殺されたことがわかってしまう。手下たちの追跡は厳しいと見なくてはならない。僕らは、その夜のうちに、いったん多くの道が交差する町に行き、そこから秘密の隠れ家に向かった。そのまま隠れ家に向かえば、雪に残った足跡で行く先が知られてしまう。多くの足跡が交錯するところを通過することで行方をくらましたのだ。父は万一のときのために、自分が警護に出る街道の付近に隠れ家を準備していた。それは、僕はもちろん白包頭すら知らない隠れ家だった。森のなかの掘っ立て小屋だが、寒さをしのぐことはできる。ちょうどその日降雪があり、僕らの足跡を消してくれた。僕らはここで一月《ひとつき》ばかり過ごしてほとぼりを冷ました。

それから林永江が一人で近くの町に行き、情報を集めた。林秀才が農民の格好をすると完全にその辺の農家の好々爺《ハオハオイエー》という外見になって、いちばん怪しまれそうになかったのだ。何度かに分けていくつかの町でうわさを収集したところでは、僕らが総攬把を殺したのが先で、劉がその仇討ちに父の根拠地を襲撃したことになっていた。劉はそのうち総攬把になるだろうといううわさになっていた。

まずは追及の手もゆるんだと考えられるころ、僕らは奉天の馬市に馬を売りに行く農民に変装して出発した。総攬把発行の保票は持っている。田舎の農民が総攬把の死を知らなくとも不思議はない。馬賊の関門はこの保票で切り抜けられるはずだ。まだ満州の風は冷たいから、顔のほとんどが隠れる耳あてつきの帽子を目深にかぶり、襟巻を巻いて目だけを出していれば、白包頭の頰の傷も隠せる。

林永江が御者をやって流星号が荷車を引き、僕は林といっしょに荷車に乗って、父と白永徳は徒歩でほかの三頭の馬を引いて行くことにした。何度か馬賊が現われたが、竿につけた保票の小さな三角の旗が遠くからでも見えるので、怪しまれることなく通過できた。

だが、いよいよ奉天まであと一日というところまで来た時、五人組の馬賊の一隊が臨検

に近づいてきた。隊長らしいのが、

「どこへ行く?」

と尋ねるので、林永江が飛び切りの笑顔で答えた。

「へえ、奉天まで馬を売りに行きますんで……」

「この保票からすれば、ずいぶん遠くから来たもんだな」

「へえ、奉天の馬市だと馬が高く売れると聞きましたもんで……」

隊長は馬のほうに目をやって、父が買ったばかりの馬に目をつけた。

「確かに農耕馬にはもったいないような、なかなかいい馬だな。田舎で売ろうとしても、たいした値にはならねえだろう」

「へえ、ありがとうござえます。では、ごめんなすって」

「待ちな、俺が馬を買ってやろうじゃねえか。全部言い値で買ってやろう。奉天の馬市に行ったたって、仲買人にそうとうピンハネされるんだぜ。ここで俺に売れば全額お前らのもんだ。それに、奉天までは、あとほんの一日程度だが、馬市で高値を付けてくれる買い手が見つからないことだってある。ここで俺に売ってしまえば、それだけ早く家に帰れるってもんだぜ」

困った。僕らは馬を売るのは口実で、奉天に行くのが目的なのだが、本当のことを言うわけにもいかない。白永徳は中国服の袖のなかで拳銃を握りしめたようだったが、林永江が目で制して、いかにもうれしそうに言った。

「そりゃあどうも、ありがてえこって。では、お言葉にあまえて、一頭二百元として、三頭全部でしたら、六百元でいかがでごぜえやしょうか。六百元頂戴できれば、奉天まで行って村の者にみやげものをたっぷり買い込んで帰れるってもんで」

「親父、あんまり欲をかいちゃあいけねえぜ。馬一頭に二百元も出そうなんて奴は、奉天まで行ったっているはずがねえだろう。だがな、百姓にはわからねえかもしれねえが、この馬だけだったら、二百元で買ってもいいぜ」

と、隊長は父の馬を指さした。

父の馬は三百元で買ったのだったが、ほかの二頭はせいぜい百元が相場だったろう。林はこれで手を打って、銀貨の二百元入った皮袋と引き換えに父の馬を渡し、ほかの二頭を売るための旅を続けることができた。あいつは馬の値打ちのわからない百姓から良馬をせしめたと思っただろう。

奉天で馬を売り払った。流星号との別れはつらかったよ。馬のほうもこれでお別れとわかるんだろう。僕に鼻面をすり寄せて悲しそうに嘶《いなな》いた。荷車に隠してきた騎兵銃は汽車に乗るときには隠しようもなく、奉天城外で捨てた。拳銃だけは父と白包頭が隠し持って行くことにした。ほかに父が日本刀はどうしても捨てるわけにはいかないと言って、竹竿の束のなかに刀を隠してアンペラ（アンペラという名前のカヤツリグサ科の草の茎で編んだ莚《むしろ》）でくるんで汽車に持ち込んだ。

それから僕らは生まれて初めて汽車に乗り、天津に着いた。ところが、天津の領事館で本国に照会したところ、父は西南戦争で死んだことになっていて、日本国民として確認できないと言われてしまった。この照会の作業だけで一月《ひとつき》近く足止めを食ったのだが、父は、いくら戸籍上死んだことになっていても、本人が生きているのだからなんとか認めてくれとねばった。領事館の役人も手を焼いたものか、それなら北京の公使館に行けばなんとかなるかもしれないと、役人お得意のたらいまわしを図った。それで僕らは北京に行った。

汽車に乗るのも初めてだったが、北京城の威容《いよう》と人の多さにはびっくりした。僕が生まれた村を離れるまでに見た一番の都会は、総攬把がいた田舎町だ。中国の多少大きな町は匪賊の襲撃を防ぐために城壁を備えている。村程度の規模であっても土塀ぐらいの防壁は備えていて、居住区はその塀のなかにあり、耕作はその周辺で行なうというのが普通だ。

その城壁と都門が都市の規模と繁栄を表わす。奉天ですら僕にとっては大都会に見えたが、清朝三百年の首都北京ときたら、北京駅についてその城門を見上げると「天にそびえる」という形容そのままで、首が痛くなるようだった。

その正陽門、いわゆる前門《チェンメン》だな、このどでかい門をくぐり抜けてまっすぐ北に向かうと大清皇帝の居城たる紫禁城が見えてくる。その門が天安門で、これまたでかい。中華皇帝の威厳を誇示し、外国使節の度肝を抜くためにこんな巨大なものを造ったというのだから、満州の田舎から出てきたばかりの小学生なんか本当に肝をつぶした。

そこから右に折れて東交民巷《とうこうみんこう》の日本公使館に行って事情を話すと、死亡届の出ている人間に旅券発給は無理だろうとは言いながら、わざわざ北京まで来てくれたのだからと、公使との面会を許してくれた。そうしたら、その時の公使は西徳二郎《にしとくじろう》という人だったが、父と顔見知りだったのだ。知ってるか？　ロサンゼルス・オリンピックの馬術で金メダルをとったバロン西こと西竹一《にしたけいち》中尉の父君《ちちぎみ》だ。その時は生まれてもいなかった竹一君が、オリンピックで金メダルをとって、去年硫黄島で玉砕したというのだから、僕も年をとるわけだ。

父も驚いたが、西公使もまるで幽霊が現われたかのような驚きぶりだった。

「辺見、ほんのこて辺見一平な？　名前を見っせえ、もしやち思うたが、なんじゃあ、弁《べん》髪《ぱつ》なんど結うちょって」

僕らは、そのころの清国人だれもがそうだったように、髪の周りを剃って真ん中だけ長く伸ばして三つ編みにする、弁髪を結っていた。これは漢族の風習ではない。もともと中国では、よく中国の昔の絵に出てくるような、総髪を頭頂部にまとめてかんざしで留めるスタイルだった。それを清朝が中国を支配して、満州族への帰順の印として中国人全員に弁髪を強制したんだ。「頭をとどめる者は髪をとどめず、髪をとどめる者は頭をとどめず（断髪して弁髪にしない者は断頭する）」てなもんでな、抵抗する者は、首を斬って頭を竿につけてさらしたという話だ。日本でもちょんまげを結うときに頭のてっぺんを剃る、つまり月代《さかやき》だな、そういう風習があっただろう。それは兜《かぶと》をかぶるとき、髪の毛があると頭が蒸れるのを防ぐためだ。だから、そういう風習がある民族は兜をかぶる事態が多かったことを意味する。つまり、剃ったほうが尚武《しょうぶ》派というわけだな。

それで清朝時代は中国人全員弁髪にしていたわけだが、清朝から弁髪にしろと命じられた時には猛反発したのに、民国になって弁髪禁止令が出ると、今度は、一般中国人は、外人から「豚の尻尾《しっぽ》」と馬鹿にされた弁髪に執着したのだから、長年のファッションという

北京城内略図

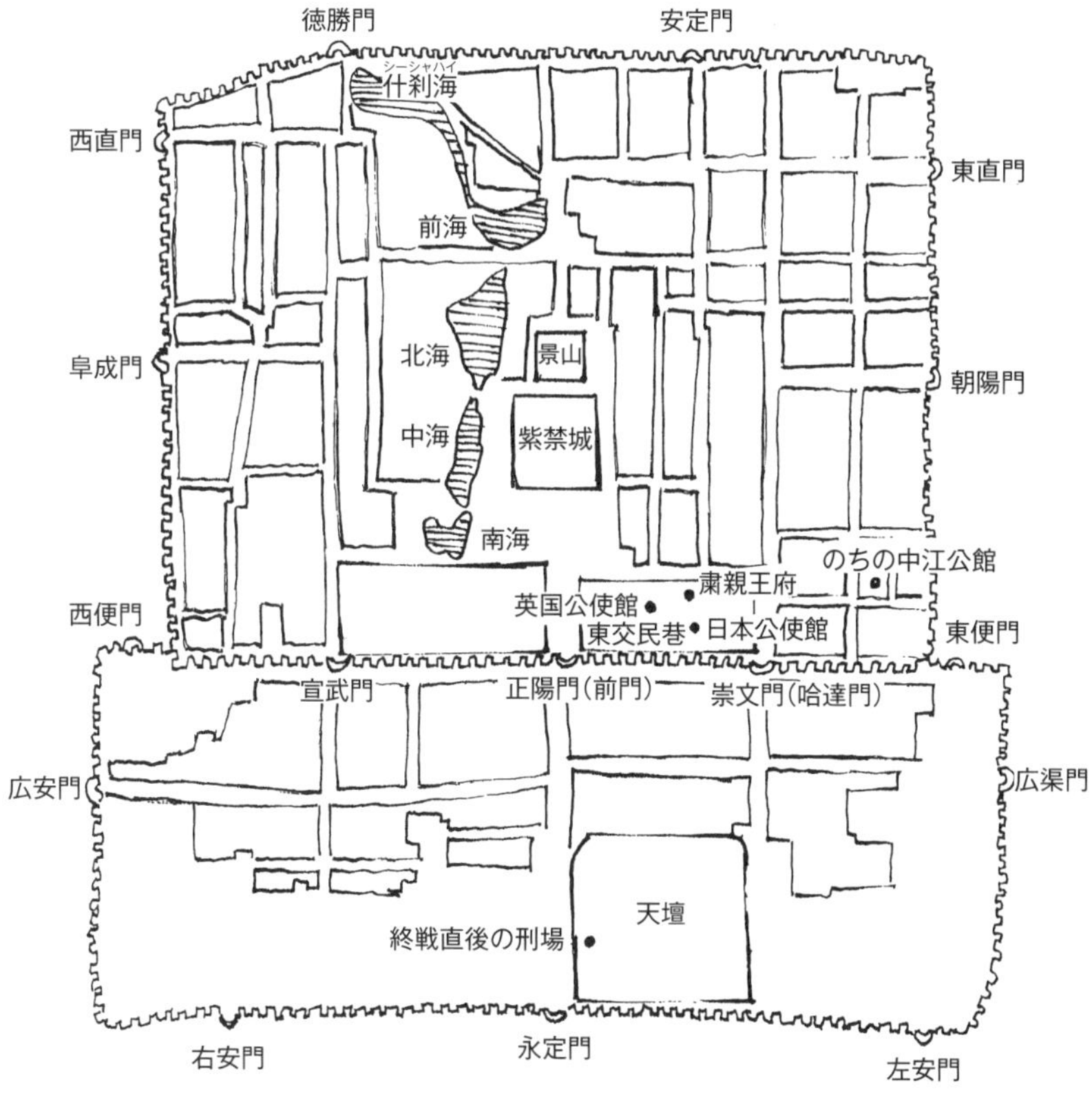
徳勝門
安定門
什刹海《シーシャハイ》
西直門
東直門
前海
北海
景山
阜成門
朝陽門
中海
紫禁城
南海
のちの中江公館
粛親王府
英国公使館
東交民巷
日本公使館
西便門
東便門
宣武門
正陽門(前門)
崇文門(哈達門)
広安門
広渠門
天壇
終戦直後の刑場
右安門
永定門
左安門

ものはなかなかあなどれない力を持っているもんだ。

父は剃り上げた頭をなでて、

「まあ、ここでん暮らしも長《な》ごないもしたんで……」

と言ったが、照れ隠しのように話題を転じた。

「西どん、おまんさぁは公使閣下にないやったんですか」

「おう、おう。おいがフランスに行っちょる間に西郷《せご》どんのことがあっせえなぁ。そんあとおいはロシアに駐在しっせぇ、帰国したのはあの戦《いっさ》から四年後のことじゃった。おはんが戦《いっさ》で行《ゆ》き方《がた》知れずになったちゅうことは親父《おやっ》どんから聞《き》っもした。ずっとそのままにもしておけず、いっかはわかいもはんどん、死亡届ば出したんじゃんそなぁ。おはんな、親父どんが亡くなったのも知らんじゃろがなぁ」

「えっ、父上が……」

「そうじゃ。おいは数年前に外務大臣になっせえなぁ。まあ、故郷に錦《にしき》を飾るちゅうか、そん年の暮れに鹿児島《かごんま》に帰りもしたと。親父っどんはおいの漢文の先生じゃったで、帰ったときには必ず挨拶《えさち》に行《い》っもした。そしたら、そん年の夏に亡くなったちゅうこっで……じゃっでほんの三年前のこつごわんど。おっかさんが言うには、死ぬまでおはんのこつ、いつか必ず帰ってくるち言《ゆ》ちょいやしたげな。そいからおいは去年清国の公使にないもして、ここにこうしちょっわけごわしと」

「そげんですか、父上、すんもはん。三年遅ごわした……親不孝もんをこらいやったもんせ」

父はしばらく嗚咽をこらえているようだった。西公使は父を慰めるように優しく言った。

「うん、うん。ないごて手紙一つ出さんかったんな？　戦《いっさ》んこつ？　確かにいっときは残党の詮議も厳しかったどん、西郷どんは今じゃ日本の英雄じゃっど。一昨年《おっとし》には上野にでっかい銅像が建《た》っもしたど。大手を振って帰国すればよかど」

「西どん、あいがと申《も》し上げます」

それから父はこれまでのいきさつを話し、四人とも日本に渡れるよう手配してほしいと申し出た。父と僕は間違いなく日本人だから公使権限で旅券を発給することは可能だが、白永徳と林永江が問題だった。確かに、考えてみると、中国人の彼らが日本に行ってもどうするあてもない。だが、彼らは父と一蓮托生《いちれんたくしょう》の思いでここまでついてきたのだ。白包頭は今回の劉一味の襲撃で家族を失っていたし、林秀才は若いころ一度結婚して子供も一人いたということだが、妻子とも風邪をこじらせてあっけなく死んでしまい、以後家族はいなかった。天涯孤独《てんがいこどく》の二人にとって僕と父だけが家族だった。彼らと一晩話し合って、どうしてもついて行くという決意の固いことを知って、父はもう一度西公使に頼み込んだ。西公使もしばらく考え込んだが、中国人の従僕としてなら同伴を認めるということになった。

それで帰国の手続きをすませて、北京駅に行ってみると、汽車が不通だという。僕らは義和団《ぎわだん》事件に巻き込まれたのだ。

義和団というのは、もともと白蓮教《びゃくれんきょう》という宗教団体の一派で、義和拳と称する拳法を修行すると、刀や槍や鉄砲の弾も受け付けなくなるという迷信を信じ込んでいた。白蓮教は南宋以来民衆の間にひろく浸透し、何度か民衆反乱の中心となった。義和団事件の百年ぐらい前にも白蓮教の乱が清国内を大いに騒がした。この時の白蓮教の運動には民族的な意義はなく、農民の不満の爆発というだけのことだった。それが、アヘン戦争以後、西洋人がわがもの顔に中国に乗り込んできて、にわかに外国人排斥運動と結びつくようになった。

だいたい、中国には貧民のための病院や孤児院がないわけではないが、そういう施設は大金持ちの慈善事業として設立されるものだ。中国人の考えでは、天が少数者に富を与えたのは、多数の貧民を救わせるためで、富者はそういう慈善事業をすることで、自分の天運を増進することができるということになっている。ところが、たいした金持ちにも見えないキリスト教の伝道師がそんな事業をするとなると、なにか下心があるというふうに邪推する。ついに、西洋人は、小児を殺して回春薬を製造し、病院では死者の脳をとってけのわからぬ薬を作っているとか、荒唐無稽《こうとうむけい》なうわさを多数が信じるようになった。拳法を修行すると鉄砲の弾に当たっても死なないとかいうのもそうだが、まあ、どんな非科学的なことでも容易に信じ込むことにかけては、中国人の右に出る民族はないだろう。事件の前の年は凶作だったんだが、それも外国人が雨を降らないようにしたからだというううわさになって、これまた大多数が信じ込んで、農民が義和団に多数加わるきっかけになった。

それで、とにかく外人と、中国人でもキリスト教徒、これを教民といったが、その教民を排撃する運動が起こったわけだ。ちょうどその数年前、変法自強《へんぽうじきょう》、つまり政治改革をして富国強兵を図ろうとする康有為《こうゆうい》らの戊戌《ぼじゅつ》変法《へんぽう》が失敗して、清廷でも守旧派が力を得たところだった。それで、政府自身が義和団の暴動を保護するそぶりをみせたもので、暴動はいっそう拡大して北京にまで押し寄せてきたのだ。

だから、義和団というのは、まあ、狂信的な攘夷派《じょういは》だな。日本だって、幕末には外人というだけで斬り殺す攘夷の風潮があっただろう。大和魂があれば黒船なんかなにするものぞ、というんだから、今から考えればバカみたいな話だが、今だって本土決戦のために大まじめで竹槍の訓練なんかやってたんだから、日本人の精神構造もそんなに進歩しちゃあいなかったわけだ。

日本に行ってから、福沢諭吉の『学問のすゝめ』を読んだら、「シナ人などの如く、我国より外《ほか》に国なき如く、外国の人を見ればひとくちに夷狄々々《いてきいてき》と唱え、四足にてあるく畜類のようにこれを賤《いや》しめこれを嫌い、自国の力をも計らずして妄《みだ》りに外国人を追い払わんとし、却《かえ》ってその夷狄に窘《くるし》めらるるなどの始末は、実に国の分限を知らず、一人の身の上にて言えば天然の自由を達せずして我儘放蕩《わがままほうとう》に陥る者と言うべし」と書いてあった。だが、結局日本人もその思想の根本はシナ人と同じだったわけだ。今年は『学問のすゝめ』の発表から七十何年かになるはずだが、日本人も「鬼畜米英」とか言って自国の国力もわきまえずこれを追い払おうとして国を焦土と化すことになったわけだ。

義和団事件を目《ま》の当たりにした僕は、『学問のすゝめ』を読んで、なるほど外国人を夷狄と蔑視してかえって外国人に苦しめられる中国人は、真の自由を知らないのだと思った。自分勝手が許されるのが自由ではない。誰もが勝手なことをしていいのなら、力のある者だけが自由ということになってしまう。自分の自由と同様に他人の自由も尊重するのでなくては真の自由とは言えない。誰もが公正な法に従うときに人は自由になるのだ。外人だからといって、違法なことをしたわけでもないのにむやみに排撃すれば、かえって外人の武力干渉を招くことになる。日本の幕末には幕府は開国に踏み切った。幕府までもが攘夷に同調していたら、列強は日本各地に軍隊を駐屯させて自国民を保護するようになり、日本も中国と同じ道をたどることになっただろう。開国して外人を保護することで列強からの攻撃を避けようとした幕府の政策が日本の植民地化を防いだのだ。そして、討幕までは攘夷を旗印にした諸藩も、維新後は一転して開国進取に転じ、新政府は外人に対する殺傷事件を厳重に取り締まった。ところが、清国官憲は、日本の過激攘夷運動みたいな義和団運動をむしろ助長したので暴動はたちまち拡大したのだ。

義和団にそこまでしっかりした思想があったかって？　そりゃあ大多数の暴民は、文字も読めない連中だ。連中は、放火と略奪のお祭り騒ぎができるなら、どんな理由だって暴動に参加したさ。だが、清朝に反抗するような暴動は徹底的に弾圧される。「扶清滅洋《ふしんめつよう》（清をたすけ、西洋を滅ぼす）」というスローガンを掲げると放火略奪が目こぼししてもらえるんだから、みんな義和団に加わるわけさ。幕末の討幕派も、本気で攘夷が可能と思っていた純情青年は別として、日本の実力で攘夷が実行できるはずはないとわかっていた者は、幕府を倒すための手段として幕府に攘夷を迫った。中国人も日本人も、根本的に攘夷を正義だと思っている。だから、政府を困らせようと思ったら、攘夷をスローガンにするのがいちばん効くんだ。攘夷を唱えて外人を襲撃するのを抑えつけようとすれば悪に与《くみ》するということになるからね。

北京籠城

北京に来る前に、天津市内でも不穏な風聞はあった。だが、ちょうど北京から天津に戻るという、その日の夜明けごろに、義和団の暴徒が北京近郊の駅に放火して鉄道を破壊したために、天津行の汽車が出ないことになったのだ。それで僕らは北京の籠城《ろうじょう》戦に加わることになった。西公使は、僕らは中国人の格好をしているのだから、なんとか義和団の暴徒の間を抜けて徒歩ででも天津に行けるのではないか、と脱出を勧めてくれた。だが、旅券を持って行かなければ天津で船に乗ることはできない。途中で臨検を受けたときに旅券が見つかって日本人であることが露見すれば、公使館に立てこもっているよりかえって危険だ。それに、父自身が同胞の危難を見捨てて脱出はできないと残留を希望した。

イギリス公使のマクドナルド卿は、もと陸軍武官で実戦指揮の経験もあったので各国兵の総指揮を担当したが、日本の籠城部隊は陸軍武官の柴五郎中佐が全体の指揮をとった。柴中佐総指揮の下で、民間人は義勇隊として安藤予備役大尉の指揮下で戦うことになった。日本公使館は公使館区域のなかでは奥まったところにあったから比較的安全で、日本兵はイギリス公使館の背後にあたる粛親王府《しゅくしんのう》つまり粛親王の屋敷の防衛を担当した。

粛親王は知ってるか？　その通り、清朝の王族の一人で、「男装の麗人」とか「東洋のマタハリ」とかいわれて女スパイとして有名になった川島芳子《かわしまよしこ》の実の父親だ。粛親王は、大陸浪人の川島浪速《かわしまなにわ》と意気投合して、娘の一人を川島の養女にしたのだ。それが川島芳子というわけだ。僕は、ずいぶんあとのことになるが、実際に粛親王に拝謁したこともある。その話はいずれすることにしよう。

義和団に迫害されて公使館区域に逃げ込んできた教民は約二千人もいて、とても収容しきれない。柴中佐は粛親王府を訪れて、日本兵を邸内に入れる許可を求めたが、粛親王は乱を避けてすでに他所に移ってしまっていた。そこで日本兵はすぐに屋敷内に入って占領して、教民を粛親王府に収容して防備を固めたのだ。

籠城は新暦の六月から始まったが、とくに六月十九日に清国政府からまったく唐突に各国公使に宣戦布告が通牒されて、清国官兵までが攻撃に加わるにおよんで連日の激戦となった。

西公使は、居留民を集めて訓示した。

「清国政府はわれわれに北京から退去するように求めている。だが、北京から退去して帰国するまでの道中の安全はどうなるのか？　居留民のうちには病人もいれば老人もいる。その交通手段はどうなるのか？　そうした点について清国政府は明確な回答を寄こさない。本日ドイツ公使が総理衙門《がもん》に出向いて交渉しようとしたところ、通訳官ともども狙撃され、公使は死亡し、通訳官は重傷を負った。

退去について交通手段は提供されず、公使館区域を一歩出れば、四面みな敵である。かくなるうえは、各国ともその公使館にとどまって自ら守るよりほかはない。よろしく大和魂を奮い起こし、全員が生死をともにする覚悟を固めてほしい。男児危急に臨んで、祖国の名を汚すようなふるまいのないようにしていただきたい」

父と白包頭は大きな戦力になった。銃が少ないので義勇隊のなかでは小銃を渡された者は少なかったが、父と白包頭は小銃を渡されて配備についた。親王府の土塀の上に上がって近づこうとする支那兵を射つのだが、一般居留民に比べると父と白包頭の命中率が格段に高いことが明白になったので、父たちは専門の狙撃兵のあつかいをされるようになった。僕も射撃には自信があったが、まだ子供だからと、教民とともに防御設備の構築作業にあたることになった。林永江は日本公使館の近くのフランス人経営のホテルで、籠城のみんなの食べるパン作りの手伝いをすることになった。僕らはしばらく別れて過ごすことになったが、籠城が長くなると守備隊も交代で休むようになり、休みのときは父と白永徳は僕のところに来てくれた。僕は父たちの武勇談を聞きたがった。父は自慢話みたいなことを言うのをいやがったが、白包頭は、例によって大げさにした話だろうが、武勇談を話してくれたものだ。

柴中佐は、もと会津藩士だったということだが、実に剛毅沈着《ごうきちんちゃく》にして温厚篤実《おんこうとくじつ》、まさに武人の鑑《かがみ》というべき人だった。その後、僕は日本の軍人をいやというほど見てきたが、明治の軍人と昭和の軍人は同じ日本人とは思えないぐらいだね。救援軍が来たあと、列強各国は地区を決めて北京に軍政を布いたが、諸外国の地区では連合軍兵士による略奪事件のような不祥事もあいついだのに、日本軍の受け持ち地区ではとくに軍紀が厳正で、中国人をよく保護したので、中佐の徳を慕《した》って他国軍の地区から日本管区へ移住する住民が続出したものだ。

西公使も、戊辰戦争《ぼしんせんそう》に従軍した経験があり、公使館員を義勇兵として送り出したのち、単身自ら大小の事務を処理するとともに、弾丸雨飛《だんがんうひ》の戦場にも視察に来て、日本兵を激励した。不眠不休で守備についている父も、西公使の姿を認めると元気を取り戻すようだった。

清国兵は、数は多いが編制訓練がなっていないようで、防御壁に破孔を開けて勇敢に飛び込んで来るのだが、号令一下一団となって飛び込んで来ない。百人がいっせいに飛び込んで来れば、銃を持った守備兵は数十名しかいないのだからたちまち守備線を突破されたはずだが、百人いても数人ずつ飛び込んで来るものだから、こちらの銃火を集中させて簡単に撃退できた。

あるとき、イギリス公使から、英国公使館が危急に陥ったので、いくらかでも援兵を寄こしてくれと要請があった。こっちだってたいへんだったが、ただちに安藤大尉は父と白包頭を含む六、七名を引き連れて救援に向かった。行ってみると、すでに敵は英国公使館の一部に侵入しつつあった。銃は単発だ。数人で射ったところで、敵に気づかれて反撃されるだけだ。安藤大尉は斬り込みを決意した。父は北京まで持ち込んだ日本刀を、白包頭は清国兵の死体から奪った青竜刀を抜いて構えた。

「突っ込めえ！」

号令一下、分隊は突撃した。敵にしてみれば、前方のイギリス兵と戦っているところに突然後方から伏兵が襲いかかってきた形だ。しかも、後方で銃声がしたわけでもないので、すでに喊声《かんせい》をあげて英国公使館内に入り込んでいた敵兵は、背後の襲撃に気づかなかった。

「チェストー！」

示現流独特の気合いもろとも敵の真っただなかに突っ込んだ父は、たちまち四、五人を血祭りにあげた。安藤大尉と白包頭も白刃をふるって敵を追い散らし、そのまま英国公使館内に入った。これですでに公使館内に入り込んでいた敵と後方の敵が分断され、敵が突入した防壁の破孔をふさぐことができた。公使館内に閉じこめられた少数の敵兵はたやすく全滅させることができた。わずか七、八名で突貫し、敵を撃退した日本人の勇気に諸外国人みな感服したものだ。

いつだったか、七月になってからではなかったろうか、敵は大砲二門で砲撃して、親王府の土塀に破孔を開けた。そして、ここから突入して来ようとしたので、ここに味方の射撃を集中して撃退した。安藤大尉指揮の義勇隊はすぐに破孔に駆け寄って、破孔から小銃を突き出して、敵をここに近づけない構えをとった。

すると、しばらくして、敵は大砲一門を引いて来て、破孔に依る味方を大砲で撃とうとする構えを見せた。そこで破孔を通じて大砲周囲の敵を激しく射撃したところ、敵は大砲を置き去りにして逃げた。

味方に大砲が不足しているのは、彼我の戦力差として痛感しているところだった。すぐ三十メートルばかり先に七サンチ半のクルップ砲が置き去りになっているのだ。なんとかこれを取りたい。柴中佐に相談すると、なんとかして取ろうということになった。イギリスやイタリアからも援兵を呼んで、一隊が側方から出撃して陽動し、敵の注意をそらしたところで、安藤隊が突撃して、教民多数で大砲に縄をかけて引っ張ってくる手はずにした。

突撃ラッパで英伊兵が喊声《かんせい》をあげて盛んに射撃をしつつ突撃した。安藤隊はしばらく時機を待って、同様に喊声をあげて突撃した。安藤大尉が真っ先に破孔から飛び出し、父たちもこれに続いた。ところが、ほとんど砲に手をつけ、縄をかけるところまで行った時、敵の猛射を受けた。兵はバタバタと倒れ、安藤大尉も胸部を撃たれて倒れた。最初たいそう勇んでいた教民たちはたちまち恐怖して、破孔の手前で地面に伏せて、打っても蹴っても進まない。父たちは味方の負傷者を引っ張って戻って来るのがやっとだった。

結局、大砲をはさんで双方小銃をかまえてにらみ合い、その大砲は敵も味方も取りに行けない状態になった。夕方までにらみ合いが続いたが、敵は向かいの壁の向こうから破孔に向かってレンガを投げ積んで、自分で開けた破孔を自分でふさいで、こちらの弾丸を防いで、ついに大砲を引いて戻って行ってしまった。

安藤大尉はこの晩亡くなった。柴中佐も、はた目にも力を落とされた様子だった。籠城が長引くうちに、日一日と防御壁は破壊され、守備線は後退していく。弾薬食糧も少なくなる。当初は、天津から援軍がすぐにも到着するものと信じて、士気旺盛だった日本人義勇隊も、前途を悲観する者が多くなった。

援軍要請の密使は何度か天津に向かったのだが、返事は戻ってこない。日本守備区域に逃げ込んできた教民を支那僧やらに変装させて出し、ついには女性ならかえってよかろうというので、女性まで派遣したが、敵に捕らえられるか、または逃げて行方がわからなくなってしまった。そこで、西公使から、父と白永徳に密使に行ってほしいと依頼があった。西公使にとくにと見込まれた以上、父も大いにふるいたって引き受けた。官兵の死体からはぎ取った服を着て変装し、天津の列強連合軍への密書は、薄くて丈夫な雁皮紙《がんぴし》に暗号を用いて細かい字で書いて、こよりにして衣服の襟に縫い込んだ。同じ暗号文を二人がそれぞれ持って、一人が捕まっても、どちらか一人は必ず届ける意気込みで出発することにした。

父は出発の当夜、僕を呼んで話した。

「小健《シャオチェン》、父さんは天津まで大切な手紙を届けに行かなくてはならない。今まで行った人で帰ってきた人はいない。父さんも戻って来れないかもしれない。もし父さんが戻って来なかったときは、必ず生きのびて、林おじさんといっしょに日本に行って、この手紙をおばあさんに届けるんだ。それと、この日本刀は父さんの家に代々伝わる大切な刀だ。これを見せれば、おばあさんもお前が父さんの息子だとわかって大切にしてくれるはずだ」

そう言って、父は僕に一通の手紙と、どんなときにも肌身から離したことのない日本刀を渡した。

「元気でな。小健！」

言うなり父は僕をがっしりと抱きしめた。

僕は、こういうときどう言ったらいいものかよくわからず、ただ、父が戻ってこない事態などあり得ないと信じていたから、あまり悲壮感もなく、それまでしばらく教民と一緒に過ごして、守備隊にいた父と別れ別れでいたところだったので、父に抱きしめられてむしろ安心な気がしたぐらいだった。

父は白包頭とともに、小雨が降る夜の闇にまぎれて胸壁の間をもぐって行き、まもなく見えなくなった。

陸軍幼年学校進学

そして、父たちはそれ以後姿を消した。天津までは馬なら片道せいぜい二日だ。官兵の服を着ていた父たちは、官兵の哨戒線《しょうかいせん》は抜けられたはずだ。どこかで馬を盗めば、四、五日で戻って来れる。徒歩だとしても一週間か十日で戻れるはずなのに戻ってこない。義和団に不意打ちをくらったとしても、暴民風情に用心深い父と白包頭が二人同時にやられるとは思えない。だが、それ以後、二人の行方は杳《よう》として知れないのだ。父が出発したのは、安藤大尉が戦死してしばらくたった七月半ばごろだったと思うが、それから一月《ひとつき》ほどして待望の救援軍が北京城内に突入し、二ヶ月余に及ぶ籠城から解放された。それから西公使は八方手を尽くして捜してくれたが、公使館区域を出て以後の二人の行方は痕跡すら不明だった。

そのころの僕には信じられなかったが、その後僕は人間がまったく偶然のほんのささいなことで簡単に死ぬのをたくさん見てきたからわかる。人間なんて、馬に蹴られても死ぬし、階段から転げ落ちても、食中毒でも死ぬ。どうして死んだのかはわからないが、父たちは死んだのだ。生きていたら、僕を残して父が帰ってこないはずはない。僕と林永江は、父の行方がわかるのを期待して一ヶ月待ち続けたが、なんの音沙汰もなく、やむなく二人で日本に渡った。僕はどうして中国で父を待ち続けてはいけないのかと駄々《だだ》をこねて、林《りん》おじさんを困らせたが、林おじさんは、僕に日本で教育を受けさせるのが父との約束だと頑として譲らなかった。西公使は、もし父の行方についてなにかわかったら、鹿児島の実家に必ず知らせると約束してくれたが、結局なにもわからず仕舞いだった。

北京から天津に戻って、今度は生まれて初めて船に乗り、博多から汽車で鹿児島に向かった。僕は子供だったから、弁髪を切って坊主刈りにすればそれでよかったが、林永江は坊主刈りというのもかっこうがつかないし、弁髪を切っただけでは髪の残った部分と剃った部分が変な格好になるし、どうせ中国人従僕ということで僕についてくるんだからと、とりあえず弁髪のままで日本に行くことにした。

鹿児島で父の母、つまり僕の祖母に会った時は、腰を抜かさんばかりにびっくりされた。なにしろ死んだとばかり思っていた息子が中国で生きていて、孫が生まれていて、しかも、つい最近帰国目前に死んだと聞かされたんだからねえ。おばあさんは何度も父からの手紙を読み返して、目に涙を浮かべて、せめて僕だけでも生きて帰ってきてくれてよかったと喜んでくれた。林おじさんは、総攬把のところから持ち逃げした大金を北京で宝石に換えて、みすぼらしいかばんの二重底に入れて持って来ていたが、宝石のことは誰にも言わないように僕にくぎを刺していた。林おじさんは、孫を送り届けた恩人ということで、実家で作男《さくおとこ》のようなことをしていっしょに暮らすことにした。

林おじさんが言うには、僕のことを父からくれぐれも頼まれた以上、僕が一人前になるまで見届けるのは男としての義務だということだった。父と白永徳《はくえいとく》、林永江《りんえいこう》の三人の間には義兄弟の杯が交わされていた。日本のヤクザでは、義兄弟の杯は普通の酒で乾杯するようだが、馬賊の間の義兄弟の杯は互いの血を酒に垂らして血をすすり合うのだ。『三国志』の劉備《りゅうび》の息子を諸葛孔明《しょかつこうめい》が後見したように、自分は坊ちゃんを見守る義務があると真顔で言うのだ。林おじさんは、日本に行くと決まってから僕を相手に日本語の練習をしていたが、籠城中にホテルで勤める間に、日本語では主人筋の人の息子を「坊っちゃん」というのだと誰かから教わったらしい。恥ずかしいから「坊っちゃん」はやめてくれと言ったが、やめない。

鹿児島で僕は小学校高等科二年生に編入された。そのころはまだ小学校は尋常小学校四年が義務教育で、高等小学校がその上級学校で、二年か四年の修了年限になっている時代だった。鹿児島の高等小学校では、中国から帰国したというだけで十分奇異の目で見られるのに、自宅に中国人の下僕がいて「坊っちゃん」と呼ばれていると知られて、僕はひどいいじめの対象にされた。でっかい声で「坊っちゃん、坊ちゃん」とはやされて、僕が悔しそうな顔をして帰ってくるのを見て、ようやく林おじさんも、おばあさんと同じように僕を「健ちゃん」と呼んでくれるようになったが、二人きりのときは相変わらず「坊っちゃん」で通した。

小学校では、算術以外はなんでもよくできた。なにしろ漢文は『十八史略』までやっている。小学生の教科書なんて三日で読み切ってしまった。地理は知らないことだらけだったが、汽車に乗ったり船に乗ったり、小学生としては大旅行をしてきたばかりだったから、なにもかも興味深くてすぐに頭に入った。理科や国史も初めてやったが、教科書をいっぺん読むだけで頭に入った。問題は算術だ。父は掛け算の九九程度の計算の初歩は教えてくれたが、高等科二年生でも鶴亀算とか、けっこう高度な計算が必要になる。だが、僕は算術も興味をもってやり抜いて、すぐに同級生を追い抜くことができた。

困ったのは鹿児島弁だ。まるきりわからない。親父が僕に教えた日本語は漢文読み下しの日本語だったし、僕は漢文体の日本語が高尚なんだろうと思って、子供のくせに「汝《なんじ》の名はいかに?」なんて相手に聞いたりしたもので、さんざん馬鹿にされた。中国人はどんなことでも軽々しく信じると言ったが、ものごとを軽々しく信じる人間は逆に自分が昨日まで信じていたことも軽々しく疑う。日本人も簡単に迷信を信じるが、逆に、いくら正しいことでも、非常に科学的なことでも、自分にとって異質であり突飛であるというだけで軽々しく馬鹿にする。日本人と中国人はこの点非常によく似ている。だから日本人と中国人がつきあうと戦争が起こるんだ。互いにわけもわからず相手を馬鹿にする同士がつきあえば、ケンカになるのが当たり前だ。

とにかく、僕はこんな田舎者根性丸出しの連中とつき合ってはいられないと思った。中学校は鹿児島の学校ではなく、東京の学校に行こうと決心した。それで僕は中学受験の猛勉強をした。祖母はやっと会うことができた孫を手放すのはつらそうだったが、僕が近所の子供となじめない様子を見て、中学校は東京の学校に行ったほうがいいと納得してくれた。清国公使を小村寿太郎と交代して帰国した西徳二郎男爵が、東京で僕の身元を引き受けてくれることになった。

高等小学校三年修了で中学受験というのが普通だが、僕は高等小学校二年修了で、翌年春、東京府立一中に優等の成績で合格した。そう、あの「一中、一高、東大」とエリートコースの代名詞になっている一中だ。僕は西男爵邸に居候《いそうろう》して一中に通うことになった。

林おじさんは、宝石の一部を換金した資金で、本郷の一中の近所でパン屋を開いた。「はやしパン店」という名前にしてね、北京籠城の間に習い覚えたフランスパンや菓子パンを作って売り出したんだ。そのころ東京では、フランスパンは非常に珍しくて、東京在住のフランス人の間で評判になり、そのうち帝国ホテルにまで納入するようになって、林おじさんのパン屋は繁盛した。林おじさんは科挙では秀才どまりだったが、商才のほうはたいしたものだったようだ。何年かするうちには東京在住の華僑の間でもかなり知られたぐらいの成功者の一人になった。林おじさんは、父の義兄弟なんだから、僕の祖母は自分にとっても母親だと言って、鹿児島の祖母にいくばくか仕送りまでしてくれた。

君、クロワサンという菓子パンを知っているか？　クロワサンというのはフランス語で三日月という意味だが、トルコの軍旗に三日月が用いられているだろう？　昔トルコの軍隊がヨーロッパに侵入した時にどこだかのパン屋が勇敢に戦って侵入を防いだんだそうだ。それを記念して三日月形のパンをこしらえたというのだが、これがうまくってねえ。そのころ僕は食べ盛りだったから、これを食べるのを楽しみに毎日学校帰りに林おじさんのパン屋に立ち寄ったものだ。

中学でも成績はトップクラスだった。漢文なんて教師よりできた。国文も、日本語は漢字を主体にして成り立っているわけだから、漢字をすでに何千字も知っている僕が普通の中学生よりできるのは当たり前だ。外国語はドイツ語を選択したが、ヨーロッパ語は語順が中国語と似ているし、中国語ができる僕は日本人の生徒より有利だったろう。歴史・地理・数学・博物（今の生物・地学）は、ほかの中学生とそんなに条件は違わなかったろうが、僕は自分が知らないことを勉強するのは楽しかったしね、すんなり頭に入って、学校の授業なんて退屈なもんだった。授業よりも、ほかの本を読むのが楽しかった。なにしろ、普通の日本人が子供のころに読むはずの本を読んだことがなかったからね。「桃太郎」だって中学に入って初めて知ったんだ。小説も読んだし、父が僕に読ませたがっていた頼山陽の『日本外史』も読んだ。

僕も自分は学問のほうに向いているような気がした。だが、一中から一高、東大への道は進まなかった。学費と東京での衣食住の費用は西男爵が出してくれたんだが、それが心苦しくってね。そのぐらい林おじさんが出すと言ってくれたが、保証人の問題もある。僕は陸軍士官学校に進むことにした。ちょうど、その少し前から地方幼年学校ができていて、軍人の戦死者の遺児は学費が免除されることになっていた。父が行方不明になった時、西男爵が父を軍属のあつかいにして死亡届を出してくれたので、僕は幼年学校に入れば学費免除になることになっていたのだ。寄宿舎に入る決まりで、普段の食事は明治には珍しい洋食でね、食費もかからなかった。日曜の外出日には林おじさんのパン屋で栄養補給をした。

次の年、つまり明治三十五年、中学一年修了で、僕は中央幼年学校予科を受験し、一発で合格した。入学時の順位は確か三番だったな。すごいですねって? 僕は自分よりできるやつが二人もいるのでびっくりしたぜ。入校式は九月でね、林おじさんも背広を着て父兄席に坐っていた。もう弁髪も切って、日本語もすっかりうまくなって、誰も中国人とは思わなかったろう。純白の明治期陸軍夏服に身を包んだ僕の姿を見て、涙を流して喜んでねえ、「攬把《ランパ》に一目見せたかった」と言われた時には僕も泣けちまったぜ。

そのころは、三国干渉後の臥薪嘗胆《がしんしょうたん》の時代だ。日清戦争に勝って獲得した遼東半島を独仏露の三国干渉で返還を余儀なくされ、全国民が臥薪嘗胆を合言葉に富国強兵に邁進《まいしん》していた。幼年学校の教員にも生徒にも気合いが入っていた。地方幼年学校六校が設置されたのも三国干渉の翌年のことだった。敵に勝つには敵を知らなくてはならないというわけで、幼年学校の語学は三国干渉の敵の、独・仏・露語を学ぶことになったのだが、その後、幼年学校出身者が陸軍要路を占めるようになったので、昭和陸軍のエリートで英語を理解する者は少数となり、これがアメリカに対する無理解につながり、無謀な日米戦争に突入する要因の一つになったのも皮肉な話だ。

幼年学校の教科は、外国語が独仏露語であることを除けば一般の中学校と大差なかった。数学、国文、漢文もしっかりやらされたが、僕は学業成績は相変わらず抜群だった。軍事教練も、僕は歩調を取って歩くのは苦手だったが、馬術と射撃は小さいころからやってるわけだから同期の連中と比べるとお話にならないぐらいよくできた。

武道の修練は厳しかった。剣術は父から示現流を仕込まれていたからね、僕が思い切り打ちこむと一撃で相手の面は、はずれそうになった。幼年学校一年生なんてまだ子供だ。籠手《こて》を打とうものなら、竹刀を取り落として、撃たれたところを押さえてうずくまって泣き出すやつまでいたものだ。かわいそうだから手加減して打つことにしたのだが、それはつまらなくてね、僕は柔道に打ち込んだ。

課外活動では毎日柔道を三時間みっちりやった。幼年学校の柔道師範は牛島という先生だったが、講道館五段の猛者《もさ》で、稽古は厳しかった。牛島先生から本郷の町道場を紹介してもらい、日曜の外出日には幼年学校予科のある戸山ヶ原から本郷まで走って「はやしパン店」に行き、制服を柔道着に着替えて、鉄下駄《てつげた》をはいて五百メートルばかり離れた道場に通った。道場にみんなが集まる前に腕立て伏せをしたが、本科に上がるころには三百回ぐらいできるようになっていた。鉄下駄をはいての道場往復もものたりなくなって、鉄下駄でうさぎ跳びで往復するようになった。僕は、本格的に柔道をやっている大人たちが集まる道場で鍛えられてめきめき腕を上げた。

僕は、柔道のために足腰を鍛えるなら、単に重りをつけて歩くよりも、同じ重さでも鉄下駄のほうがいいと思う。柔道で足技をかけるときは、片足に体重がかかって一本足の状態になる。一本足でバランスをとるには畳を足の指でつかむ感覚が大切なのだ。足の指のつかむ力を鍛えるには鉄下駄が一番なのだ。柔道が海外に広まれば、いずれ体格のいい外人のほうが日本人より柔道が強くなるのではないかと懸念する人がいるが、どうしてどうして、僕は日本人が下駄を履くのをやめでもしないかぎり、柔道じゃ日本人のほうが有利だと思うね。

幼年学校本科

明治三十七年二月、幼年学校予科二年生の冬、日露戦争が始まった。軍人の教官は次々に出征し、生徒も緊張したが、文官の教官は交代もなく、授業は平時と同じように行なわれた。日本軍の勝利の報道には僕ら生徒も若い血をたぎらせたものだ。翌三十八年の元旦に旅順要塞が陥落し、三月の奉天会戦、五月の日本海海戦の勝利を得て、九月にアメリカのポーツマスで講和条約が結ばれた。

そうしたなかで、七月に僕らは三年の予科を修了し、九月一日、中央幼年学校本科へ進学した。地方幼年学校は全国各地六ヶ所にあり、各校五十名ずつの定員で、東京の地方幼年学校を中央幼年学校予科と呼んだ。三年の地方幼年学校を終えて市ヶ谷の士官学校と同じ敷地にある中央幼年学校本科に集まると、生徒は三百名になるわけだ。

そのころ、東京は物情騒然としていた。ポーツマス講和条約で、日本は、ロシアが持っていた大連・旅順を含む関東州の租借《そしゃく》権、長春—旅順間の鉄道（南満州鉄道）などの諸権益を譲り受けた。しかし、増税に耐えて戦争を支えてきた多くの国民は、日本の継戦能力の枯渇《こかつ》について知らされず、死傷者二十万を超す犠牲の上に勝利したにもかかわらず、賠償金ゼロ、土地は樺太の南半分だけということになった時、戦勝国にあるまじき日本の「お人よし」ぶりに怒りを爆発させた。九月五日の日比谷焼き打ち事件に端を発して、東京市内の警察署、交番が次々に焼き打ちになり、市内は無政府状態となり、戒厳令は十一月の末頃まで布《し》かれたままだった。

医者も、どんな病気でも治すのが当たり前みたいに思われて、最善を尽くしても患者が死んでしまったときに、遺族に感謝されるどころか、かえって恨まれることがあるね。僕らは、軍人が根こそぎ動員され、老兵ばかりとなった留守部隊の訓練では兵に銃さえ行き渡らず、木銃で訓練している状況を知っていた。当時の日本の状況を考えれば、日本全権は最善を尽くしたと言えようが、無知な国民は、最善を尽くした医者を逆恨みする患者のごとく、日本代表団の努力に感謝するどころか、これを焼き打ちで迎えたわけさ。義和団もそうだが、実に衆愚ってものは恐ろしいものだ。

僕らは中央幼年学校第二十一期生になる。同期生で有名なのは満州事変で名を上げた石《いし》原莞爾《はらかんじ》だね。上級の十八期生は戦争に間に合わせるため、卒業年限を一年早められて士官学校に進学した。次の十九期生は一般中学卒業者を大幅に中途入学させせて水増しし、千余人の大世帯だった。そうやって急場をしのごうとしたのに、十九期生が士官学校に進学してすぐに戦争が終わってしまったわけだ。

　中央幼年学校本科の修業年限は二年だから、僕らの上級生は二十期生しかいないわけだが、この第二十期生はおそろしく野蛮な連中だった。僕らは入学第一夜から上級生の鉄拳制裁にさらされた。別段落ち度もないのにつまらない理由で一人残らず徹底して殴られるので、僕らはこの行事を「全滅」と呼んだ。鼓膜が破れたり、神経衰弱《ノイローゼ》にかかったり、退学する生徒も出た。一対一のケンカであれば、僕だって上級生にも引けを取る気はないが、軍隊というのは上官には絶対服従がタテマエで、幼年学校でも上級生にたてつくことは許されなかった。しかし、鼓膜を破ったり、神経衰弱で退学するというのは限度を超えている。外国と戦争するための軍隊なのに、国内で上級生による制裁で、何年も多額の税金をかけて養成してきた将校の卵をだめにしたのでは、なんのための幼年学校なのか。本来、上級生による私的制裁は、区隊長が取り締まるべきなのだが、当時の区隊長は戦争帰りで、この種の制裁を必要な訓練と認めていた。

　なかに確か上原という名前だったが、とくに陰険な奴がいて、僕を集中的にねらってきた。僕はそのころ急に背丈も伸びてめきめき力がついてきた。上原のほうは上級生だが、僕より背が低いぐらいで、僕は学業成績もいいし、劣等感の裏返しで僕をいじめたのかもしれない。「生意気だ」とか因縁をつけては鉄拳をふるう。

彼の暴行はあまりに理不尽で腹にすえかねたので、僕も報復を考えた。柔道と剣道は幼年学校の区隊別の対抗試合がある。この試合の時には上級生と戦う機会がある。だが、上原のチームは柔道の時は一回戦で敗れて、僕らのチームと試合のチャンスがなかった。剣道の組み合わせを見ると、僕の区隊と上原の区隊が一回戦で当たる。僕はこの一回に賭けることにした。上原は中堅で出ることがわかっていたので、区隊長に僕を剣道試合の中堅にしてくれるよう頼み込んだ。区隊長も上原の制裁が度を超していることはわかっていた。理由を聞かずに僕を中堅にしてくれた。

僕はいちばん重い竹刀を選んで試合に臨んだ。試合では普通は中段の構えで竹刀が触れ合うぐらいの間合いを取る。だが、僕はここ一番、示現流の必殺の一撃をお見舞いしてやる気でいた。「始め」の声がかかるや、少し離れて間合いを切って、竹刀を立てて右手側に寄せる、一般の剣道でいう「八双の構え」に似ているが、「八双の構え」よりもさらに竹刀を垂直に立てて高く構える、示現流でいう「トンボ」の構えをとった。これで相手はあっけにとられたようだった。さらに「チェーストー〜!!」と腹の底から気合いを出すと、僕の殺気のすさまじさを感じたらしく、面をかばおうとするかのように弱々しく竹刀を上げた。気合いで呑まれた相手は、ヘビににらまれたカエルのように固まって動けなくなるものだ。ここから示現流は助走をつけて真《ま》っ向微塵《こうみじん》に打ち据える。小さいころ以来、立ち木打ちはやっていないが、太刀筋は体が覚えている。助走に入る時、僕は相手の面をめった打ちにしてやるつもりだった。だが、その一瞬、いくら竹刀でも頭を打つと死ぬかもしれないと思い直した。「キエーッ」裂帛《れっぱく》の気合いもろとも渾身《こんしん》の力でただ一撃、籠手《こて》を打ちすえた。「ボキッ」、にぶい音がして相手はうずくまったまま立ち上がれなかった。そのまま医務室にかつぎこまれたので、二本目はなしだった。右腕が骨折していたそうだ。その後、骨折が治っても上原は僕を殴ろうとしなくなった。

あとで「はやしパン店」の裏庭で、木剣で立ち木打ちをやってみたら、一撃で煙が出た。上原の頭を打たなくてよかったと思ったぜ。えっ、すごい力だって？　そう、握力はどのぐらいだったか、幼年学校のころの値は覚えていないが、士官学校卒業時の計測では九十キロまで計れる握力計の針が振り切れたのは記憶に残っている。今でも毎日腕立て百回は欠かさない。

僕は、軍人に士族以外の平民が増えたことが、日本軍の堕落の一因だと思っている。無抵抗の下級生を殴るなどということは武人として恥ずべきことだ。そういうことは侍の古来の道徳の基本だ。処罰を受けずに放埒《ほうらつ》な行為をすることができるときに自制できるかどうかは、その人の人間的価値を測るバロメーターだ。そういうことは武士の家庭では小さいころからのしつけとして子供に伝わっていたのだと思う。

義和団事件の北京籠城の間に見た柴中佐や西公使の態度は非常に立派だった。キリスト教徒でもない日本人が、中国のキリスト教徒を命がけで庇護《ひご》し、乏しい食糧を分かち与えた。昭和の軍人だったら、逃げ込んできた教民にふんぞり返って接して、食糧は中国人と日本人とで差をつけて、防備工事とかでも殴りつけて仕事をやらせただろう。柴中佐は会津武士の出身だったということだから、会津落城後の敗者の悲哀をわかっていたせいもあるかもしれないが、日露戦争の旅順攻略後の乃木将軍の、敗軍の将ステッセルに対する、武士の鑑《かがみ》というべき対応を見ても、明治の軍人は武士道をわきまえている人が多かったのだ。

士官学校に進学したあと、乃木将軍の講演を聴いたことがある。初めに言ったのは「私が乃木であります。みなさんのお父さん、お兄さんを殺した乃木であります」という言葉だった。それから、深々と頭を下げて、ずっと黙っていた。旅順攻略戦で死んでいった兵のことを思い出して泣いていたのではないかと思う。そのあと何を話したか覚えていないが、将校にもなっていない士官学校生徒のひよっ子どもに、日露戦争の英雄、天下の大将軍が頭を下げ続けたことに度肝《どぎも》を抜かれた。あの光景だけは何十年たっても忘れられない。本当の武人というのはこういう人なのだ、命令一つで万を超える兵隊が喜んで死地に向かったのは、この将軍が指揮したからこそなのだとわかった。

ところが、家庭で武士としてのしつけのできていない平民が士官学校に入ってくるようになって、百姓根性・町人根性を日本軍人の精神に持ち込んだのだ。アリストテレスも、小さいころからの習慣づけが道徳の基本であり、その差は絶大であり、むしろそれがすべてだというふうなことを言っていた。士官学校でアリストテレスの言葉まで教えるのかって？　そんなはずないだろう。僕がどうしてそんなことまで勉強するようになったかは、あとからおいおい話そう。僕がこういうことをしっかりわかったのは、ずいぶんあとのことで、そのころはまだ幼かったから、とにかく先輩の暴行の嵐が早く終わるのを願って耐えていた。

上級者に対するときはきわめて卑屈になるやつに限って、自分より下位の人間には一転して傲慢《ごうまん》にふるまう。上官に叱られたはらいせは部下を叱り飛ばすことで晴らす。先輩からうけたビンタは後輩に返す。下役時代に受けた恥辱《ちじょく》は上役となったときの愉快で償《つぐな》う。こうして日本式上下序列関係は連綿《れんめん》として続いていくのだ。二十期生が卒業して、二十二期生が入ってきて、僕ら二十一期生が上級生になると、待ちかねたように殴る側に回るやつもいた。僕はそういうやつは本物の下衆《げす》だと思って必要以上につき合わないことにした。

幼年学校本科の卒業前に生徒は兵科を決定しなくてはならない。生徒は希望の兵科を志願書に記入して提出し、審査の結果、歩兵、騎兵、砲兵、工兵の四兵科に配属される。日露戦争間もないそのころいちばん人気があったのは騎兵だった。馬上の英姿はなんといってもかっこいいからねえ。僕も騎兵を志願した。希望任地は近衛騎兵連隊《このえきへいれんたい》にした。

明治四十年、僕は予科・本科合計五年間の幼年学校を修了し、六月一日、希望通り近衛騎兵連隊に赴任した。これで決まった連隊は「原隊」といって、青年将校にとっては第二の故郷とも言うべき縁で結ばれる連隊になる。幼年学校を卒業したら、士官学校に入校する前に半年間の士官候補生勤務が義務付けられているのだ。

半年間の連隊勤務では馬術を徹底的にやった。

陸軍士官学校卒業

連隊勤務を終えると、明治四十年の暮れ、再び市ヶ谷台に戻って、士官学校に入校した。士官学校一年半の教育課程を終え、明治四十二年七月、僕は首席で卒業した。

卒業席次五位までは恩賜の銀時計が授与される。首席となると御前講演の栄誉が与えられる。御前講演といっても、自分で研究したテーマを講演するわけじゃない。なにもかも上層部で決めて、教官から渡された丁重な文章をそのまま読むのだ。

この時の講演のテーマはナポレオンのロシア遠征だった。ナポレオンのロシア遠征の失敗の歴史を講演し、同じくロシアを敵とした日露戦争における日本の勝利との違いを強調し、要するに日本陸軍の優秀さを手前味噌で宣伝するような内容だった。いかに武力でロシアに侵攻したところで、広大なロシア全域を占領し尽くすことはできない。日本の勝因は、第一に敗走するロシア軍を奉天より北まで追撃しなかったことであり、第二に戦勝を外交戦に結びつけて国際世論を味方につけたことであると結論した。深追いは危険だとか、全ヨーロッパを敵としてはさしもナポレオンも敗れざるを得なかったとか、明治天皇よりは支那事変を果てしなく拡大させ続けた昭和の軍人たちに聞かせたい内容だったがね。

士官学校卒業時には七番だった石原莞爾は、陸軍大学校卒業時には一番になるところだったといううわさがある。ところが、御前講演について、教官から「粗相《そそう》のないように」と事前に釘を刺されたところ、彼が「私の話に文句をつけるのでしたら、教官殿ご自身が講演をなさったほうがよいでしょう」と言い返したため、一番をおろされて二番にされたというのだ。えっ、君もそのうわさを知ってる？　まあ、関東軍将校の間ではずいぶん知られたうわさらしいね。その真偽については僕は確かめようもないが、あいつならやりそうな話だ。あいつは士官学校時代から、服従という、軍人に絶対必要な根本精神を欠如したやつだった。

人間は、社会的組織を形成して、協働することによって生活を営む。それは、動物を狩るときもそうだし、田植えや稲刈りでもそうだし、帆船で航海するときもそうだ。自分勝手な行動は、しばしばその属する組織全体を危機に陥らせる。だから規範に従う必要があるのであり、航海中は乗船客も船長の命令に服従しなくてはならない。国家における規範は法律の形式をとる。国家は、文武官民それぞれが互いに職分を守り、法に従って協力し合うときに、最高の力を発揮できる。

薩摩と会津といえば、犬猿の仲として有名だが、北京籠城の時には、薩摩の西公使と会津の柴中佐は互いに協力して自分の職分を守り、西公使は対外折衝に力を尽くし、柴中佐は軍務に専念した。上官は部下をいたわり、部下は上官を信頼して忠誠を尽くした。父たち義勇兵も安藤大尉の命令に従った。父は中国語ができたから安藤大尉からなにかと相談されることもあったが、最終決断が父の意見と違っても命令には従った。それが石原莞爾みたいなわがまま勝手を押し通す連中が軍内で出世するようになって、日本軍は命令通りに動けない軍隊になってしまったんだ。僕は軍人にとって服従は当たり前だと思っていたし、御前講演は名誉なことだと思っていたから、素直にせいいっぱい講演をこなした。

その当日、僕も緊張したが、士官学校全校が緊張に包まれた。おつきの人たちの靴音が大講堂に近づいてきた。「入御《にゅうぎょ》、入御」という声に続いて陛下が入ってきたようだ。「入御」という言葉は天皇が公務をなさる場から奥御殿に入ることをいうはずだが、とにかくどこかに入るときにも使うということをこの時初めて知った。

入御という声で、大講堂の全員が上体を四十五度に曲げて最敬礼したから、入ってくるところは誰も見ていない。入ってきた大勢の靴音が静まって完全な静寂が訪れた。最敬礼が終わった気配だったから、僕はそっと上体を起こしてみた。とたんにギョッと立ちすくんだ。
　五、六メートルしか離れていない正面に、明治大帝、大元帥陛下が玉座に腰かけている。御真影《ごしんえい》で見る陛下はずいぶん若いが、明治四十二年の陛下はずいぶん恰幅《かっぷく》がよくて髪にも髭《ひげ》にも白いものが混じっていた。その後ろには、写真でだけ顔を知っていた桂太郎《かつらたろう》首相、寺内正毅《てらうちまさたけ》陸軍大臣、奥保鞏《おくやすかた》参謀総長など、将星、重臣がずらりと並んでこちらを見ている。
　人の上に立つ人物はそれなりの威厳を身につけておかなくてはならない。昔、アメリカで憲法制定会議の時に、あるいたずら好きの会議出席者に、友人が、初代大統領ワシントンの背中をたたいて「こんにちは。ご機嫌いかがですか、将軍」と言うことができたら、晩飯をおごると言ったところ、彼はただちにこの賭けに応じた。ところが、彼はワシントンの一瞥《いちべつ》にあっただけで、もう俺は、たとえ千回晩飯をおごってくれるとしても、とてもそんなことはやれそうにないと、すごすごと帰ってきたそうだ。一国の宰相にはこうした威厳が必要なものだ。

　満二十一歳になったばかりの僕の前に、日本中の威厳が固まってでんと鎮座しているのだ。しかも、若いころの御真影よりも太った分、貫禄を増した陛下の威厳ときたら大講堂全体にあふれている気がした。僕はすっかり威圧された。

目をつぶって
「慎《つつし》みて只今よりお話をつかまつります」

と、何十回と練習した前口上から話し始めたが、声がつかえるのが自分でもわかった。ところが、目を開けてみると、陛下が和《なご》やかな目をなさって僕の話を身を乗り出して聞いている。僕の話を聞いてくださっていると思った瞬間、震えが止まって声もスムーズに出るようになった。

御前講演がやっと終わって、ほっとして校庭に出た。卒業証書授与式だ。来賓の群集のなかにはフロックコートを着た枢密顧問官の西徳二郎男爵もお見えになっていたし、この日のために日本式の紋付袴《もんつきばかま》をあつらえて必死に着付けを練習してきた林おじさんもいた。鹿児島の祖母も来たがっていたが、その年の春から病気がちになってどうしても来られなかった。

軍楽隊の華やかな演奏のなか、陛下がおいでになる天幕の十二、三メートル前まで、僕は予行通り列から歩調を取って出て行った。停止して挙手の礼をすると、軍楽隊の演奏がピタッとやんだ。陛下はにこやかにほほ笑んだ。僕は今度は落ち着いて徳大寺侍従長から銀時計をいただいた。

卒業後の休暇に鹿児島に帰って、祖母に恩賜の銀時計を見せた時は本当に喜んでくれた。祖母と並んで、懐中時計を仏壇に供えて、亡き父と祖父に報告した。その時、祖母は僕が中国から持ち帰った日本刀を、軍刀のこしらえにつくってくれて、僕に手渡した。なんでも辺見家の先祖がずいぶん昔に藩侯から頂戴した由緒ある名刀だそうだ。祖母が死んだのはそれから間もなくのことだった。

動乱の満州へ

士官学校卒業後、半年間、見習士官として原隊で隊付勤務を行なったのち、明治四十二年の暮れ、僕は正式に騎兵少尉に任官した。近衛兵は全国からとくに選抜された優秀な将兵を集めており、陸軍の星のマークの下を桜花で飾った華やかな徽章《きしょう》の帽子をかぶる。とくに騎兵は、陛下の公式の出駕《しゅつが》の際の護衛の任務がある。そういうときは鳥毛の飾りつきの帽子をかぶり、きらびやかな軍服を着て、紅白の三角旗をつけた槍を立てて持つ。近衛騎兵連隊は、そのころは元衛町といったが、今の大手町のあたりにあった。僕は連隊から五百メートルぐらいのところに下宿していたが、それだけの出勤にもわざわざ乗馬で通った。僕が乗馬で通りかかると女学生たちが振り仰いでねえ、得意の絶頂だったなあ。

だが、明治四十四年に中国で辛亥《しんがい》革命が起こって、僕の運命は大きく動いた。十月十日の武昌蜂起以後、燎原《りょうげん》の火のごとく中国各地に独立の機運が広がり、翌年元日には孫文が中華民国の建国を宣言し、二月には宣統帝の退位が宣言されて、清朝は倒れることになる。

これを機会に雑多な大陸浪人が中国でことを起こそうとした。川島浪速らは、清朝の粛親王らと結んで満蒙独立を企てた。彼は日本が満蒙を指導して中国から独立させれば、中国本部と抗争が始まって満蒙は日本に頼らなくてはならなくなる、この情勢を利用すれば日本の実力を満蒙に確立することができる、というふうに日本の軍人たちを説きつけた。

当時参謀本部付だった高木《たかぎ》公通《きみみち》大佐らは川島らの構想に乗って満蒙独立運動を手助けすることになった。そこで僕に白羽の矢が立ったのだ。

明治四十五年、正月早々、僕は連隊長に呼びつけられた。

「辺見少尉、本日直ちに参謀本部に出頭せよ」

「はっ、辺見少尉、参謀本部に出頭いたします」

軍人は命令に従わなくてはならない。だが、連隊勤務の僕が参謀本部に出頭するというのはどういうことなのか。しかも、参謀本部に行ってこれこれの用事を果たせという命令ではなく、すぐ行けというだけの命令だ。僕の怪訝《けげん》な気持ちは顔に出たらしく、連隊長はつけ加えた。

「参謀本部でどんな任務が待っているかは本官にもわからん。数日前に、支那語ができて乗馬と射撃のうまい将校を一名推薦するよう参謀本部から通知が来たのだ。しかも、必須ではないがと断りながら、なるべくなら妻子・親兄弟のいない者がいいという条件がついていた。近衛騎兵連隊の全将校中、射撃と乗馬に関しては貴官の右に出る者はない。貴官は支那生まれということで支那語は支那人顔負けだ。そして、貴官には親兄弟もない、確かにそうだったたな」

「はっ、一昨年祖母が亡くなりましたので、自分は天涯孤独の身の上であります」

「うむ、つまらぬ念を押したが、そういうわけで貴官を推薦したところ、本日すぐに出頭せよと命令が届いたのだ。なにかとくに極秘の任務なのかもしれない。行く先も周囲に告げないようにとのことだ。連隊長の許可を得ているということで、普通の外出を装って、なんら特別の準備を整えることなく直ちに行け」

「はっ、辺見少尉、直ちに参謀本部に向かいます」

というわけで、僕はとるものもとりあえず、近衛騎兵連隊から三宅坂の参謀本部まで馬を走らせた。参謀本部に行くと、支那課長の小野寺大佐が待っているという。さっそく課長室に行って申告すると、小野寺大佐は穏やかに椅子を勧めてくれた。

「君が辺見少尉か。そう緊張しなくてよい。まあ、かけたまえ。御父君《ごふくん》は義和団事件の時に伝令に出て亡くなったということだったな。私は義和団事件のあと北京の駐屯軍で勤務した。その前に柴中佐に会って引き継ぎを受けた事項のなかに御父君の捜索の件があった。柴中佐からうかがって、籠城中の御父君の活躍については私も知っている。北京で、私もずいぶん調査したのだが、どうしても御父君の消息はわからなかった。その息子がこうして将校として私の前にいるのも不思議な縁を感じる。

これから言うことは、まだ命令ではない。君が引き受けてもいいと思ったら引き受けてほしい。

昨年中国で革命が起こって、清朝がもちそうにないのは知っているな。そこで、清朝遺臣の間では、清朝発祥の地満蒙を中国から独立させて、清朝を存続させようという動きがある。高木公通大佐らが、それをわが国でも支援して、独立が成功したら清朝との関係を緊密化しようと計画を立てたのだ。高木大佐はすでに渡満して下準備をしている。高木大佐から支那語のできる乗馬と射撃のうまい部下を派遣してほしいと要求があったので、ぜひ君に行ってほしいのだ」

「少し質問してもよくありますか」

「うむ、なんだね」

「満蒙独立の計画にどの程度の成算が見込めるでしょうか？　その満蒙独立計画は満州の民衆の間でどの程度の支持を受けているのでありますか？」

「うむ、その点ははなはだ心もとないところだ。だが、高木大佐にこの話を持ち込んだ川島浪速という浪人などは、清朝王族の粛親王をかつぎ出していて、粛親王が独立の旗を掲げれば全満蒙が中国革命政府に反旗を翻すようなことを吹聴《ふいちょう》している」

「それは非常に危険であります。清朝王族など、支那本部で総スカンをくっているから今次革命が起きたわけですが、満州でもたいした支持は集められるものではないと愚考します。しかも、独立運動を日本が援助するとなれば、それは日本の満州における権益拡張、ひいては満州を支那本部から切り離して日本の属国化する策謀とみなされるでしょう。満州人の望むところは、帝国であろうが共和国であろうが、どちらでも構わぬから、とにかく支那の一部としてとどまらしてほしいというところでしょう。西園寺総理がこんな危うい謀略に賛成するとは思えないのでありますが、この計画には政府の賛同は得ているのでありますか」

「政府の支持はない。諸外国に日本が支那の内政に干渉しているような印象を与えることもまずい。したがってこの計画は極秘だ。あくまでも清朝遺臣による独立運動に日本の民間志士が自発的に参加したという体裁《ていさい》をとる。高木大佐は現地で指揮にあたるが実際行動には参加しない。君は高木大佐の命令で動いてもらうが、もし万一君が捕まったり殺されたりしても軍はいっさい関知しない。それを承知のうえで君に行ってほしいのだ。もし現地の実情を調査して君の判断で絶対に無理だと思ったら、高木大佐を説得してあきらめさせてほしい。わずかでも可能性があると思ったら全力を尽くして独立運動を成功させてほしい」

「わかりました。そこまでおっしゃるならば、辺見少尉、行ってまいります」

「そうか、引き受けてくれるか。よし、当面の必要経費は経理部で受領して、すぐに現地に出発せよ。その後のことは旅順の関東都督府で高木大佐と相談せよ」

「はっ、ただ、自分には肉親はありませんが、小さいころから世話になった人はあります。まったく連絡不能になるとその人が心配して騒ぎ立てたりするかもしれません」

「君は本日から近衛騎兵連隊勤務の身分のまま極秘任務についていることになる。手紙や電報は近衛騎兵連隊気付で発受信できる。もし連絡しておきたい人がいるなら、この場で手紙を書け。近衛騎兵連隊から発送したことにして差し出しておく。下宿の荷物はできるだけそのままにして、ちょっとした出張を装って出かけるように」

僕は西男爵と林おじさんに、極秘任務につくことになったので勤務地は言えないが元気でいること、連絡は近衛騎兵連隊あてで可能なことを伝える手紙をしたためて小野寺大佐に預けて、早々に出発した。

東京から神戸までは汽車で行き、神戸から大連までは汽船を使った。大連からまっすぐ旅順の関東都督府に向かい、さっそく高木大佐に旅順到着を申告した。

「おお、君が辺見少尉か。待っていたぞ。さっそく、われわれの作戦計画を説明しよう。これは極秘だからそのつもりで……」

「待ってください。軍事作戦はともかく、満蒙に実際独立の気運はあるのでしょうか。民衆がついてこなければ軍事作戦だけ成功しても独立はうまくいかないでしょう」

「そんな心配は無用だ。満蒙の民衆など無学文盲の連中だ。治安が安定して農作業と商売ができるなら、支配者が漢人共和派だろうが清朝だろうが気にすることはないと思っていい。実際、連中にとっては県知事が交代したところで、交代に伴う送別と歓迎の賄賂の徴収がどうなるかだけが関心事だ。つまり、連中の望みは安居楽業であってそれ以外のことに関心はない」

「確かに、日本人もそういうところがありますが、大勢順応というか、空気に流されて付和雷同するのは支那民衆の性質です。武力で中央政府の役人を追い出せば、あとは民衆はついてくるというお考えになるのもわからないではありません。しかし、だからこそ、現に満蒙の空気はどうなのか、独立運動に付和雷同しそうな気運がみなぎっているのかどうかが重要になります」

「そうか、君は満州育ちだと言っていたな。川島の話では、粛親王かつぎ出しさえできれば、こと既になる、みたいな口ぶりだったが、君は君で満蒙の政治動向を調査してみてくれ。だが、ことは急を要する。川島の計画では二月には粛親王を北京から脱出させることになっている」

「それでは自分が満州の世論動向を調査する期間は半月程度ということですか」

だいたい、政治的謀略を行なうなら、その成算を判断できるだけの材料を自分で収集したうえで決心すべきではないか。高木大佐はうさんくさい大陸浪人の口車に乗せられているだけではないのか。唖然《あぜん》としたが、僕としても、自信満々の川島一派に対抗して絶対失敗と言えるだけの具体的根拠があるわけではない。とりあえずその「大陸浪人」川島浪速に会ってみることにした。

僕は旅順から奉天に向かい、そこで汽車を乗り換えて北京に行った。川島に会ってみるとネズミのような貧相な顔立ちで、いよいようさんくさいと思ったが、粛親王と義兄弟の契《ちぎ》りを交わしていることを得意げに話した。義和団事件に際して、川島は日本の陸軍臨時派遣隊の通訳官として従軍し、紫禁城に立てこもる護衛軍を説得して平穏裡に開城させた。蒙塵《もうじん》（天子が戦乱などで都から逃げだすこと）先から帰還した西太后《せいたいこう》・光緒帝《こうしょてい》の一行が無事に紫禁城に入ることができたのは川島の努力によるもので、こうしたことから川島は粛親王の信頼を得るようになったのだ。

川島を通じて粛親王殿下に拝謁した。明治天皇の威厳もすごいもんだったが、清朝三百年の伝統に裏打ちされた清朝貴族の威厳もたいしたもんだった。このころは僕も若くってねえ、だいたい日本人は相手の血統がいいとなると萎縮するようなところがある。僕もすっかりかしこまって、そこへ持ってきて、粛親王が「おん年七歳の幼帝が不憫《ふびん》で……」とか言って、はらはらと涙をこぼしたりするもので、中国四億の臣民に一人の忠臣もないのなら、僕一人でも忠義を尽くして、幾分か皇帝のお心をお慰めしたいというような気分になってしまった。僕には半分は満州族の血も流れている。もはや日本にとっての利害成敗《りがいせいはい》も、一身の毀誉褒貶《きよほうへん》も生命すらも眼中にない、ただ親王殿下の苦衷《くちゅう》を見るに忍びず、全力を尽くす気になったのだ。

そこで川島の計画を聞いてみると、川島自身が粛親王を擁して満州で一旗あげ、同時に蒙古でも内蒙古の部族の王である喀喇沁《カラチン》王や巴林《パリン》王に挙兵させて、一挙に満蒙王国を建設しようということだった。奉天で高木大佐の準備した武器弾薬を受領して、内蒙の喀喇沁・巴林両王府へ輸送するのが僕の使命とされた。

ちょうど公守嶺の東方で日本人の浪人朽木益三《くちきますぞう》の一団が満州独立運動を画策していて、高木大佐はこの一団と連絡を取って彼らに武器の輸送を依頼し、僕がこの集団を指揮して、奉天と四平街《しへいがい》の中間にある公守嶺《こうしゅれい》から内蒙まで運搬することになった。朽木は運送予定コースの沿道の馬賊の頭目たちに話をつけ、また運搬用の車両や馬匹《ばひつ》を集める作業にとりかかった。

なんとか輸送準備が完了して公守嶺を出発したのは確か五月二十七日だった。途中で朽木隊が同盟している馬賊の左忠明《さちゅうめい》の一隊と合流し、日本人三十名、馬賊隊百名、総勢百三十名ほどで、三十三輛の大荷車隊を護衛していくことになった。荷車のいくつかの木箱には、農具を入れておいて、途中で官憲に検問されたときには洮南《とうなん》付近の開墾地に農具を輸送すると申し開きをすることにしていた。内蒙との境まで届ければ、あとは出迎えの蒙古軍が引き継いで護衛する手はずになっていた。

輸送隊は、馬賊の襲撃や中国の巡察隊の目を避けつつ、それでも毎日三十キロぐらいは進んで行った。ようやく内蒙古との境界付近までたどりついたが、迎えに来ているはずの蒙古軍がどこにもいない。それどころか、これだけの大部隊が移動しているのはどうしても人目につくから、鄭家屯《ていかとん》駐在の呉俊陞《ごしゅんしょう》率いる中国軍が僕らの輸送隊に関する通報を得て、輸送隊の行方を捜しにかかったらしい。中国兵の斥候隊に見つかったので、いずれ本隊の追撃を受けることになると覚悟して先を急いだが、味方の蒙古兵が数百騎ぐらいは出迎えに来ているはずなのに、さっぱり行き合わない。

実は、公守嶺を出発するに先立って、武器の受領と輸送隊の出発を見届けに来ていた蒙古王族の一人を蒙古本隊との連絡に先発させたのだが、そいつは途中で官憲につかまって銃殺されてしまい、輸送隊の連絡は蒙古軍には届いていなかったのだ。そんなこととは知らない僕らは、そろそろ迎えの本隊に出会うはずと思いながら、あちこち目を走らせつつ進んで行ったのだ。

公守嶺を出て十日ほどたったころ、行く手に見える村落に三人の斥候を出したところ、しばらくすると一人だけ、肩を射たれてよろめきながら逃げ戻ってきた。二人が捕まってしまったとのことだった。

僕は輸送隊を後方にさがらせて、村落の前面に戦闘部隊を配置し、捕虜の救出のための戦闘を行なうことにした。ところが村落に三百メートルほどのところまで近づいた時に一斉射撃を浴びせられ、そのうえ、後方からついてきた馬賊隊が興奮してやたら発砲するので、先陣の日本人部隊は前後から銃弾を浴びせられる形になってしまった。ひとまず後退して、三百メートル以上の距離で馬上から射撃しても弾の無駄であり、射撃は命令なしに行なうと同士討ちの危険性があることを説明したのだが、集団行動の規律になじんでいない連中はどうにも始末に負えない。いずれ先方には小銃の準備がかなりあることがわかったので、日中の攻撃をあきらめ、夜襲をかけることにした。

夜陰にまぎれて土塀を乗り越えて門を内側から開けて突入しようとしたのだが、塀が高くてどうしても乗り越えることができない。しかたなく表門を爆破して突入しようと爆薬を仕掛けたが、表門は頑丈で少しの爆薬ではびくともしない。爆発で夜襲に気づいた敵から激しい銃火が雨あられと降り注ぎ、闇のなかで味方の呻《うめ》き声が聞こえる。

夜襲は惨敗に終わり、日本人隊から二名の戦死者と五名の重軽傷者を出し、馬賊隊にも二名の軽傷者が出た。夜が明ければ敵は攻撃してくる。大荷物をかかえて追撃を振り切ることはできないと判断し、僕は塹壕《ざんごう》を掘って迎撃することにした。ところが、朝になってやって来た敵の総勢は八百ほどもあったんだ。時間がたつにつれて味方の損害は増える一方で、後方の防御陣の一角が突破されたものか、後方の荷馬車隊の方角が騒がしくなり、人夫が馬車の上で鞭をふるって方角も定めず逃げ出した。そうなると馬賊隊も総崩れとなり我勝ちに逃げ出した。やむなく敵に渡すわけにはいかない武器類を焼き捨てて、僕らも逃げ出した。

東に行けば奉天に戻る方向であり、西に行けば蒙古族の味方の待つ方向だ。僕らは追撃を分散させるため、二手に分かれて逃げた。僕は西を目指して十名ほどの集団で馬を走らせた。どこか茂みがあれば身を隠すことができるはずだ。追っ手はむやみやたらに鉄砲を射ってきて、銃弾がうなりをあげて頭の近くをかすめていく。君は実戦の経験はあるかい？　外地勤務の軍属で、結核の既往もあったから召集は免れた？　そりゃよかったな。よく「弾の下をくぐる」というが、そりゃあこわいもんだ。

弾が空気を切り裂いて飛ぶときに発する飛走音は、銃口からの距離が近ければその速度も速く「パン」という音を出し、遠くなるにしたがって速度も次第に衰え、その音は「ピュン」から、さらに遠くなると「シュン」というように聞こえる。弾が銃口から発射されるときに出る発射音は「トン」というふうに聞こえる。音速は毎秒約三百四十メートルで、銃弾の初速度の毎秒約六百七十メートルより遅いので、もし夜に一キロそこその距離で銃弾が発射されて頭上を通過するのを見ると、まず光速で伝わる発射の閃光《せんこう》が見え、次に頭上を銃弾が通り過ぎるときの飛走音シュン、それから音速で伝わった発射音トンが聞こえる。

ずいぶん詳しいって？　士官学校じゃ砲兵じゃなくとも、弾道学の初歩は勉強する。放物線を考えて、初速がどうで射角がどうだとどこに着弾するかを計算するには微積分学が必須だ。微積分が不得意だと砲兵にはなれない。砲兵科になると本格的な解析幾何《かいせきいか》をやらされて、そのうえ、新兵器の開発に必要な、火薬の研究だとか、銃身強度の研究とかやらされるから、化学や金属学の知識も必要になる。士官学校ってのはちょっとした科学者養成学校だったんだぜ。ところが歩兵科を志願する連中は微積分ができないからしかたなく歩兵科を志願したような連中で、こういう頭の悪い連中が、「歩兵は戦闘の主兵」なんて非科学的なお題目を唱えて、陸軍を牛耳るようになったから、陸軍全体も非科学的になっていったんだ。僕は微積分も得意だったが、騎兵のかっこよさにひかれて騎兵科を志願したんだがね。

だが、これが僕にとっては初めての実戦だ。飛走音の違いがわかるようになったのは実戦をずいぶん経験してからのことで、この時は弾が自分の近くか遠くかなんてわかりゃしない。生きた心地もしなかったぜ。その時、馬に敵弾が命中したらしく急に竿立ちになって、そのはずみに僕は馬から投げ出されて、そのまま気絶してしまった。

危機一髪

それで、僕は戦死したことになった。東に逃げた部隊の一人が、落馬した僕が動かなくなったのを見ていて、奉天に戻って辺見少尉は死んだと報告したんだ。

三月に西男爵は死んでいて、その知らせは僕も受け取っていたのだが、この任務のために帰国はかなわず、西男爵の葬儀には弔電を打っただけだった。この時、竹一君はまだ小学生だった。僕が騎兵将校になったあと、お世話になった西男爵に晴れ姿を見せるつもりで、何度かお宅にお邪魔した。その時、竹一君にせがまれて馬に乗せてやったものだ。それで竹一君は父親のような外交官ではなく、騎兵になりたいと思うようになったのかもしれない。外交官になっていたら硫黄島に行くこともなかったろう。人の運命というのは偶然が左右するものだね。

僕の戦死公報は林おじさんに届けられたんだが、林おじさんは、どこで戦死したかも国家機密で知らされないし、遺骨もないのに「うちの坊っちゃん」が戦死したとは信じなかった。

林永江は推理した。日本陸軍が極秘の謀略をやるとすれば、革命騒ぎの中国に決まっている。だから中国語ができる坊ちゃんが選ばれたのだ。だが、中国は広い。坊ちゃんが中国に行ったというだけでは捜し当てることはできない。陸軍では、中国が統一して近代化されれば日本をしのぐ勢力になるのではないかと警戒しているらしい。袁世凱に味方して恩を売ろうとする一方、孫文の革命派にも援助して南北対立をあおり、しかも満州に清朝の旧勢力を独立させて、中国の統一運動を阻害しようという魂胆のようだ。袁世凱は中国最強の北洋軍の総帥であり、彼に対する援助は軍事面ではなく資金面となるはずであり、一介の少尉が出る幕はない。南方革命派への工作ならば、陸軍少尉の派遣もあり得るだろうが、坊ちゃんは騎兵だ。古来「南船北馬」というように、南方の交通手段は船であり、北方の交通手段は馬だ。騎兵が必要なのは北方、おそらく坊ちゃんは満州に派遣されたのだ。

そこで、林は「はやしパン店」を信頼できる番頭に譲って当面の資金を準備のうえ、義和団事件以来ずっと保管し続けてきた宝石をかばんに詰め込んで奉天に向かった。奉天に着いてみると、満蒙独立運動に日本軍がかかわって蒙古軍に武器を輸送しようとしたが惨敗したといううわさはすでに知れ渡っていた。林はこれに坊っちゃんがかかわったのだと確信し、密偵を放って行方を探らせた。

いっぽう、気絶した僕はどうなったかというと、縄で縛られて誰かが乗っている馬の前方に乗せられて揺られているうちに目を覚ました。後頭部が痛かったから馬から落ちた時にここを打ったのだろうが、縛られているので手でさすることもできない。うめき声をあげると、馬に乗っているやつが気づいて僕を地面にどさりとおろした。

どこかカラマツの森のなかだった。僕が気絶したのは午後早い時間だったが、今は日が傾いている。満州の六月の日は長い。僕は何時間も気絶していたことになる。馬から下りたそいつは油断なく拳銃を僕に向けて、中国語で言った。

「お前、日本の将校だな。馬賊の格好したってわかる。こんな刀を持っているのは日本の将校だけだ」

　僕は近くの木を支えにして、背中をもたせかけるようにして体を起こした。

「日本の将校なら日本軍からたんまり身代金をせしめることができると思ってお前を拾ったんだが、ちょっと気になることがあってな。仲間のところに連れて行く前に聞きたいことがあるのよ」

　どうやらすぐに殺されるわけではなさそうだ。こいつは日本の将校は人質にはならないということを知らないらしい。満州馬賊風情に日本の将校が捕まったなんて、あってはならないことだ。日本軍に身代金要求をしたが最後、僕の身柄なんかそっちのけで、お前さんたち皆殺しにされるぜ、と思ったが、身代金をとれると思わせておいたほうがよさそうなので黙っていた。

「お前、俺が知ってるガキに似てるな。昔、俺が仲間になった馬賊の攬把《ランパ》が日本人でな、俺が縄張りの外の部落でちょっと娘っ子をかわいがってやったら、それが攬把の耳に入ってな、こっぴどく俺をなぐりやがったのよ。馬賊は自分の縄張りの部落は襲わねえが、縄張りの外の部落を襲撃するのがどうしたっていうんだ。まして女《あま》っちょ一人いたぶったからってなんだっていうんだよ。俺は別に部落のみんなを守るために馬賊になったわけじゃねえ。好き放題なことができると思って馬賊になったんだ。その後俺はいろんな攬把の下を渡り歩いたが、あんな道学者ぶった馬賊にお目にかかったことはねえや。

俺は攬把に復讐する機会をうかがっていた。ある時攬把が出かけたすきに、うちの縄張りを狙っていた馬賊に攬把の留守を知らせて襲撃のチャンスだって知らせてやったのよ。そっちの攬把は劉志明《りゅうしめい》というやつだったが、うちの攬把の太々《タイタイ》（奥さん）に横恋慕《よこれんぼ》していてな、俺の話にすぐに乗ってきたぜ。俺の手引きで襲撃は成功し、今じゃその太々は劉の妾の一人ってわけよ。その日本人の攬把はそのあと姿を隠しちまったが、その息子にお前さん似てるのよ」

そうか、こいつ父さんの子分の一人だったのか。そうだ、思い出したぞ。食い詰めて満州の辺地に流れてきて、飢え死にしそうなところを父さんに拾われたんだ。おかゆを食べさせてもらった時には、「ご恩は一生忘れません」と涙を流して地面に額をこすりつけていたやつだ。子分に加えてもらってあんなに喜んでいたくせに、恩を仇《あだ》で返したのか。許せん！　なんとかしてやりたいが、縄は外れそうもない。

「お前が日本人の攬把の息子なら、身代金と引き換えに日本軍に返してやったりすれば軍隊を連れて復讐に来られるんじゃないかと思ってな、息子だったら殺してしまおうと森のなかで話を聞くことにしたのよ。その怒りようを見ると、図星《ずぼし》のようだな。じゃあ、しょうがねえなあ。大金はあきらめて殺しちまうことにしよう。うん、なにか言いたいことでもあるのか？　聞いてやってもいいぜ。おい、どうした、目を見開いて、……へっへっへ、俺の後ろになにかあるようなふりをして、俺が後ろを向いたすきに足払いでもかけようってつもりなら、やめときな。俺はまずお前を射ち殺してから後ろを向くからな。あばよ、うっ、うわっ」

そいつの背後には虎が迫っていたのだ。虎は音も立てずに忍びより、一飛《ひとと》びで頭に噛みついた。虎はそいつの頭をくわえて、猫がネズミをとった時によくやるように数回ブルブルッと振った。これで首の骨がはずれたらしく、そいつの手足は数回ビクビクっと痙攣《けいれん》したあと動かなくなった。虎はそいつの尻から太腿《ふともも》にかけての衣服を噛みとって、悠然《ゆうぜん》とそのあたりの肉を食った。そいつの首は妙なふうにねじれてしまって、顔はこっちを向いていたんだが、なにか言いたそうに少し口を動かした。士官学校で救急処置について教わったときに、口を動かす神経は脳みそから直接出ているが、胸郭を動かす神経は首より下から出ていると聞いた。だから首の骨がはずれたあいつは、口は動かせるが、息ができないものだから、声を出せなかったんだ。息ができないんだから間もなく死んだんだが、死ぬまでの間、なにか言いたげに口を動かしていた。無残なものだったよ。

僕は、動くと僕もやられそうな気がして、身じろぎもせずじっとしていた。森のなかに虎が人肉を食う音、なんというか、舌鼓《したつづみ》としか言いようがないが、ピチャピチャという音が響いた。いつの間にか太陽はすっかり西に傾き、森のなかは薄暗くなっていた。虎はそんなに腹がすいていなかったのか、尻と腿の肉を食っただけで、ふいと森の奥に消えて行った。その時、僕ははっきり見たんだ。その虎の頰に刀傷があるのを。どうやって刀傷とわかったかって？　確かに刀傷と書いてあるわけじゃない。正確にいえば切り傷の痕で、刀傷ではなく虎同士のケンカでできた爪痕かもしれない。だが、虎の爪痕なら数本平行に並んだ傷痕になるんじゃないか？　その傷痕は一本だけ虎の右頰にくっきりついていた。とにかく、僕には刀傷に見えた。

君は生まれ変わりということを信じるかい？　僕もあの時までそんなことは信じなかったが、あれはどう見ても白永徳《はくえいとく》の生まれ変わりとしか思えなかった。頰の傷といい、白包《はくパオ》頭《トウ》の通り名が「白虎」だったことといい、僕が絶体絶命の危機にある時に現われて僕を救ってくれて僕には危害をくわえなかったことといい、あの虎はきっと白包頭の生まれ変わりだったのだと思われてならないんだ。

そのあと、僕は後ろ手に縛られたまま死体からナイフを探した。馬賊はたいがい皮の長靴を履いているが、それにナイフを仕込んでいることが多い。そいつも長靴にナイフを隠していた。僕はそのナイフで縄を切った。僕の軍刀も騎兵銃もそいつの馬の鞍にくくりつけてあった。皮袋には金もある。水筒から水を飲み、僕はそいつの馬に乗って、北極星を目印に東に向かった。どこまでも東に行けばいずれ満鉄の線路に出るはずだ。

馬賊になる

僕は、注意ぶかく、小さな部落だけに立ち寄って食糧を買い求め、必ず部落から離れたところで野宿して、追撃をかわすように回り道をしながら、東に向かった。奉天に着いたのは、もう七月になっていた。

ちょうどその少し前に林永江が奉天に着いていたのだ。林は、密偵の調査で、馬賊風の身なりの男がたった一人で行動しているという情報をつかみ、これが僕だと確信した。密偵の情報から、単独行動の馬賊が現われた地点と日にちを地図上に書いて、僕がそろそろ奉天に現われるだろうと推測されるころ、日本軍の駐屯地に通ずる街道の町はずれで僕が現われるのを待っていたのだ。

東京ではパン屋の前掛け姿の林おじさんを見慣れていた僕は、中国服に身を包んだ林が最初わからなかった。だが、林は馬賊の身なりの僕をすぐに見分けた。

「坊っちゃん！」

と大声で叫んだ。その声の主をよくよく見て、僕は驚いた。林がどうしてここにいるのか！

近くの茶店で、僕が死んだという知らせを受けてから僕を見つけ出すまでの苦労をひとくさり聞かされたあと、僕のほうも日本を出てからこれまでのいきさつを話した。

一通り話が終わると、林は声をひそめて、

「陸軍の駐屯地には顔を出さないほうがいいです」

と言った。

「なぜだい？　僕は軍の命令で行動したのだから、帰着したら復命しなくてはならない」

「それはいけません。坊ちゃんは死んだことになっている。役人というものは、自分の間違いを認めたくない習性がある。坊ちゃんが生きて帰るのは彼らにとっては都合が悪い。

私がつかんだ情報では、川島らは二月に粛親王を北京から脱出させ、旅順に落ち着き先を確保しました。当初は都督府も親王を歓迎したのですが、外務省がこれを知って横やりを入れてきたのです。二月に袁世凱と孫文派の間で南北妥協が成立し、袁世凱が大総統になって、四月に孫文が正式に辞任したのは知ってますね。すると、中国本部の政治状況はひとまず落ち着いてしまった。日本政府は列国と協調して袁政権に借款供与の話も進めており、満州で日本がことを起こすのはまずいということになったのです。川島は東京に呼びつけられて、参謀次長の福島安正《ふくしまやすまさ》中将直々に運動差し止めを申し渡されました。二階に上げてはしごを外すようなやり口に川島は抗議しましたが、福島中将は『異議は外務大臣に言ってくれ』との一点張りでした。川島は内田康哉《うちだやすや》外務大臣にも面会しましたが、強硬な態度で『絶対に許さん』と言われ、累《るい》を粛親王の身辺にまでおよぼすことを恐れて、涙を呑んで閣議決定に従ったということです。これは川島とつながりのある浪人に金をつかませて手に入れた確実な情報です。

それで、すでに陸軍としては、今回の一件に陸軍軍人がかかわっていたという事実に頬かむりしたいところなのですが、戦死公報まで発した坊っちゃんが生きていたということになると、坊ちゃんが真相を知っているだけに、非常にまずいことになります。今のところ、坊ちゃんが生きているということは誰も知らないことですが、生きているとなると闇から闇に消される危険性があると思います」

「僕らが公守嶺を出発したのは五月二十七日だぞ。独立運動中止にするなら、すぐに連絡してくれればいいじゃないか」

「たぶん、川島が日本に呼ばれたのは六月になってからのことですから、それは無理だったでしょう」

「それにしても、……だから、政府に内密で軍部だけの謀略なんかやらないほうがいいと言ったんだ。まあ、最終的に僕も積極的にかかわったんだから、人のことは言えないが。だが、無法な馬賊ならともかく、法治国家の日本で僕を闇から闇に消すなんてことまではやらないだろう」

「いいえ、陸軍内部から漏れてきた情報では、坊ちゃんは敵前逃亡したことになっている。しかも、戦死せずに捕虜になったということになると、捕虜になることを極端に忌み嫌う日本軍の性格からしても、軍法会議にかけられて合法的に銃殺される危険性だってあります」

「確かに、馬賊や浪人たちが散り散りになった時に逃げ出したのを敵前逃亡と言えば言えるかもしれないが、あの場合、ほかにどんな方法があったと思う？　踏みとどまって戦ったところで戦死者が一人増えるだけじゃないか。だいたい、軍では軍人がこの運動にかかわっていたことを隠したいわけだろう？　日本軍人の死体が呉俊陞配下の部隊の手に渡ったほうが、都合が悪くなるはずじゃないか。捕虜になったといっても、自分で白旗を掲《かか》げたわけではなく、気絶したところを捕まっただけだ。だが、確かに軍法会議にかけられたら、不利なことは間違いないな。日本軍が満州で反乱を起こそうとした事実そのものを抹殺したがっているのなら、敵前逃亡と馬賊の捕虜になったことで、僕に自決を強要するぐらいはやってくるかもしれない」

僕も、うかつに駐屯軍に出頭するわけにはいかないことを納得した。

「じゃあ、これからどうする？」

「坊っちゃんは死んだことになっています。このまま身を隠すのがいいでしょう。実は私は以前から清朝の官僚の腐敗に憤りを感じておりました。坊ちゃんが今回満蒙独立運動にかかわったのもなにかの縁でしょう。満州のどこかに中国本部とは一線を画して民衆の安居楽業を実現する地域をつくり上げるというのはどうでしょう？　私も日本でパンばかりつくっていたわけではなく、福沢諭吉の著書などを通じて西洋の近代思想を学びました。これまでのように地域のボスの勝手気ままな政治ではなく、公正な政治を実現し、いずれは民衆の教育も充実させ、満州の近代化を進めていきたいのです」

「そりゃあ、話がでかいなあ。少し考えさせてくれ」

そこで、僕は林永江が準備しておいた中国服に着替えて、農民を装って馬車で奉天を出て、ひとまず近郊の村に落ち着いた。林が調査したところでは、奉天にほど近い新民屯《しんみんとん》を根城にする張作霖《ちょうさくりん》という馬賊の頭目が、日露戦争で日本側に立って馬賊部隊を率いて諜報活動やゲリラ戦を行ない、それ以後、日本軍を後ろ盾にして急速に力をつけている。ひとまずこの男の配下に入って力を養うのがいいだろうということだった。

僕は悩んだ。士官学校を首席で卒業するためには、僕だってそれなりに頑張ったんだ。僕の前には、これから陸軍大学校から海外留学といった未来が開けて、いずれ陸軍大将への栄達の道が開かれているはずだった。それが、自分でも望み薄と思っていた満蒙独立運動に、若気のいたりというか、ものはずみでかかわることになって、こんな破目になった。だが、こうなった以上は陸軍へは戻れない。柴中佐のような軍人になり、乃木大将のような将軍になるという僕の夢は不可能になったのだ。満州で暮らしていくとなれば、僕が士官学校で勉強したことは軍事のことだから、確かに馬賊になるのがいちばん自分の能力を生かす道だろう。

何日か悩んだ末に、僕は林の勧めに従うことにした。僕は武器輸送で公守嶺を出て以来伸び放題の髭をそのままにして、林永江の息子ということにして、林健《りんけん》と名乗って張作霖に馬賊の隊員として売り込みに行くことにした。

張作霖の軍事顧問

張作霖のあだ名は白虎《びゃっこ》と言った。それを聞いて、僕は、あの林のなかで見た虎と、白永徳を思い浮かべた。あの虎も大きな虎だったが、白永徳も大きな男だった。僕も身長は六尺二寸（一八六センチ）と高いほうだ。父も僕ぐらいの長身だったが、白永徳は父よりもさらに大きくて筋骨隆々としたたくましい体つきだった。それで馬賊の間で白虎の張と恐れられる張作霖も大男かと想像していたのだが、実際会ってみると、張作霖は華奢《きゃしゃ》な体つきをした小男だった。張作霖はいずれ満州の王者になるという林永江の見立てを僕は疑ったが、黙って馬賊としての「就職試験」を受けた。

まずは拳銃だ。空中高く銅銭を投げて、これを射ち落とす。僕は二枚同時に投げたのを造作もなく射ち落とした。

次に馬術だが、僕の馬はあの虎に食われた馬賊の馬だ。内蒙との境界から奉天まで、二十日ばかりこの馬を走らせたわけだが、なかなかいい馬だった。黒馬、つまり馬の毛色でいうあお毛で、支那馬ながら、馬体もたくましく、足も速く、持久力・跳躍力とも抜群だった。満州の夕日は赤い。大きな大きな真紅の太陽が、はるかな地平線に沈もうとする時には天地のすべてが赤く染まる。野宿する場所を探してうろついている間に、真っ赤に染まった大草原をわたる風の音に反応して馬が何度かいななないたことがあった。風の音みたいな天地自然が起こす音を「天籟《てんらい》」という。そこで思いついて、僕はこの馬を「天籟」と名づけた。天籟号を見ただけで、張作霖は馬の能力を見抜いたらしい。直々に試験すると言って、自分も馬にひらりと飛び乗って、ついて来いと言う。

近衛騎兵将校相手に満州馬賊が馬術の試験をすると言うのを、僕は腹のなかでせせら笑ってついて行ったが、驚いた。速い。真剣に追いかけたが、追いつけない。馬にとっては荷物が軽いほうが速く走れるわけだから、小男を乗せたほうが速く走れるのは道理だが、馬自体も、どうやら僕の馬より張の馬のほうが優秀のようだった。数年後、僕はこの馬と同じ血統の馬を張からもらったのだが、張の乗馬に劣らずいい馬だった。

次に張作霖は馬を走らせたまま手綱を放して騎兵銃をとり、三十メートルばかり離れた木柵《もくさく》の上に並んだ瓦を射った。僕にもやってみろということらしい。要するに小銃でする流鏑馬《やぶさめ》というわけだ。騎兵連隊で繰り返し練習したことだ。簡単に命中させた。

最後に歩度を緩めて障害飛越《しょうがいひえつ》をやった。木柵を低いところから徐々に高くなるように準備してあって、張作霖は次々と飛んだ。障害飛越は、毎日股《また》の皮がむけるぐらい練習を重ねてきた。すべて難なく飛んで見せた。

張作霖はにやりと笑って、

「いいだろう。今日からお前は包頭《パオトウ》の一人だ」

と言った。

僕は何十人かいる包頭の末席というのではなく、張作霖の直属の兵隊二百人ばかりの訓練をまかされることになった。僕の父ということになっている林永江は、日本語ができることを売り込んで、張作霖と日本軍との渉外担当の参謀格で、張作霖に仕えることになった。

一人一人の兵隊の腕っぷしが強いことと部隊として強いかどうかは別の話だ。指揮官の号令に従って統制ある動きができるかどうかが、集団としての力を発揮できるかどうかのカギになる。ところが、馬賊の連中ときたら、指揮に従うということを知らない。隠密行動で敵に近づいて奇襲をかける訓練をすると、射撃の命令を下さないうちに、目標近くなると空に向かって射撃を始める。そして、ばらばらに目標に近づいててんでんに撃つ。僕が、それでは敵に気づかれて奇襲にならないし、敵にばらばらに近づいたのでは先頭の兵隊が集中射撃を受けるから損害を大きくしてしまうと説明しても、まったく理解できない。これまでこのやり方でやってきたのだから変える気はないという感じで、そもそも僕を若僧と馬鹿にして、聞く耳持たないという態度だ。

そこで、僕は連中を説得することをあきらめて、年は若くとも、僕が指揮官にふさわしいのだということを実力でわからせることにした。

まず、馬術だ。僕が隊列をくずさずに馬を走らせるようやかましく言うのを、僕が遅いせいでみんなを引き留めようとしていると誤解しているらしいので、早駆けの競争をした。張作霖の馬だけは抜群の走力だったが、これまでの訓練で、ほかの馬にたいした馬はいないことを僕は確かめていた。僕が本気で早駆けしたら、かなう相手はいなかった。

それから障害飛越だ。十騎一組で障害飛越をやらせてみた。馬賊の隊員のなかにも低い障害も飛べないのがいることがわかった。これまであった障害を問題なく越せるのが二十騎ぐらいいたので、この二十騎を本格的な障害飛越のコースでテストすることにした。僕は、これまであったようなちゃちな障害ではなく、日本の近衛騎兵連隊にあるような本格的な障害馬場を、部隊の訓練用に造らせておいたのだ。

僕を先頭に二十騎を一列に並ばせて次々に飛越する。馬が障害を飛ぶのを嫌がってコースを外れた時は、最後尾に回ってやり直しをする。小手調べの低い障害は全員が飛んだ。さすがに乗馬が商売の馬賊のなかの選り抜きの隊員だ。次の三角形に材木を組んだ大障害も全員が飛んだ。だが、障害は変化をつけていくつも設置してある。数ある障害の半ばを過ぎるころには落伍者が出始めた。終わりに近づくころには一つも失敗なしに僕のすぐ後ろについて来ているのは一騎だけになってしまった。

とうとう最後の障害だ。これは壕を掘って、その後ろに障害を置いたもので、僕の目算ではこれを越せる隊員はいないはずだった。だが、もしも後ろのやつがこれを越したら、最初からもう一周しなくてはならない。天籟号もそうとうバテてきていた。この障害を越せるかどうかも危ない。僕は手綱を短く詰めて体を前のめりにした。そして、まっすぐに障害に向かって馬を走らせた。天籟号は飛ぶ気満々だ。「よし、行けっ」。天籟号は見事に飛んだ。後続の隊員に邪魔にならないところで後ろをふり返ってみると、ちょうどすぐ後ろの隊員が飛ぶところだった。障害の真ん中に向かってくる。こいつは飛ばれるか、と思った次の瞬間、馬が壕を見て怖がって壕の手前で急停止した。勢い余った騎手は前方に放り出されて落馬した。この最後まで僕についてきた隊員は陳傑来《ちんけつらい》という男で、背は低いがすばしっこくて、偵察に行かせるとその報告は簡潔で要点をおさえていて、頭のほうもなかなか使えるやつだった。僕は陳傑来を僕の部隊の小隊長に起用することにした。

次に射撃をやらせてみた。放り投げた銅銭を拳銃で射って命中させるのだが、自信のあるやつにやらせてみると、一枚だけならなんとかできたが、二枚同時に投げて二枚とも命中させるやつはいなかった。僕が二枚同時に投げたのを、何度やっても二枚とも命中させるのを見てみんな目を丸くして驚いていた。

最後に格闘だ。部隊でいちばん腕っぷしに自信があるやつと格闘することにした。そいつは身長は僕と同じぐらいだったが、体重はそうとうな重量級で、筋骨隆々とした中国拳法の使い手だった。北京籠城のときに、いっしょにいた教民のひとりが中国拳法の使い手で、子供の僕に、ひまつぶしに拳法を教えてくれたりしたので、僕には中国拳法の動きについて予備知識があった。だが、相手は柔道のことをまったく知らなかった。僕は軽量だから、パンチの打ち合いだったら、僕がいくら相手を殴ったところで、たいしたダメージにはならなかったろう。相手もそのつもりでまったく無警戒にパンチを繰り出してきたので、その手をとって一本背負いで投げ飛ばした。しかも、下は畳ではなく固く踏み固められた村の広場の地面で、相手は受け身も知らないからもろにたたきつけられた。しばらく動けないようすだったが、なんとか立ち上がって、今度は慎重に身構えた。それでパンチをフェイントに使って僕の顔面を蹴ろうとした。僕はその動きを読んでいたので、身をかがめて回し蹴りをよけると同時に、相手の軸足に思い切り足払いをかけた。相手は両足が完全に宙に浮いた格好で倒れて、したたかに後頭部を地面に打って気絶した。こいつは張《ちょう》仁雷《じんらい》という名前で、頭はにぶいが気のいいやつで、ほかの隊員からの信頼も厚かった。僕はこいつを僕の部隊のもう一人の小隊長にした。

こうして、部下たちは、馬術でも射撃でも格闘でも僕にかなう者がいないことがわかって、僕の説明は相変わらず理解できないが、理解できなくとも僕の指揮に従うようになった。

張作霖がどこかの都城《とじょう》を訪問するときの儀仗《ぎじょう》行進も、服装こそ日本の近衛兵のような美々しいものではなかったが、行進の隊列がまったく乱れない点に関しては、日本の天皇に供奉《ぐぶ》する近衛騎兵に劣らぬぐらいできるまで訓練した。隊形を崩さないようにしながら部隊の移動や戦闘行動を行なう訓練も徹底的にやった。

小銃射撃は、伏せ射ちで三百メートル先の畳半畳ほどの的《まと》から絶対にはずさないよう、その的の真ん中の直径十センチほどの黒丸に集中できるよう訓練した。日本軍の射撃訓練と同じように、的の下に壕を掘って、そこに潜んだ兵が的の命中点を支持棒で示し、黒丸に命中したら白旗を左右に振って合図させることにした。

隊員の一人が、僕が確実に黒丸に命中させるのに、自分のがさっぱり当たらないのは、照準がくるっているのだと言い出したことがあった。張作霖の部隊は日本軍から武器を供給されており、武器については他の馬賊より数等優秀だった。僕は部下に配る小銃の照準はすべて自分で試射して調整しており、隊員に勝手に照準調整してはならないと厳命していた。ところが、当たらない兵は自分の射撃技術が悪いくせに銃の照準点がくるったと思い込むもんだ。

小銃射撃の要諦は、正確な照準、平静な心、それに銃身を微動もさせずに引き金を引く技術だ。これを「眼心指《がんしんし》」という。実戦になると敵も攻撃してくるから、塹壕《ざんごう》から頭を出してじっくり照準をつけるのも難しいし、平常心を保つのも難しいが、銃身を微動もさせずに引き金を引く技術の訓練が射撃訓練では非常に重要になる。

そのためには、まず銃床の肩に当てる部分、床尾《しょうび》だな、この床尾をしっかり右肩に当てる。伏せ射ちの場合、右肘を地面につける人がいるが、それでは右肩に床尾が固定されない。右の前腕は地面に水平ぐらいに構えて肘は地面につけないんだ。次に、左手で小銃をつかむ部分、前床《ぜんしょう》だな、この前床をつかんじゃダメなんだ。前床は左の手のひらに載せて、手のひらを吸盤のように使って前床に吸い付かせるんだ。そしてしっかり照準をつけて引き金を引く。この時、引き金を引くとはいうが、実際には引くような意識ではダメだ。引こうとするとその時に銃身がぶれてしまう。撃鉄《げきてつ》がいつ落ちるかわからないぐらい、これを「闇夜《やみよ》に霜《しも》の落《お》つるがごとく」というが、霜が音も立てずにおりるように、ゆっくりとじんわりと人差し指を絞るんだ。これさえできれば目をつぶっても命中する。

僕はその兵の銃をとって「目をつぶって射ってみせるから見ていろ」と言って、狙いをつけてから目を閉じて引き金を引いた。目を開くと標的地下壕からど真ん中命中を示す白旗が振られて、見ていた全員が感嘆の声を上げた。

こうして僕の指揮に従うようになった部隊を厳しく訓練したあと、僕は近隣馬賊との戦闘に出動するようになった。部隊を半分に分けて、一隊は張作霖が指揮して敵部隊を襲撃し、適当なところで引き上げる。僕が指揮する部隊は丘の反対側に散開して伏せていて、張部隊が戻って来るのを待つ。張部隊が僕らの散兵線を通過したあと、敵はかさにかかって追撃してくるが、伏兵の手前二百メートルまで近づいたところで一斉射撃にあうわけだ。僕が射撃するまで絶対に発射しないという命令がきちんと守られたので、射程距離外から無意味な射撃をすることもなく、十分に照準を定めて射ったから、絵に描いたような集中射撃になった。敵が総崩れになったところで、張部隊が反転し、僕らも馬に乗って追撃に移る。他の馬賊の連中は作戦計画とか集団行動という近代的軍隊の戦闘をさっぱり知らなかったから、この戦法がおもしろいように決まった。張作霖は近隣馬賊を次々と撃破し、傘下にとり込んでいった。

林永江は、日本軍との交渉にあたって武器の調達を担当するうちに、張作霖の信用を得て、張の支配地域の民生向上に取り組んだ。支配地域の治安を向上させ、道路を整備し、商売を盛んにすれば、軍閥抗争の戦乱が続いている中国本部から流れ込んでくる漢人が増える。人口が増えれば馬賊の収入である村落からの上納金も増える仕組みだ。

こうして張の下で、僕は軍事顧問格、林は政治・財政顧問格に登用されて、張は力を伸ばしていった。

第二次満蒙独立運動

やがて張作霖は中央の袁政権からも一目置かれる勢力となり、名目上、中央軍の第二十七師長になった。日本でいったら第二十七師団長ということになるが、実際はまったく中央の統制に服することはなかった。それでも、部隊の服装は馬賊スタイルから中央軍と同じ軍服になった。張作霖の配下部隊の規模が大きくなるにつれて、次第に僕は大部隊の指揮・訓練をまかされるようになり、中隊長から大隊長、連隊長と、とんとん拍子に昇進した。日本軍だったら、二十代の連隊長なんてありえないだろうがねえ。まあ、師団長の張作霖が四十前だったし、張作霖も僕の指揮・作戦立案能力を高く評価してくれたということだろう。

張作霖から馬を譲られたのも、このころのことだ。張作霖の乗馬と同じ親から生まれた馬で、気性が荒くて誰も乗りこなせなかった。それで、乗りこなせたら僕にくれるということになった。すでにこいつを調教しようとして何度か振り落とされた陳傑来は、隊長にけがでもあっては大変だからやめろと言ったが、僕が近づいて数回首をたたいてみると、急におとなしくなった。これはいけると思って、素早く鞍にまたがったところ、誰も寄せつけなかった荒馬がうそのように僕の手綱さばきに従った。以来、この馬は僕になついた。これは白馬《はくば》だったので、僕は「雪嵐《せつらん》」と名づけた。満州の雪原を風を巻いて駆ける速さはほかの馬の追随を許さなかった。

その後、民国四年、つまり大正四年だな。日本は悪名高い「二十一ヶ条の要求」を袁政権につきつけて満州の権益を日本が半永久的に保持することを承認させる。

中華民国建国で中国の年号が変わって西暦一九一二年が民国元年になったわけだが、ちょうどその年の夏に明治帝が崩御《ほうぎょ》あらせられたので、日本の年号も大正に変わった。

明治天皇が死んだというニュースは満州にもいち早く伝わった。それはちょうど僕が張作霖の馬賊隊に入ってすぐのことで、中国人になりすましている僕は、顔に表わすわけにはいかなかったが、ショックだったよ。御前講演で間近に見知っている明治天皇は、そこにいるだけで日本の前途は安心というような風格があって、あの天皇がいなくなると日本の前途にも暗雲がたちこめるような漠然とした不安を感じたなあ。

それで、大正時代は、日本の年号と中国の年号の数字は一致していたんだが、昭和に入って別々になったわけだ。昭和になって日本と中国の間にきな臭い事件が相次ぐようになって、結局大戦争につながっていくわけだ。偶然には違いなかろうが、僕にはなんとなく、年号がずれたのが日本と中国の政治的なくい違いと連動しているように思えたもんだよ。で、二十一ヶ条要求のほとんどが受諾されて、南満州の日本の権益が承認されると、関東都督府の動きも活発化した。おりから袁世凱は帝政実施を進めようとしていたのだが、これに反発して、同じ大正四年の暮れに第三革命が起こった。これに乗じて、川島一派が満蒙独立運動をまたやろうとしたんだ。

辛亥革命を第一番目の革命と勘定して、第二、第三と革命が相次いだ。第二革命というのは、民国二年に李烈鈞《りれつきん》が江西で旗揚げしたのを皮切りに行なわれたんだが、これは激しい弾圧にあってたちまち頓挫した。それで、民国四年の暮れに始まった革命を第三革命と呼んだんだ。第三革命はやがて中国全体に波及して、帝政中止に追い込まれたのは君も知っているとおりだ。

林永江は満州駐屯の日本軍に出入りしたばかりでなく、大陸浪人に金をやって日本の軍部中央の情報もとっていた。その情報によれば、この第二次満蒙独立運動には、当時参謀次長だった田中義一もからんでいたそうだ。そう、あの張作霖爆殺事件、いわゆる「満州某重大事件」で失脚した田中首相だ。総理大臣になった時には部下の謀略をくいとめることができなくて失脚したわけだが、参謀次長時代には自分も政府に内緒で謀略を進めていたんだなあ。

一回失敗したんだからあきらめりゃいいようなもんだが、川島一味はそれが飯の種なんだから、これにしがみつくしかないわけだ。問題は軍部だ。軍人がこりないのが困るんだ。だいたい満州独立がうまくいくものならば、そもそも満州人自身による広汎な独立運動が起こっているはずだろう？　漢人と北方蛮族との抗争の歴史を概観すれば、中国に侵入した蛮族は、征服した漢人から金品を奪い、文明生活の贅沢と歓楽を享受するようになると、数世代のうちに蛮族らしい活力と好戦性を失ってしまうことがわかるだろう。漢人は蛮族の主人を嫌って古き伝統の復活を望み、武力だけで中国を征服した蛮族は、尚武の気風の喪失にともなって駆逐されてしまう。だから中国は幾度か蛮族に征服されても、間もなく蛮族を追い出すことに成功したのだ。清朝が三百年も中国を支配できたのは、清朝貴族が中国の伝統や文化を尊重して漢人官僚を積極的に登用したからだ。おかげで、漢人は被征服者であるにもかかわらず、満州族の族長のもとに、中国の従来の社会的関係はなんら本質的変更を受けずにすんだのだ。

蒙古族は、元朝百年の間中国を支配したあと、明によって駆逐されても、故地に逃れて自分たちの風俗と言語を維持することができた。彼らは結局ソ連の援助により中国からの独立を達成し、ソ連の衛星国家となって生きのびた。だが、清朝三百年は長過ぎたんだ。清朝時代に漢人の移民は禁止されていたが、禁止を無視して漢人は満州に入植し続けた。すでに清末には満州は実質的に漢人のものになっていた。そのうえ、満州族自身も漢人化して、狩猟民族らしい剽悍敢死《ひょうかんかんし》の気風は失われ、満州語を話せる満州人も極めて稀になってしまっていた。かつて武勇を謳《うた》われた三河武士が、徳川三百年の太平の間にすっかり軟弱化してしまったように、満州族は当時すでに、何度満蒙独立運動ののろしを上げても目立った反応も起こさないまでに民族精神を失っていたんだ。小さいころから満州語の教育を受けたはずの清朝の廃帝溥儀《ふぎ》、つまり、つい最近まで満州帝国の初代皇帝・康徳帝だった溥儀でさえも、結局、満足に満州語は話せなかったそうだぜ。

　僕は中国人になって満州で暮らしてみて、満州族を独立運動に立ち上がらせるなんて不可能だとはっきりわかった。だが、軍人たちは、謀略が失敗しても、その担当者が更迭されるだけでおしまいだ。そのうえ、謀略は秘密にしておかなくてはならないから、謀略がどういうわけで失敗したかなんて検討のしようがない。だから、連中は何度でも川島みたいな大陸浪人の口車に乗せられるんだ。

軍部の謀略が進むと、どうしたって秘密はもれる。奉天領事館では、第二次満蒙独立運動の動きをつかんで、石井菊次郎《いしいきくじろう》外相に通報した。この際、領事館側は、奉天将軍の地位を狙っている第二十七師長・張作霖を援助して、彼を通じて満蒙独立を図るほうが、雲をつかむような陸軍の満蒙独立計画よりもはるかに実現性が高いとして、これを中央に意見具申した。君も察しがつくかもしれないが、領事館側に陸軍の謀略を通報したのも、張作霖の売り込みも、林が陰で糸を引いていたんだがね。

林は、科挙を何度も受験したぐらいだから、中国の歴史書としては、『春秋』、『史記』、『十八史略』ぐらいは当然だが、『資治通鑑《しじつがん》』あたりも徹底的に研究していた。『資治通鑑』というのは、政治の権謀術数、官僚機構内の暗闘の戦い方の教本みたいなもんだ。林から見れば、日本の官僚機構のどこをどんなふうにつつけばどんな反応を示すかなんてとっくにお見通しだ。中国数千年の治乱興亡の歴史に鍛えられた策謀家からすれば、日本の出先官僚を思いのままにあやつるぐらい、赤子の手をひねるよりたやすいことだったろうぜ。

それで、張作霖擁立案に対して、石井外相はもとより、今まで独立運動の黒幕と見られた田中参謀次長まで、たちまち同調の色を示したんだ。それで川島らの運動に軍部は関係しないということになったんだが、川島らの工作は、都督府と無関係という形で推進された。領事館側の横やりで自分たちの謀略を差し止められた都督府側では、領事館側の張擁立工作に対しては妨害工作を行なった。これと張り合う領事館側は、張擁立工作を早く張の独立宣言にまで持って行こうとして、しきりに満州側要人との間に内談を重ねた。ところが奉天将軍・段芝貴《だんしき》が、袁世凱の旗色が悪くなったのを見て、大正五年四月、東三省《とうさんしょう》(注)の実権を張作霖に譲って北京に逃避した。張も、思いがけず転がり込んできた奉天将軍代理兼奉天巡按使《じゅんあんし》の地位に満足してしまって独立宣言などやる気がなくなった。かくして、第二次満蒙独立運動は中央の変心で頓挫《とんざ》し、張擁立工作は張自身が乗らず、日本としては、ただ対満蒙政策の不統一という失態を暴露しただけに終わった。

これで、とにかく張作霖は、満州、いわゆる東三省全体に勢力を張るようになったわけだ。

(注)「東三省」とは戦前の中国における行政区画の奉天《ほうてん》・吉林《きつりん》・黒竜江《こくりゅうこう》の三省を指す。これがいわゆる「満州」の範囲である。清朝を建てた満州族は自らをマンジュ、すなわち満州と呼んでいた。仏教では東方世界を支配する仏を文殊菩薩《もんじゅぼさつ》というが、満州族には、その酋長《しゅうちょう》は文殊の生まれ変わりという信仰があって、マンジュという語は文殊に由来する。清朝時代に異民族に支配されていたという事実自体、中国人には癪《しゃく》にさわることなので、この地域を「満州」と呼ぶのは中国人にとって

は禁句である。「満州」は忌み言葉として扱われ、日本でも「するめ」を「あたりめ」と言い換えたり、「自殺点」を「オウン・ゴール」と言い換えたりしなくてはならないように、中国では「満州」を「東三省」と言い換えなくてはならない。

満州と内蒙古《ないもうこ》の境界は大興安嶺《だいこうあんれい》山脈であり、内蒙古と華北の境界は万里の長城は、はるか甘粛省《かんしゅくしょう》の嘉峪関《かよくかん》から渤海《ぼっかい》まで延々と連なっており、長城が海に到達する地点が、山海関である。日本で「関東」と言えば、「箱根の関の東」という意味だが、中国で「関東」と言えば「山海関の東」という意味であり、すなわち東三省を指す。ロシアは一八九八年に遼東半島の南端地域を中国から租借し、この際、租借地を関東州と名づけた。日露戦争後、日本は関東州の租借権とともに、この名称をも受け継いで、関東州駐屯の日本軍を関東軍と名づけた。

中華思想では四方みな夷狄《いてき》とみなすわけではあるが、常に全周からの侵攻に悩まされたわけではなく、中国の歴史はおおまかにいえば北方の遊牧民族と本部の農耕民族との闘争の歴史である。中国人が営々として遊牧民との境界に万里にわたる長城を築き上げたのも、北方遊牧民の侵攻に対処することが歴代王朝に極めて重要視されていたことを示している。長城の南側が「関内」であり、北側が「関外」である。

熱河《ねっか》・察哈爾《チャハル》・綏遠《すいえん》の三省を内蒙古《ないもうこ》といい、日本が「生命線」と考えた「満蒙」とは、東三省および内蒙古を指す。日本の傀儡《かいらい》国家として知られる「満州国」の範囲は東三省に熱河省を加えた範囲であり、中国側では「東北四省」と呼ばれた。現在のモンゴルは外蒙古《がいもうこ》と呼ばれ、清朝の領土であったが、日中戦争の当時は、中国政府は頑強に不承認の姿勢であったものの、実質的にソ連の衛星国家の一つとなっていた。外蒙古と内蒙古の境界はゴビ砂漠である。

中国領のうち、核心部を「中国本部」といい、これが十八省あるので「本部十八省」という。

中華民国旧行政区分

新疆《しんきょう》
西蔵《せいぞう》
青海《せいかい》
川辺《せんぺん》
寧夏《ねいか》
綏遠《すいえん》
察哈爾《チャハル》
黒竜江《こくりゅうこう》
吉林《きつりん》
熱河《ねっか》
奉天《ほうてん》
河北《かほく》
山西《さんせい》
山東《さんとう》
甘粛《かんしゅく》
陝西《せんせい》
河南《かなん》
江蘇《こうそ》
安徽《あんき》
四川《しせん》
湖北《こほく》
浙江《せっこう》
江西《チャンシー》
湖南《こなん》
貴州《きしゅう》
福建《ふくけん》
雲南《うんなん》
広西《カンシー》
広東《カントン》

保境安民

東三省を勢力下におさめた張は、次に中国全体に野心を持つようになった。林永江は、中国本部にまで勢力を伸ばそうとするのは危険だと説得した。

林のスローガンは「保境安民《ほきょうあんみん》」だった。つまり、混迷する北京政局から距離を置き、東三省の境界を守って、軍事費を抑えて東三省内の民生を安定させようということだ。袁世凱が大総統となっても中国本部の政局は安定せず、第三革命の混乱のなか、袁世凱が死んで中国の政情はいよいよ混迷を深めた。こんな中国本部に張が乗り出していっても軍事力に莫大な費用を取られるばかりで得はない。

ところが、張作霖は自分の支配地域が広がると税収も増えると考えたんだな。それは大きな間違いだ。治安の悪い地域を安定させて経済を発展させるのには非常な手間と費用がかかる。張作霖の名前は東三省でこそ売れてきたが、中国本部では誰も従おうとするもんじゃない。統治ということは、武力のみでは不可能なんだ。被統治者が自発的に統治者に服従する心がまったくないのでは、むき出しの暴力支配とならざるを得ない。それでは政治的安定は得られない。平和と取引上の取り決めを相互に守るという信頼関係は、勤労の基礎であり、安定した社会を築く前提条件だ。誰だって何年もかけて貯めた財産が、軍閥抗争で一晩で消滅してしまうような地域では、まじめに働こうという気は起きないだろう？ それでは経済発展は不可能であり、結局税収だって増えないのだ。

張作霖が関内に出兵してその費用を満州からの税収でまかなおうとした時に、在満邦人から盛んに「保境安民」というスローガンが唱えられたろう。あれはもともと林永江が言い出したことだ。北京進出や中国統一に費用をかけるよりも、満州に他の軍閥勢力が入り込まないようにし、住民生活を安定させよ、という意味だな。要するに、日本人居留民としては、満州馬賊の張作霖が中国の覇者になるために自分の出した税金が使われるのはがまんならないってことだ。ところが、その後、日本も、満州、中国本部、さらに東南アジア全域に進出し、その戦費をまかなうために、多くの日本国民は過酷な重税と生活水準の極端な低下に苦しむことになる。その時広まったスローガンは「海外進出よりも保境安民を」ではなく「欲しがりません、勝つまでは」だった。日本人ってのは、張作霖の中国進出に自分の税金を出すのには反対するくせに、同じことを日本軍がやる時は、どんな苦難にも耐える精神構造になっているんだな。

どうも日本人は、戦争をオリンピックかなにかと勘違いしているんじゃないか？　オリンピックだったら、勝つこと自体が目的かしらんが、戦争というのは、勝ったあとにどんな得があるのかを考えなくちゃならん。中国なんて支那事変が長引いたあとでは賠償金の支払いなんて思いもよらない。そんな国と戦争続けて勝つ意味なんてないだろう。もし中国が敗戦を認めて日本の属国みたいな地位にあまんずることになっていたら、日本は中国の戦後復興のために莫大な国費をつぎ込まなくちゃならないことになっていたろう。「欲しがりません、勝つまでは」と言ったって、勝ったところで欲しいものなんかなにも手に入りゃしなかったぜ。

まあ、見ていろ、結局アメリカが勝ったから、日本と中国の戦後復興にアメリカが責任を負う立場になったわけだが、中国の復興なんてアメリカの国力をもってしても手に余るだろう。結局、全中国は赤化するぜ。共産主義ってのは金持ちを許さない、つまり国民全員で貧乏になりましょうって主義だからな。

貧富の差が激しくなると貧民は金持ちに不満を持つようになり、格差を極端に抑えようとすると、能力のある人間は無能な人間と同じにあつかわれることに不満を持つとアリストテレスも言っている。戦争による荒廃で貧民ばかり増えてしまった国では共産主義が流《は》行《や》るんだ。アメリカは極東の戦後復興に莫大な国費をつぎ込んで、せいぜい日本だけでも赤化を免れさせることができたら御《おん》の字だろうぜ。

政治家は、能力のある人間が適正に評価されるとともに、格差が極端に拡大しないよう配慮して、健全な中間階級を育成するように政策を進め、国民の間に妥当中庸の良識を広めるように努力しなくてはならない。共産党を警察力だけで抑え込めるなんて思ったら大きな間違いだ。孫文が「耕者有其田《こうしゃゆうきでん》（耕す者が其《そ》の田を有《も》つ）」というスローガンを掲げただろう。今、日本でも農地改革を進めて自作農を創出しようとしているらしいが、これがきちんとできるかどうかが日本の赤化を防げるかどうかのカギになるだろう。

それは先の話だが、林永江がしつこく「保境安民」を言い続けるので、張作霖は林を遠ざけようとした。だいたい、張作霖がまだ四十そこそこなのに、林は還暦間近だ。自分より年上の部下ってのはあつかいにくかったところもあったんだろうぜ。東三省に勢力を張るといったって、実質的に張作霖が実権を確立しているのは奉天省だけで、吉林、黒竜江の二省には、張作霖の下風に立つのを快く思わない勢力がはびこっていた。そこで、張作霖は林永江を吉林省の巡按使《じゅんあんし》に任命した。要するに栄転に名を借りた左遷だ。張作霖の支配の及ばない地域に配下の人間を派遣したところで、すんなりことが運ぶはずがない。張にしてみれば、もめごとが起きたら起きたで、それを口実にして吉林省に出兵する気だろうが、林にしてみれば生命の危険を意味する。

だが、林はこの話を受けた。吉林省で「保境安民」を実践して、その成功を張作霖に示すことで説得しようとしたんだ。林の息子ということになっている僕も、吉林省の警備総司令となって、信頼できる精鋭千騎を率いて威武堂々《いぶどうどう》と吉林に赴任した。

清朝時代以来の旧習に従って、新任の巡按使閣下が来着すると、省城の官僚たちや周辺の大地主たちはむらがって贈賄しようとしたが、林はこれをはねつけた。余った金があったら、村の土塀を補修し、道路を普請《ふしん》し、農業の振興に充当せよと訓示した。

赴任したのは大正五年の秋だったが、林は、それ以前から、日本から農業技術者を呼び寄せて、満州の気候・土壌に適した作物を研究させていた。その結果、換金性を考慮して、大豆栽培を大々的に推進することにした。今日、満州で大豆が特産品の一つになっているのは、林のこの事業が基礎を築いたのだ。それまでほとんど自給自足経済だった満州の辺境で、自家消費分をはるかに超える作物を、それも単一作物を作らせるというんだから、農民の抵抗も大きかった。だが、大豆を生産すると金持ちになる実例を見せられて、翌年には農民たちも大豆生産を受け入れた。大豆は豆腐や醤油や味噌の原料としても使われるが、大豆油の需要が大きかった。食用油にもなるし、石鹸など工業製品の原料にもなる。電気の行きわたっていない満州では、明かり用の灯油としての需要も大きかった。油を搾《しぼ》ったあとの大豆かすは肥料として日本に輸出された。大豆は作れば作るだけ売れる状況で、林は、満州の辺地にまで商品生産を行きわたらせ、商品流通に欠かせない交通路整備と治安向上を推進した。

大豆搬送で満鉄も収入が増えたはずだが、吉林省の税収も伸びた。林はこれを道路の整備・拡充にあてようとした。だが、張作霖は軍備拡充にあてようとして、またまた対立の種ができることになった。張作霖への上納金はきちんと納めるから、残りの金の使い道は吉林省の自治にまかせるということをなんとか承認してもらい、林は自分の考える治政を進めた。このころの林は、僕が見たなかで、いちばん生き生きと働いていた気がするなあ。

僕も、荷馬車隊の護衛に何度も出動した。

匪賊をおびき寄せるためには、わざと現金輸送の情報が漏れるようにしておいた。それで、荷馬車隊をおとりにして、警護の部隊は少なく見えるようにしておく。荷馬車隊には四頭立ての箱馬車がついている。襲撃側はこれが目指す現金輸送車と思うのだが、その中身は現金じゃなくて機関銃なんだ。ちょっとした装甲装備の機関銃馬車なのさ。匪賊が襲撃すると、側板が二つに折れて銃弾に対する防護壁となり、機関銃四丁が現われる仕掛けだ。機関銃なんか見たこともない匪賊連中はこれではばたばたとやられた。

匪賊の連中は荷馬車隊を襲撃しても確実に撃退されるので、危険と収入を天秤《てんびん》にかけて、匪賊稼業をあきらめて帰農する者があいついだ。治安が向上し、荷馬車隊の護衛も、税金で賄われる正規軍が引き受けることになると、商売あがったりになるのが馬賊たちだ。帰農する者も多かったし、帰順して官兵に再就職を申し出れば、忠誠心を確かめたうえで兵士に取り立てることもあった。だが、これまで規則なんか無視してやりたい放題やって来た連中が、官兵の規律にはなかなかなじめるもんじゃない。頑固に馬賊稼業にしがみついて、運送護衛の買路銭《マイルーチェン》で稼げなくなった分、人質拉致で荒稼ぎする者もずいぶんいた。

規模の大きな馬賊は、根拠地もわかっているので、大部隊で襲撃して壊滅させた。馬賊の武器はせいぜい騎兵銃までだが、討伐隊は機関銃や迫撃砲まで備えていたから、武力の点では馬賊なんか敵ではない。だが、どこを根城にしているかわからないような小規模の馬賊を根絶やしにするのが困難だった。官兵で護送をしている輸送隊を襲撃しても撃退されるだけだということは知れわたってしまったので、馬賊が官兵の前に姿を現わすことはなくなったが、富農を襲撃したり、村を襲わない保証金として、いわゆるミカジメ料を強要したりするのは、官兵の手薄な地域で横行し続けた。そこで、次の馬賊退治法として、僕は待ち伏せをすることにした。輸送隊を待ち伏せして襲撃するのは馬賊の常套手段だったから、それを逆手に取って応用することにしたわけだ。

待ち伏せするには、馬賊の兵力、根拠地、行動のパターンなどの情報が重要になる。僕は、こうした情報を懸賞金つきで農民たちから集めることにした。ところが、まったく通報がない。農民たちは報復を恐れて密告しようとしないのだ。

ときどき匿名の手紙が届いて、馬賊がいつどこそこを通るという密告があったりしたが、行ってみるとまるきりの空振りで、かえって官兵の分屯地が、討伐隊の出動で手薄になったところを襲われて、武器弾薬を奪われたこともあった。こういうのは馬賊側からのニセ情報なのだ。ニセ情報に振り回されないためには、やはり情報提供者の素性を確かめておかなくてはならない。

ある時、農民の一人が馬賊についての情報を持って来たというので、僕はその情報の真偽を確かめるために農民を引見した。予備聴取の書類では、梁宗中《りょうそうちゅう》という二十歳の青年だった。

「梁君だね。馬賊の情報を密告するということは、それがばれたらただではすまないことになるのはわかっているはずだ。それでもここまでやって来た理由は何だね。懸賞金に惹かれたのかい？」

「金が欲しいのはもちろんですが、連中に恨みがあるからです。おいらの父は三年前に連中に殺されました。妹をさらおうとしたのを父が止めようとしたので殺されたのです」

「そうか、妹さんはどうした？」

「さらわれたあとはどこかに売り飛ばされたでしょう。どこに行ったかはわかりません。それからは母親と二人暮らしで、おいらも必死で働きましたが、父と二人で農作業をしていたぐらいの稼ぎにはならず、食うや食わずの暮らしで、このままでは嫁を貰うこともできません」

　僕は、実直そうな青年の目を見つめ、それから、若さに似合わぬ節くれだった指と、着古した農民服に目をやった。

「よし、君の話を信用することにしよう。で、馬賊の根拠地を知っているのかい？」

「いいえ、どこから来るのかはわかりませんが、連中の秘密の通り道を知っています。あいつらはときどき買い出しや遊びのために県城に行くのです。その時、大きな街道に抜ける通路として使う道、というか、ただの草原なんですが、いつも通るので少し草丈が低くなっている場所があるのです」

「どうしてわかった？」

「飼っている農耕馬のエサのための草刈りに少し遠くまで出かけた時に、偶然出会ったのです。僕はびっくりしてすぐに身を隠したので相手は気づかなかったはずです。ここはほかの村人の知らない草刈り場で、僕は自分だけ草を刈るためにそのあともときどき出かけたのですが、何度か連中が通るのを見かけました」

「いつ、どのぐらいの人数が通るかわかるか？」

「いつ通るのかは、決まっていませんが、人数はたいがい二十騎ぐらいです」

僕は梁宗中に案内させて、まず偵察隊を出してみた。確かにそこには馬の踏み跡があり、馬糞も見受けられるということだった。そこで僕は待ち伏せ隊をそこを見下ろすような丘に伏せておくことにした。馬は丘の裏側に隠しておくが、あまり大部隊だとどうしても気づかれやすいので、重機関銃三丁をすえつけているのを頼りにして、敵部隊が二十騎として、十二騎を待ち伏せ部隊とすることにした。炊煙を上げるわけにはいかないので、乾パンと水を一週間分ぐらい準備してひたすら待つことにした。

今回が初めての待ち伏せ作戦なので、僕自身が指揮することにした。ほかの全軍の指揮は警備副司令の陳傑来にまかせて、すでに中隊長になっている張仁雷を引き抜いて、張仁雷の選抜した精鋭隊員十騎をともなって、待ち続けることにした。重機関銃三丁は一個小隊ぐらいで夜間に運び込んだのだが、小隊は夜明け前に帰してしまい、僕と張仁雷を含めて十二名の分隊で待ち伏せすることにした。機関銃一丁を二人で操作することにして機関銃隊を六名、草木で偽装して配置した。ほかの四名を、二名ずつ馬賊の通り道の前後に偵察兵として派遣した。偵察兵は通り道を通る相手には見つからないように丘の上で伏せて双眼鏡をのぞいて待つ。敵が現われたらひそかに機関銃隊に通報する。晴れていたら鏡で太陽を反射させて機関銃隊の位置にあらかじめ合図を送ることにしたが、曇りでその合図ができないときには、機関銃の射程距離に敵が入ったときに、偵察隊員二騎で乱射しつつ敵に襲いかかることで合図することにした。僕と張仁雷は丘の裏側で待機して、機関銃の発射音がしたら、機関銃で追い散らされる敵を馬で追撃する手はずだった。

いつ現われるかわからない敵を待ち伏せるというのはヒマなもんだ。準備を整えたらあとはやることがない。敵に感づかれないようひたすら静かにして待ち続けるだけだ。草原で寝ころんでいると眠くなるような初夏の暖かい日だった。馬ものんびりと草を食《は》んでいた。

「攬把《ランパ》、攬把と二人で警戒行動するなんて、久しぶりですね」

「攬把はよせよ。僕らはもう馬賊じゃないんだから」

張仁雷は、僕が大隊長になったころから僕を攬把と呼ぶようになっていた。中隊長が包《パオ》頭《トウ》だったら大隊長は攬把だと言ってな。張作霖が中央軍の師長になった時に、馬賊風の呼び方はやめろと言ったんだが、口をついて出る言葉はなかなか改まらなかった。

「二人きりのときはいいじゃねえですかい。本当に中央軍の警備総司令だったら、こんな馬賊討伐に直々のお出ましなんてありゃしねえでしょう。やってることは馬賊同士の喧嘩だ。昔と変わりゃしねえ」

「少し変わってきたんだ。昔は、馬賊というのは自分のやりたいようにやるというやり方だった」

「今だってそうじゃねえですかい。攬把のお父っつぁんが巡按使になって、吉林で自分のやりたいようにやる。逆らうやつは容赦しねえってことでしょう」

「ハハ、お前は単純でいいな。父は吉林省の近代化を目指しているんだ。父と別の考えを持っている人間も、それだけで処罰されることはない。だが、武力で他人の生活を脅かすようなことをするやつは許さないということだ。巡按使の父だって、自分で決めた法令は守っている。父が絶対に賄賂を受け取らないことは吉林省内でも有名だろう」

「えっ、それって決まりだからそうしてたんですかい？　俺は、そうするのが新任の巡按使閣下の人気取りに都合がいいからそうしてるだけで、いずれ反抗勢力を一掃したら思う存分好き勝手するもんだとばかし思ってやしたぜ」

「そうじゃないぞ。お前もそんな了見でいて、地位が上がったらうまい汁を吸うつもりでいるんだったら、厳しい処罰をくらうことになるぞ」

「ぶるるっ、あっしは法律なんて覚えきれやしねえが、とにかく攬把がいけねえっていうことは絶対にやりやしませんぜ」

「まあ、お前に福沢諭吉の本を読めって言ったって無理なことはわかっている。とりあえず、僕の言うとおりにしてりゃいいさ。ところで、機関銃隊の兵隊の腕は確かだろうな」

「そりゃあもう、機関銃の射撃の腕はうちの中隊じゃピカイチでさあ。偵察に出した兵隊も、馬術と馬上射撃の名手をそろえてます」

　その日も次の日も何事もなく暮れた。三日目もいい陽気だった。

「あーあ、じっとしてるってのも、つれえもんでやすねえ。こんないい天気に、相撲を取ったり射撃の練習もできねえってのは気がくさくさしていけやせんぜ。ひょっとしてその通報、ガセネタだったんじゃねえですかい？　今日も敵が現われなかったら、撤収しやしようぜ」

「でもなあ、あの青年がうそを言っているとは思えない。食糧は一週間分持ってきてるんだ。一週間はがまんしろ」

「乾パンと干しなつめだけじゃあ腹がもちませんぜ。あっしは肉なしで一週間過ごしたら死んじまうような気がする」

その時、草原に一本だけ立っている白樺の梢《こずえ》でなにかがピカピカッと光った気がした。

「例の合図だ！」

とたんに張仁雷の顔も引き締まった。無言で丘の頂上に行って腹ばいになって双眼鏡をのぞくと、一隊の馬賊がやってくるところだ。二十一騎。ほぼ情報通りだ。先頭のほうの集団は久しぶりに町に出られるのがうれしいらしく、なにか冗談でも言っているようで笑い顔で馬に乗っていたが、最後尾の四十がらみの年齢の、とくに人相の悪いどじょうひげの男は油断なく四周に目をやりながら馬を歩ませていた。たぶんこいつが頭目だ。そこまで確認して、僕らは馬に乗って機関銃音が聞こえるのを待った。機関銃の発射音とともに丘の表側に飛び出すと、すでに敵のあらかたは機関銃の一斉射撃で倒されていた。ほんの三騎ばかりが元来た方向に逃げてゆく。偵察隊の二騎が迎撃したが、正面から向き合って拳銃の射ち合いをして敵味方各一騎ずつ倒されてすれ違った。すれ違った一騎もすぐに向きを転じて、追いかけてきた僕ら二人とともに追撃する。

馬上の拳銃射撃では後ろをとったほうが絶対の優位だ。残る敵の二騎のうち、後ろのやつが後方を向いてこっちを射撃するが、そうするとどうしても走りがおろそかになるから遅れる。間合いを詰められて僕ら三騎の集中射撃をくらって落馬した。最後の一騎が頭目らしいどじょうひげだ。そいつは後ろも見ずに猛然と逃げた。僕らも全速力で追撃したが、ついに丈高い草やぶに逃げ込まれてしまった。張仁雷が草やぶに向かって拳銃を乱射したが、こうなってはどうしようもない。

敵の死体を確認すると、死体は十九体あり、まだ息のあるのが一人いた。つまり、敵二十一名を味方十二名で襲撃し、一名を除いて全員しとめたわけだ。味方で射たれたのは腕に銃弾を受けて落馬したので、大したケガではなかった。重機で乱射された敵の死体は見るも無残な状況で、全員即死だった。最後の一人は三人の集中射をくらってこれも即死と見られた。息のあるのは、すれ違いざまの射撃で一弾だけ受けたやつだ。そいつは腹に銃弾をくらっていて、僕は一目見て、いくら手当をしても数日とはもたないだろうと思った。

だが、腹にさらしをあてがって血止めを施してやり、治療すれば助かる見込みがあるふりをして尋問した。

「どうだ、根拠地を教えたらきちんと医者に診せてやるぞ」

「腹に弾を受けたら助からねえよ。そういうやつは俺だってずいぶん見てきている。どんな医者にかかったって、苦しんで死ぬだけだよ」

「そうか、じゃあ水はどうだ？」

「ハア、ハア。いらねえよ。あんたがたうちの攬把の恐ろしさを知らねえ。隠れ家を教えたりしたら一寸刻みにされて殺される」

「そうか、攬把というのはあの逃げ切ったやつのことか？」

「それも言えねえな」

　張仁雷がじれったそうに口をはさんだ。

「この野郎、生意気な口をききやがると、こっちで一寸刻みにしてやるぜ」

「どうせ死んじまうんだ。早く殺してくれよ」

「じゃあ、お前さん、その攬把に恨みはないのか？　そういう攬把の仕打ちを腹にすえかねることもあったんじゃないか？　俺たちに隠れ家の場所を教えてくれたら、必ず攬把をしとめてやるぜ」

「無駄だよ。攬把は不死身だ。どんな乱戦でもかすり傷ひとつ負ったことはねえんだ」

これは口を割らせることはできないと判断して、こいつは荷車に乗せて連行し、医者に診せてなにか聞き出せるようだったら聞き出すことにしたが、荷車に揺られているうちに死んでしまった。

馬賊の懲罰

その夜、屯営にひそかに梁宗中を呼んだ。

「本日、この地域に出没する馬賊隊を待ち伏せ襲撃して二十名をしとめた。こちらの損害は軽傷一名だけだ。君の情報のおかげだ。懸賞金百元を受け取るがいい」

「ありがとうごぜえます。でも、まだ連中は残っているはずです。連中の仕返しはひどいもんで、絶対においらのことは内密に願います」

「無論だ。秘密保持については安心するがいい。これからもあの馬賊が全滅するまでは君の村はとくに警戒する。なにか情報があったらまた来てくれ。お母さんを大切にな」

だが、連中の仕返しは僕の想像を絶していた。馬賊同士の戦闘は張作霖の軍事顧問になってから何度も経験していたし、奉天近辺でも、両眼をえぐったり両手を切断したりといった残虐な報復行為を目にしたこともあったが、こういう片田舎の馬賊はジンギスカンの時代の蛮族並みの野蛮さだった。

一名逃がしてしまった以上、待ち伏せに遭ったことは残った連中にもわかってしまう。周辺に村落はいくつもあるが、あの待ち伏せ地点にいちばん近い村は梁の村だ。待ち伏せにはなんらかの通報があったとみるだろうから、報復に来るかもしれないと考えて、僕は騎馬の一個小隊を率いて周辺を警戒巡回した。

一個小隊はおよそ五十騎ぐらいだ。百人以上の規模の大きな馬賊だったら、どうしたって目立つから周辺農民に根拠地を知られずにはすまない。生まれた時からこの地で暮らしている梁青年が、何年もこのあたりに出没している馬賊の根拠地を知らないということは、そんなに大きな規模ではないということだ。一度に二十人も殺されたら大損害だ。おそらく生き残りは二、三十人というところだろう。たとえ馬賊の側から待ち伏せ攻撃を受けたとしても、軽機関銃を備えた一個小隊なら敵を撃退できると判断していた。

一週間ほどして、梁青年の村を巡回に行った時のことだ。梁青年のことは絶対の秘密で、待ち伏せのすぐあとでまっさきにこの村に巡回に行ったのではあからさますぎると思って、一週間、間をあけたのだ。この地域を荒らしまわった馬賊の一味に僕の部隊が大損害を与えたことはすでに近隣に知れわたっている。お追従《ついしょう》の意味を込めたとしても、部隊が村に行けば、多少は歓迎されるかと思いきや、村民は僕らの姿を認めるや蜘蛛《くも》の子を散らすように逃げて、住居に閉じこもって出て来ない。入ってみると、屍臭《ししゅう》がする。

いやな予感に襲われて、屍臭のするほうに行ってみると、変わり果てた梁青年が村の広場の立ち木に縛りつけられて死んでいた。死体は、全身に蠅《はえ》がたかり、ウジがわき、上半身はカラスについばまれ、足のほうは野犬に食われて、全体が立ち木からずり落ちそうになっていた。さるぐつわをされていて、なにか血の塊みたいなのを口にくわえさせられている。股間のところをズボンを切られて、そこにどす黒い血がこびりついているから、どうやら男根を切り取られて口に突っ込まれたのだ。

凄惨な戦闘を何度も経験し、迫撃砲の直撃を受けてはらわたが飛び出したような死体も何度も見てきた僕だが、梁宗中青年の無残な死にざまには目をそむけざるを得なかった。僕は、自分があのどじょうひげの頭目を取り逃がしたことが、この無残な結果を招いたのだとわかった。僕は自分の不始末を呪うと同時に怒りにふるえた。

「なぜ、死体を放置しているんだ？　村長を呼べ！　どういうことか説明しろ！」

僕は部下を怒鳴りつけた。

部下たちはあちこち駆け回って誰かに説明させようとしたが、誰も出て来なかった。村長も殺されたということがわかった。その時、半白の髪を振り乱した中年女性が猛然と飛び出して来た。部下が取り押さえたが、どうやら梁青年の母親らしい。

「息子がこうなったのはあんたがたのせいだ！」

「お母さんですか？　まことに申し訳ありませんでした」

「わたしゃ、これからどうして生きていったらいいんだ！　三年前に夫を亡くし、今また一人息子も殺されてしまった。息子を返して、返しておくれよお！」

なんとか母親をなだめて事情を聞いた。途切れ途切れに前後の脈絡がつながらないような話をしたのをつなげて総合すると、梁青年が殺されたのは三日前のことだ。二十人ばかりの馬賊が突然現われて、農作業をしていた村人全員を駆り立てて村の広場に集めた。突然のことにうろたえて逃げようとした者は容赦なく射ち殺された。どじょうひげの頭目はみんなの前で話をした。

「俺たちの部隊はこれまでこのあたりを縄張りにしてきた。お前らがほかの馬賊の襲撃を受けずに暮らしてこれたのも俺たちのおかげだ。その恩義を忘れたわけじゃあるめえな」

村人が困惑した表情でいると、頭目はすごんだ。

「おい、どうなんだ？　村長、俺たちに感謝しているんだよなあ？」

頭目の前に引き出された村長は枯れ木のようにやせこけた老人だった。村長は頭を地面にこすりつけんばかりにして答えた。

「へ、へえ、そりゃあもう、私らが安心して暮らしていけるのも親分様のおかげでございます。なにか、これまでの付け届けでは、感謝の気持ちが足りないとか、そういうことでございましょうか？」

「そんなことを言ってるんじゃねえ。先だって俺たちが官兵に襲われた話は聞いているだろう」

「へ、へえ。親分様のにらみがきいているおかげで、この近辺であんなに大勢の人が殺されたなんてことはこれまでなかったことで……もしも今回の事件で親分様たちがどこかよそに行ってしまうことにでもなったら、いったいわしらは誰を頼りに生きていったらいいものかと、村の衆ともども心配していたところでございました」

「口ではなんとでも言えるさ。本当のところは、俺たちがいなくなってくれれば、せいせいすると思っていたんだろう」

「めっそうもございません」

「あの待ち伏せは、絶対に誰かが俺たちの通り道を官兵に知らせたせいに違いねえ。村長、誰が密告《ちく》ったのか言え」

「そんな、そんなはずはございません。絶対にこの村の者が親分様を官兵に密告するなどあり得ないことでございます。だいたい、親分様の隠れ家も通路も村の者が知っているはずもないことではないですか」

「だがな、誰かが密告《ちく》ったのは間違いねえんだ。おい、村の衆、誰が密告《ちく》ったか、誰も知らねえのか？」

村人たちはおどおどと視線をそらした。

「よし、誰も言わねえつもりだな。じゃあ、言う気になるまで一人ずつ殺していく。まず、村長、おめえからだ！」

「ひええっ、本当に知らないのでございます。ご勘弁を、どうかご勘弁を願います！」

頭目はすらりと腰の青竜刀を引き抜いた。さっそく子分が二人がかりで背後から村長を押さえつけた。

「おい、密告屋《ちくりや》、このなかにいることはわかっているんだ！　お前が申し出るまで一人ずつ殺していくぞ！　いいのか？　こっちは村人全員殺したってかまわねえんだ。お前が申し出たら、お前一人だけで済ましてやる。出てこねえのか？」

「本当に、うちの村にはそんな不心得者がいるはずはございません。どうかご勘弁ください」

村長は必死に命乞いをする。村長の妻が頭目にとりすがった。

「親分様、どうか、どうかお慈悲でございます」

「うるせえ！」

頭目は村長の妻を蹴飛ばすと、青竜刀をふるって村長の首を一刀のもとに斬り落とした。頭は高くはね飛ばされて地面に転がり、残った胴体からは、血が数本の噴水のようにビューッ、ビューーッと拍動して噴き上がった。まわりで見ていた村人は悲鳴を上げてあとずさりしたが、銃を構えて子分たちが警戒しているなかで、立ち上がって逃げようとする者はなかった。頭目は右手に血刀を握ったまま、左手で村長の髪の毛をつかんで首を拾い上げた。そのまま片手で血のしたたる生首《なまくび》をつるして、村人に見せつけて叫んだ。

「密告屋《ちくりや》！　どうだ！　俺が脅しで言ってるんじゃねえってことはわかっただろう。次は村長の女房だ。いいのか？　おめえのせいで無関係の村人が皆殺しにされても、それでもいいのか？」

梁宗中は、その時母親をかばうようにして抱き合って惨劇を見つめていた。村長の首が斬り落とされる時、母親は目を手で覆ったが、梁青年は目玉が飛び出さんばかりに目を見開いて見つめていた。すっかり顔面蒼白になった青年はふらふらと立ち上がった。

「お前、どうしたの？」

母親が引き留めようとしたが、頭目は梁青年の動きを見逃さなかった。

「密告屋《ちくりや》はおめえか？　そうか、そうなんだな」

頭目が梁青年に近づいて念を押すと、青年は力なくうなずいた。

「よし、ほかの連中は助けてやる。だが、おめえは見せしめだ。ほかの連中も密告屋《ちくりや》がどうなるか、よく見ておけ！」

「親分様、なにかの間違いでございます。うちの子に限って、そんなだいそれたことをしでかすはずがございません。この子はうちのたいせつな一人息子でございます。もしどうしても罰を与えるというなら、どうかどうか母親の私をかわりに殺してください」

母親が頭目にとりすがったが、頭目はかまわず梁青年を引きずり出した。頭目は、子分たちに命じて梁青年を広場の立ち木に縛りつけた。そして、ナイフでズボンを切り破って男根を露出させた。

「てめえらは家畜と同じだ！　俺に逆らわないかぎりは守ってやる。だが、逆らうような容赦はしねえ。乗り手に逆らう馬がどうされるか、てめえらも知っているな？　おとなしくしねえ荒馬は去勢されるのが決まりだ」

頭目はナイフを振りかざして村人に向かってひとくさり脅し文句を並べたあと、梁青年のほうに向きなおった。

「馬の去勢は何度もやって慣れているが、あばれると股のほうまで切っちまうからおとなしくしてろよ」

「ぎゃああ〜〜！」

梁青年の悲鳴は村人全員の耳にこびりついた。

「馬ならただの去勢でおとなしくなるが、人間は口がきけるからなあ。この口で密告《ちく》ったのか。こんな口はふさいどかなきゃあなあ」

頭目は梁青年の口に一物をむりやり押し込んで吐き出せないようにさるぐつわをさせた。

喉の奥まで一物を押し込まれ、鼻もいっしょに血まみれの手拭いで覆われた梁青年は、呼吸が困難になり、激しくもだえ苦しんだ。そして、股間から血をたらし、涙を流して、くぐもった悲鳴を上げながらゆっくりと死んでいった。梁青年が完全に死んだとはっきりするまで村人は立ち去ることを許されなかった。

「ようし、てめえら、密告屋《ちくりや》がどうなるか、よく思い知っただろうな。いいか、村長の死骸は葬ってもいいが、こいつは次に俺たちがここに来るまでここにさらし者にしておけ。次に俺たちが来たときにこいつがさらしてなかったら、葬ったやつを探し出して、同じ目にあわせてやる。わかったな！」

頭目はそう捨てゼリフを残して立ち去った。それで梁青年の死体は立ち木に縛りつけられて放置されていたのだ。

僕は、頭目を取り逃がすという自分の不始末が、この惨劇につながったことを思って慄《りつ》然《ぜん》とした。

「お母さん、許してください。必ず仇はとります。おい、すぐに死体を立ち木からはずして、丁重に葬ってやれ」

僕は部下にそう命じて、一部始終を話したあと泣きじゃくり続ける母親の背中をさすりながら、いっしょに泣いた。

討伐戦

情報提供者に対する報復のために村にやって来た人数がおよそ二十騎と聞いて、僕はこれがやつらの生き残りの全兵力と判断した。もしも村人を一人でも逃がして巡回中の官兵に知らせられたら、自分たちのほうが危険だ。老人女子供まで含めれば百人以上もいる村人を駆り立てるのに二十騎は少なすぎる。それ以上いないからしかたなかったのだ。僕は屯営に連絡して、屯営の全兵力の半数に当たる一個中隊を呼び寄せた。やつらが二十騎だとすると、十倍の兵力だが、今度は絶対に逃がさないために万全を期すことにしたのだ。村人のほとんどは入れ替わりに屯営に避難させた。村人のうち、とくに志願する者は村に残して農作業をやらせることにした。

村に通ずる街道は北から南に一本だけだ。馬賊は村に来る時はいつも南からやって来る。南の森林地帯のどこかに根拠地があるのだろう。だが、官兵の待ち伏せを警戒して、間道を大回りして北からやってこないとも限らないので、僕は北と南の双方に一個分隊ずつ機関銃隊を配置した。街道を見下ろせるような地点に塹壕を掘って草木で偽装して伏兵部隊としたのだ。さらに、街道からはずれたところにも、村から森に向かって逃げる時に通過しそうな地点に機関銃隊を数個分隊伏せておいた。主力は農民の服装をして村で待機する。農家の要所には機関銃隊を配置し、一味が広場に入ってきたら十字砲火を浴びせることができるようにしておいた。張仁雷に指揮させて一個小隊による周辺の巡回警備はこれまで通り継続し、村に残った農民と農民に変装した兵隊に農作業を行なわせ、僕らが村に潜んでいることを気づかれないようにした。

梁青年に懲罰を加えて、そのまま雲隠れという可能性もないわけではなかったが、僕は必ず連中は村に戻って来ると判断していた。馬賊の縄張りというのは、そうそう簡単に変更できるもんじゃない。兵隊の数が半分に減ったのに、よその馬賊の縄張りを荒らすのは難しい。梁青年に対する懲罰で村人に激しい恐怖を植えつけたのも、この村を縄張りとして維持するための布石に違いない。連中は、村人が自分たちの命令通り、梁青年の遺体をさらし者にしているか、必ず確認に来るはずだ。立ち木には梁青年の服を着せたかかしを縛りつけておいた。近づいたらすぐにかかしとわかるだろうが、遠目にはわからないはずだ。

すべての準備を整えると、僕は待った。気配を殺してひたすらに待った。じりじりするような気持ちで数日待ち続けた後、しのつくような豪雨の日だった。なんとなく、今日あたり現われるのではないかと思った。もし官兵の待ち伏せにあったとしても雨の日のほうが姿をくらましやすいからね。

僕らは司令部を村はずれの農家においていた。軍服を着ているのはここにいる一個分隊の指揮班だけだ。指揮班とはいいながら、もし敵に逃げられたら、この指揮班でどこまでも追いかけるつもりだった。全員馬術と射撃の名手をそろえてある。雨音のなかから、馬の足音となにやら人声が聞こえる。貧農の家には窓ガラスなんかない。窓には紙が貼ってあるだけだ。だから外の様子は見えないが、音は聞こえる。連中が近づいて来たのだ。街道の待ち伏せ隊にひっかからなかったところを見ると、どこか間道から来たのだろう。指揮班に緊張が走る。僕は全身を耳にした。

「かしら、どうもおかしい。雨だから農作業の農民が畑に出てねえのはいいとしても、子供の泣き声一つ聞こえず静まり返っているってのは変ですぜ」

「うむ、一人偵察に行ってみろ」

だめか、偵察に来たやつが、かかしに気づいたらおしまいだ。だが、偵察に来たやつはよほど臆病なやつだったようだ。広場のなかまで入ろうとせず、おっかなびっくり声をかけた。

「おーい、誰もいねえのか」

そいつはそのまま戻って報告した。

「おかしら、誰もいねえみたいです。村の連中への脅しがききすぎて、死体を残してみんな逃げちまったんじゃねえですかい？」

「なにっ、ふざけやがって。じゃあ何も残ってねえのか？　せめて冬のうちの食いぶちぐらい持って帰らなけりゃあ。よし、部落のなかを探してみろ」

全員、のこのこ村のなかに入ってきた。あのどじょうひげの頭目もいる。全員が村のなかに入ったところで、村の前後の道の障壁が閉じられた。同時に十分に照準をつけて重機関銃の十字砲火が開始された。一味はバタバタと倒れたが、頭目は機敏に馬首をめぐらして引き返した。そして障壁を飛び越えて逃走した。

「くそっ、あいつだけは逃がすわけにはいかない。続けっ」

僕は馬小屋につないであった雪嵐号に飛び乗って、障壁を開かせて部下とともに追撃した。頭目は初め街道を南に逃げた。そのまま街道を進めば機関銃隊をひそませてある森に行きあたる。だが、それは読まれていたらしく、間もなく街道を左にはずれて東に向かって逃走した。部下は次第に遅れたが、僕は次第に追いつめた。五十メートルぐらいに近づいたら拳銃を馬上から射ってみるつもりだった。拳銃は右手で構えるので相手をやや右に見る位置にするほうが都合がいい。いよいよ近づいたので、右手を手綱から放して腰の拳銃ケースのホックをはずそうとしたとき、敵が急に馬首をめぐらして僕の左側に近づいてきた。雨で手が滑りやすくなっていたし、突然意外な動きをされて、僕はもう一度手綱をとり直そうとして拳銃を落としてしまった。相手は両手を手綱から離して騎兵銃を構えた。「やられる!」思った瞬間、僕は右足だけあぶみにかけて、馬体の右に体を隠した。相手の方向転換は僕の意表をついたが、僕のこの動きも相手の意表をついたようだ。とっさに狙いを馬体のほうに変えようとしたようだが、あわてていたのでわずかに狙いが狂ったようだ。両者がすれ違う瞬間、銃弾は雪嵐号の背中をかすめて、まさに僕の胴体があったところを通り抜けた。

僕は一瞬、意表をつかれたが、所詮苦しまぎれのその場しのぎでしかない。少し行ったところで僕は体勢を立て直し、もと来た道を追撃した。逆戻りすれば部下が追撃してくるのにぶつかる。袋の鼠だ。ところが、意外なことにそいつは間もなく馬を止めて手を上げた。「降伏する」というのだ。すぐに部下たちも駆けつけてとりかこんだ。

確かに馬賊に対しては、帰順すればそれまでの罪は許すという布告を出して帰順を促している。しかし、それは互いに武装している馬賊同士の戦闘などでの罪のことだ。こいつのやったことはただの殺人だ。それもそのむごたらしさは言語に絶する。この場で射ち殺してやろうかと思ったが、それでは吉林省に法治の精神を広めようとする林永江の考えを無にすることになる。どうせきちんと裁判を受けさせたところで死刑になるだけだと思い直して、部下に命じて武器を取り上げて縄で縛り上げた。縛り上げたまま馬に乗せ、馬を引いて村に向かった。

「ところで隊長さん、人を逮捕するには、容疑を明らかにするんじゃなかったですかい？俺の容疑はいったいなんなんでしょうか？」

こいつは少しは法律の知識もあるらしい。僕は少しうろたえながら答えた。

「徒党を組んでの強盗殺人罪だ。身に覚えがあるだろう」

「いやあ、俺はほんの数ヶ月前に馬賊の仲間になったばかりで、外に出たのはこれが初めてなんでさあ。隊長さんにつかまるのが怖くて必死に逃げて、隊長さんにまで銃を射ちかけたのはすまなかったと思ってますが、あれは威嚇射撃《いかくしゃげき》で、命中させるつもりなんか、これっぽっちもなかったんでさあ」

「ぬけぬけとよくも言いやがるぜ。お前が頭目だってことは誰でも知っている。証人ならいくらでもいる」

村に着いてみると、ほかの馬賊隊員は全員死んでいた。一個小隊を村に残して事後の処理を命じて、残余の部隊を率いて僕は屯営に向かった。屯営に着いて、避難していた村人たちを集め、頭目が逮捕され、ほかの一味も全員死亡したことを伝えると、みんな歓声を上げて喜んだ。僕はみんなの前に縛り上げた頭目を引き出して、証言を依頼した。

「この男は、これから吉林省城まで連行して裁判にかける。この男が馬賊の頭目で、村長と梁宗中を惨殺したのは、みんなが目撃したはずだ。誰か吉林まで証言に来てほしい」

すると、誰も証言に行くという者がない。頭目のひとにらみで足がすくんだようになって、誰も前に出られないのだ。

「どうした？　みんな、こいつを処罰せずにすませる気か？」

僕は、みんなの間を回って声をかけた。その時、後ろでなにかを打ちつけるような音がして、オーッという声が上がった。

梁青年の母親がどこからか鍬《くわ》を持ち出してきて、頭目の背中に打ち込んだのだ。髪を振り乱し、返り血を浴びた母親は、みんなの見ている前で、二度三度とまるで頭目の身体全体を耕そうとするかのように鍬をふるい続けた。

「お母さん、もう死んでいます」

僕は母親を止めて、鍬を取り上げようとしたが、中年女性とは思えないものすごい力で、鍬を手からはずすのにずいぶん苦労したぐらいだった。

これでとりあえず僕もこの現場から離れられるようになり、吉林に戻った。そこで林永江にこの一件の報告をし、梁青年の母親に年金を出すよう要請した。てっきり林も賛成してくれると思ったら、なんだかしぶるのだ。

「なぜだ？　父さん。一人息子が省政府に協力したために殺されたんだ。あとに残された母親に年金を出したっていいじゃないか。省の予算でそのぐらいできるだろう」

誰が聞いているかわからないので、僕らは普段の会話も親子で通していたのだが、偽装の親子関係も何年かするとすっかり板についていた。

「金の問題じゃない。その母親の話は、ほかからも報告を受けている。夫を亡くして以来、息子を頼りにしていて、息子も孝行息子だったそうだ。金で息子の代わりにはならない」

「それはわかっている。だが、だからこそ、せめて年金ぐらい出さなければ、これから住民は、みんな政府への協力にしりごみするだろう」

「そうかな？　その殺された青年だって、金のためだけに政府に協力してくれたのか？　馬賊のやり方に恨みをいだき、今度の省政府は公正な政治をしてくれると期待したから危険を承知で協力しようという気になったんじゃないか？

いいか、政治には公正さが必要だ。馬賊討伐に役に立つ情報をもたらした者に百元の懸賞金というのが当初の布告だ。あとから別の金を出すというのは悶着のもとだ。政府に貢献したのは息子であって母親ではない。犯罪の場合も、息子の罪が親に及ばないように、功績だって親には及ばないはずじゃないか。だいたい、その母親は裁判前の容疑者を殺したんだぞ。情状酌量で罪には問わないにしても、政府として表彰に値することをしたとは言えん。

母親に年金を支給するとして、どういう基準にする？　協力の程度によって金額に差をつけるのか？　政府に協力したせいで死亡した者の遺族に支給するとすれば、どの範囲にする？　祖父や祖母はどうする？　子だくさんの親と一人息子の場合とは違う基準にするのか？　昔から満州では自分の子供を売り飛ばす親だっている。子供が死ぬと年金がもらえるとわかったら、馬賊に通報して息子を殺させる親だって出てこないとは限らないぞ」

「ずいぶんこうるさいことを言うんだな。情報提供者が殺されたのは僕の落ち度だ。なにもしないでは僕の気がすまない。今回だけの特例として承認してくれ。あとは情報提供者が殺されるようなことは絶対ないようにする」

林はまだ反論しようとしたが、ふっと思い直したように、

「いいだろう。年に五十元の年金だな」

と承知した。

そのあと、僕は現地に戻って盛大に村長と梁青年の葬儀を執り行ない、一人残された母親に年に五十元の年金を支給することを発表した。

「お母さん、宗中君のことは本当にお気の毒でした。年金で、死んだ息子さんの取り返しがつくとは思いませんが、省政府からの気持ちですので、どうかお受け取りください」

僕は母親の手をとってそう話しかけた。だが、母親は放心したように息子の墓を見つめているばかりだった。

それから数日後のことだった。これでひとまずこの件は片づいたつもりになって、省城の総司令室でくつろいでいるところに張仁雷が入ってきた。

「隊長、すみません。今お邪魔してもいいですか」

「なんだ、お前にしてはずいぶんと丁寧な言葉づかいだな。どうした？」

「いやあ、あっしは来たくなかったんですがね。こんな話をすると絶対攬把の機嫌が悪くなるに決まっているから、別のやつに来させようとしたんですが、誰も来たがらなくって……よほど報告なんかやめちまおうかと思ったんですが、報告せずにいて、いつか攬把の耳に入ったらただじゃすまねえだろうと思ったもんで……」

「なんだ、もったいぶらないで言ってみろ」

「じゃあ言います。どうかおこらねえでくだせえよ。あの梁の母親が死んだんでさあ」

「なにっ、どういうことだ？」

僕は椅子から飛び上がった。

「へえ、昨日の晩、首を吊ったんだそうで。村の連中は、母親が年金をもらえるってことで、やっかむやつらが多かったみてえで……息子が死んで金持ちになってよかったなんて母親の前で聞こえよがしに言いふらすやつらもいて、近所の親しい人の話では、そういう村人のやっかみに耐えられなかったんじゃないかってこって……」

僕はなんだか目の前が暗くなった気がしてがっくりと椅子に身体《からだ》を沈めた。張仁雷はなにか慰めの言葉でもかけたそうにしていたが、うまい言葉も思いつかなかったらしく、しばらくもじもじしたあと、部屋を出て行った。

しばらくして僕は足音荒く林の部屋に行った。

「知っていたんだな。こうなるってわかっていたんだな」

「梁という青年の母親のことか？　自殺したという話は聞いた」

「年金なんかやると村人のやっかみを受けてこういう結果になるとわかっていたんだろう？　わかっていて、どうして言わなかった？」

「言ったら、お前は納得したか？」

そう言われて、僕はぐっと答えに詰まった。

「お前にはわからなかったろうが、わしは梁の母親は長生きしないだろうと思っていた。息子を失った母親とはそういうものだ。

わしにも昔は女房がいた。息子もいた。生きていたらお前と同じぐらいの年だろう。かわいい盛りの年頃に流行《はや》り病《やま》いで死んだ。高熱を出してな。女房は必死で寝ずの看病をした。わしもあちこち駆け回り、奉天で一番という西洋人の医者にも診せた。だが助からなかった。女房はそれから飯も食わなくなった。息子が死んだあとは夜に寝床に入るようにはなったが眠れなかった。そのうち息子と同じ病気に女房もかかった。そしてあっという間に死んでしまった。わしはなにも手につかず、なにもやる気になれなかったが、葬式を商売にしている連中が地方役人の格式通りに諸事万端整えて葬儀を行ない、わしは言われるままに金を支払って、いつの間にか葬儀が終わった。

ちょうど春節のころで、妻子を失ったわしには、町の人々が楽しげに春節を祝い、子供たちが爆竹を鳴らして駆け回るのを見るのがつらかった。満州の春は一気にやって来る。雪が消えたあとには黄土が出てくる。満目生気のないように見えるところが緑の草原に変わり、スミレが紫色の絨毯のように花を開かせ、木々が緑の葉を吹く。長い厳しい冬が終わり、春が来て、みんなが浮き立つ気分で幸せそうに見えた。だが、生命の躍動が感じられるはずの季節に、わしの気持ちは依然として索漠《さくばく》たる黄土のままだった。どんなに厳しい冬もいつかは春になる。だが春が来たってなんになろう。妻子を失って初めて、それがどれほど自分にとって大切なものだったかやっとわかった。心のなかにぽっかりと空洞が開いて冷たい風がひゅうひゅう吹き抜けているようだった。息子がまとわりついてきた時に邪険《じゃけん》にしたことや、つまらないことで妻に当たり散らしたことが思い出されて、果てしなく後悔にさいなまれた。春がめぐり夏になっても、わしの心はいつまでも冬のままだった。わしも死にたかった。

役人勤めをやめて馬賊の参謀役なんかになったのも、実際の働きぶりに無関係に、科挙の成績で昇進が決まるやり方に嫌気がさしたせいもあるが、一番の理由は妻子の死で自暴自棄の気持ちになったからだ。人間は、金さえあれば生きていけるというものではない。生きる支えが必要なものだ。何一平《ヘーイーピン》攬把から託されて、お前の面倒をみることになったとき、わしは生きる支えを得たのだ。

梁の母親は、もし年金を支給されなかったら、たぶん村人から同情されて、ちょっとしたつくろいものとか家事の手伝いでもして食べていくぐらいのことはできたかもしれない。だが、結局長生きはしなかったと思う。それでお前、わしの反対で年金を支給せずにいて、梁の母親が乞食みたいな暮らしの末に数年もたたずに死んだと聞かされたとしたら、わしを許せたか？」

林の頬には涙が流れていた。僕は押し黙った。しばらく沈黙したあと、林は回転いすを回して後ろを向いた。

「いいか、お前もよく心得ておけ。政治は結果がすべてだ。どんなに自分としてはいい政治をやるつもりでいても、結果が悪かったらその政治は悪い政治なのだ。今回のことをいい教訓にしろ」

打ちのめされた気分だった。僕が梁青年の母親を少しでも慰めようと奔走したのは、林永江の手のひらのなかで踊っていただけみたいなものだったのだ。自分がいかに政治についても、人情の機微についても、無知であったか、思い知らされた。それからは僕も、自分の言動がどんな波紋をひき起こすかを考えて、思いつきの「いいアイデア」を実行に移すのではなく、結果を考えた行動をするよう心がけた。そして、少しは『資治通鑑』を読んだりして、政治に関する勉強もしようとしたが、日常業務が忙しくて無理だった。僕がこれまで研鑽を積んできたことは軍事専門家としてのものばかりだった。軍人が政治に口出ししてもいい結果にはならないとわかった。

それから僕は、林の政治家としての才覚を深く尊敬し、政治は林にまかせて、軍事に専念した。

馬賊の討伐は徹底的に行なわなくてはならない。官兵が民衆に親切で迷惑をかけず、頼りになるとわかれば、高いミカジメ料を請求する馬賊よりも、民衆は官兵を頼りにするようになる。討伐の成功に欠かせないのは情報だ。だから情報提供者の保護は討伐成功の絶対条件なのだ。馬賊は、一人でも生き残っていると必ず報復しようとするから、その集団を一人も残すことなく全滅させなくてはならない。だから、僕は馬賊討伐は冬に行なうことにした。草のしげる夏には「緑林」に逃げ込まれてしまうからだ。

馬賊だって食べなくてはならないから、冬でも食糧調達に出なくてはならないことがある。情報提供者から馬賊の通り道を教わって待ち伏せするのだ。満州の冬の寒さなんて、たいへんなものだ。零下三十度ぐらいになることもある。全身毛皮の防寒服に身を包んで待機するのだが、そういうなかで、雪の山道でいつ現われるかわからない馬賊を何日も待ち続けるのは、訓練周到で使命感に燃える兵でなくては務まらない。そして、馬賊と接触できたときに大切なのは、射撃の練度と命令通りに射撃する規律の厳守だ。連中は住民を盾にして行動する。不用意な射撃は住民に危害を及ぼすことになる。

そして、待ち伏せ射撃でできるだけ馬賊の隊員をしとめておいて、追撃に移るわけだが、これは絶対に最後まで追い続けなくてはならない。馬賊の根拠地は険しい山岳地帯のことが多いから、いったん見失うと再び発見することは、ほとんど不可能になる。馬が入れないようなところに逃げ込まれたら、徒歩で追い続けなくてはならない。

だから、討伐隊の隊員には乗馬も瞬発力・持久力のすぐれた馬を選び、冬が来る前に、射撃訓練とともに、毎日小銃と弾帯を装備したまま走り続ける訓練を厳しく行なった。大正六年から七年にかけての冬に、こうした精鋭部隊をあちこちに分派して討伐を行なったので、さしも満州名物の馬賊も影をひそめるようになった。

大正七年になると、林の治政もずいぶんと成果を上げ、吉林省では治安も落ち着き、経済も活性化した。僕と林は、その年の秋、省内各地の巡察に出かけた。大豆の作柄も上々で、各地の農民は、清朝時代の役人と違って賄賂《わいろ》を要求することもなく、民生の向上に尽力してくれる巡按使を熱烈歓迎した。

そして、林は、長白山脈の真っただなかにある敦化《とんか》にまで足を伸ばそうと言い出した。長白山脈は馬賊の巣窟《そうくつ》であり、ここの討伐《とうばつ》はまだ進んでいなかった。僕は敦化まで足を伸ばすのは危険だと言った。

「父さん、あのあたりは、まだ危ない。政治に関しては、僕より父さんがすぐれているのはよくわかった。でも、軍事に関しては僕のほうがわかっている。警備の問題に関しては、僕の進言を聞いてくれ」

だが林は、

「ずいぶん自信のないようなことを言うじゃないか。討伐隊の威名《いめい》は吉林全省に鳴り響いている。張作霖の奉天軍の後ろ盾のある自分たちを襲撃するほどばかな馬賊もいるまいさ」

と言って、僕の懸念にとりあわなかった。

どうしても行くというので、僕は自分なりに警備に万全を期すことにした。吉林省全体の治安のことを考えなくてはならないので、主力を林の護衛に割くわけにはいかない。やむなく僕自身が警護に出張することにして、留守は副司令の陳傑来にまかせることにした。最精鋭の張仁雷の中隊を護衛につければ、たとえ百人規模の馬賊の襲撃を受けたところで、隊員の多少の損害は出るとしても、林を脱出させるだけなら可能と判断した。

敦化は山間《やまあい》の地で、耕地は少ない。林は、巡察のあと、このあたりは今のところ林業が主産業だが、森林を切り開いたら牧草地にして、馬や羊の牧畜をするのがいいかもしれないとか、今後の産業振興計画を語った。敦化に着いたその日は歓迎の宴席についたが、それ以上は無用の繁礼《はんれい》として斥《しりぞ》けた。二日目からは、親子ということになっている僕らは同室の部屋に簡素な夕食を運んでもらって一緒に食事をした。

林は酒が好きで、夕食には必ずその地方の地酒を所望した。警護の僕が酔っぱらうわけにもいかないので、僕は一杯だけ相伴《しょうばん》したが、林はその晩はことのほか機嫌がよくて、たて続けにあおった。

「まあ、来てみれば、敦化に馬賊の影もないな。よほど討伐隊長・林健の武名は轟《とどろ》いていいるようだ。父親のわしも鼻が高い、ははは」

するとと林は急に苦しみだした。

「ずいぶん悪い酒だったのかな？　頭痛と吐き気がする。寒気《さむけ》もするな。ちょっと便所で吐いてこよう」

林は立ち上がろうとしたが、そのまま床に倒れ込んで激しく嘔吐《おうと》した。僕は誰か呼ぼうとしたが、急に目の前が暗くなって倒れてしまった。

復讐

気がついてみると、僕はどこか農家の納屋《なや》みたいなところに押し込められていた。まだ頭がずきずきして吐き気がする。小さな窓があって、夜が明けているのがわかったから、僕はあのあと一晩眠り続けたことになる。

外の番兵に、ここはどこだ、とか、水をくれとか声をかけたら、番兵は返事をせず、馬賊の首領が現われた。

「警備総司令・林健に間違いないな。俺はこの地方の総攬把・劉志明だ。お前さんたちに届けたあの毒は、さかずき一杯で昏睡《こんすい》するように調整してあったんだが、まさか何杯も一気飲みするとはなあ。巡按使閣下が敦化までお出でくださると聞いて、料理人に潜り込ませていた手下に毒を盛らせたのさ。馬賊だっていろんな情報は必要だ、敦化の県城には、あらかじめいろんなところに手下を潜り込ませてあるのよ。

二人が倒れる音が聞こえたら、ドアの外で待ちかまえていた手下があんた方をすぐにここまで運んでくる手はずだったんだが、巡按使閣下が死んでしまったのは残念だ。死体であっても生きていることにして身代金をせびってもよかったろうが、気の利かない手下が、死体では身代金が取れないと思って死体は置いて来ちまった。

巡按使閣下の身代金は五十万元ぐらい吹っかけてやる気だったが、まあ、警備総司令閣下一人でも二十万ぐらいはふんだくれるだろう。昨今、武器弾薬取引の取り締まりが厳しくてなあ、取り締まりをかいくぐって売ってくれる相手への謝礼も天井知らずで、馬賊稼業もずいぶん費用がかかっちまうわけよ」

そうか、こいつが劉か。僕が子供のころに一家離散の憂き目を見たのも、こいつのせいだ。今また、実の父以上に恩義のある林を殺したのか。だが、劉の両脇には油断なく拳銃を構えた番兵がついている。僕は劉に飛びかかりたい衝動を必死で抑えた。

「それでだ、警備総司令閣下には、生きている証拠に、この紙の末尾に署名してほしいわけよ。身代金をいつまでにどこに届けろって文面はこっちで書くからさ。もちろん、身代金が手に入ったら、すぐに帰してやるぜ」

どうせ身代金が手に入ったら僕を始末する気だろう。馬鹿なやつだ。僕を残しておいて林をさらうか、林を残しておいて僕をさらうかしたのなら、どんなことをしても身代金を算段したろうが、張作霖が僕らのためにびた一文だって出すもんか。僕の生死にかかわらず、大軍を敦化に進めて、このあたりを奉天軍の実質支配地域にするための口実にされるだけだ。

僕は気分が悪くて手が震えるので署名できないと言った。

「そうか、おい解毒剤を持ってこい」

子分に命じて解毒剤を持ってこさせると、

「これは解毒剤だ。飲むと小便が近くなるから、どんどん水を飲んで毒を小便にして出しちまいな。まあ、明日になれば毒は消えているだろう。明日は必ず署名してくれよ」

そう言って解毒剤と水筒を置いて、ドアを閉めていなくなった。これが解毒剤というのもあやしい話だったが、僕に署名をさせたいのは本当だろうから、飲む決心をした。なにかの薬草なのだろう、ずいぶん苦《にが》かったが、お椀一杯飲み干した。すると本当にどんどん小便が出た。水筒の水もずいぶん飲んだが、夕方までに小便桶《おけ》が満杯近くなったぐらいだった。それでどうやら頭痛と吐き気も収まったが、夕食に出された粥《かゆ》を食べ終えると、僕は激しい疲労を感じて前後不覚に眠り込んだ。

たぶん真夜中だろう。あたりをはばかるように少しずつドアが開いた。僕はひんやりとした夜気が顔に当たるのを感じて目を覚ました。

「小健《シャオチェン》、小健だろう？　媽々《マーマ》（母さん）だよ」

「媽々《マーマ》！」

僕は飛び起きた。

「しーっ、静かに。番兵は眠り薬で眠っているけれど、あまり大きな音を立てると目を覚ます。遠くから見ただけでお前だとすぐにわかったよ。別れて何十年たったたって、そんな髭を生やしていたって、自分の子供を見間違えるもんかい。さあ、早く逃げるんだ。明日署名をしたらお前は殺されるよ」

あのとき僕が三十だったんだから、母は五十近い年齢だったはずだが、月の光で見る母親は昔と変わらず美しかった。僕らは音を立てないよう用心して納屋を抜け出し、母の案内で馬をつないである村はずれまで行った。

「母さんもいっしょに逃げよう」

「だめよ。母さんには、もうここに子供がいるんだ。子供を置いてはいけない」

「えっ、じゃあ、あいつとの間に僕の弟が……」

そうするうちに僕が逃げたのに気づいたらしく、村のなかが騒がしくなった。

「さあ、小健、お逃げ！　早く行くんだ。二度とここに近づくんじゃないよ」

僕はつないであった馬の手綱を全部ほどいて、一頭にまたがって、鞭をふるって他の馬を森に追い立てたあと、母さんを振り向いた。

「母さん、さようなら」

ようやく僕が馬に乗っていることに気づいたやつらは、やたらと拳銃を射ちながら追いかけてきた。僕は馬体の片側に体を隠して走り抜けたが、流れ弾が一発母の胸を貫いて、母は「あっ」と声をあげたきり、地面に倒れて身動きもしない。あとに心は残ったが、今は逃げるしかなかった。どこか村の他の場所につないでいた馬に乗って何人か追ってきたようだが、僕はとっくに森のなかに消えていた。

森を出て、近くの村で教化への道を聞いて、僕は馬を乗りつぶすつもりで早駆けに駆けた。敦化に着いたのは夜明け前だった。着くなり馬は泡を吹いて倒れた。

すぐに張仁雷が駆け寄ってくる。

「隊長、よくぞ御無事で」

張は半泣きになって苦しいぐらい僕を抱きしめた。

「心配かけたな、巡按使閣下はどうした？」

「はっ、知事公舎の一室にご遺体を安置してあります」

「よし、そこに案内しろ。部隊はすぐに討伐に出発するぞ。総員戦闘準備だ」

僕は、棺《ひつぎ》に納まっている林の遺体に対面した。すでに吐物は拭い去られ、死に顔も整えられていた。義和団事件で北京に籠城した時から、ほとんど二十年近く、言い尽くせないほど世話になってきた。林は、満州を近代化する事業のために努力を惜しまなかった。実行に当たっては勇敢だった。さまざまな思いがこみ上げてきて、僕は遺体に取りすがって号泣した。だが、泣いてばかりはいられない。吉林省に、全満州になくてはならない人材だった林永江よ、この仇は必ずとる。

「爸々《パーパ》（父さん）、無念だったろう。これから満州で爸々の理想を実現するために、まだまだやり残したことがあっただろう。必ず仇はとるからね」

僕は林が着ている巡按使の制服の第一ボタンをむしり取って押し頂いたのち、大切に胸のポケットにしまった。見ていた部下たちは父の形見をしまったと思ったろうが、僕はそこに林が「叩き売っても十万元にはなる」と言っていた大粒のダイヤが隠し込んであることを知っていた。

その時、張中隊長が出発準備完了を報告した。表に出て、僕は雪嵐号にまたがって短く部下に訓示した。

「これから馬賊の討伐に出かける。林巡按使閣下の弔《とむら》い合戦である。女子供以外一人も残さず皆殺しにしろ！」

満州では夏の日が長いかわりに秋の日は短い。山間《やまあい》の敦化にようやく朝日がさし始めるころ、部隊は朝もやをついて出発した。僕が逆襲に行くことは劉もわかっているだろう。早く行かなくては逃げられてしまう。だが、二百名といえば一個中隊の規模だ。迫撃砲分隊や機関銃分隊もまじっているので歩度をあまり速めることはできない。

昼近くに、偵察に出した騎馬分隊が戻って来た。敵は部落に立てこもって戦闘準備をしていると報告した。てっきりもぬけの殻《から》と思っていたが、残っていてくれたとはありがたい。どうやら劉は僕らを清朝時代の昔の官兵と似たようなものと見くびっていたらしい。

昼少し過ぎに部落に着いた。射程距離外から何発か小銃を射ってきたが、相手にならず、僕は部隊を散開させて四周を囲んだ。張の部隊の迫撃砲の射撃精度は非常に高かった。射程五百メートルでも目標の一メートル以内に命中させるぐらい鍛え上げていた。それぞれの迫撃砲の射手に、別々の家屋を目標にして照準をつけさせ、攻撃開始とともにたちまち全戸全壊させる手はずを整え、部落の出口すべてに機関銃隊を配置して、出てくる敵を掃射することにした。部隊はきびきびと動いてたちまち攻撃準備が整った。

僕は大声で呼びかけた。

「もう、逃げ道はないぞ！　武器を捨てて投降すれば、女子供は助けるし、馬賊隊員にも公正な裁判を受けさせてやる。とくに僕を逃がしてくれた女には手厚い治療を施してやる。だが、抵抗すれば容赦はしない」

劉が姿を見せずに声だけで応じた。

「馬鹿野郎！　あの女はおっちんじまったよ！　攻めこんで来れるもんなら来てみろ！　返り討ちにしてやらあ」

母が死んだと聞いて、僕には迫撃砲攻撃をためらう理由がなくなった。直ちに攻撃開始を命令した。

劉は、この世にこんな破壊兵器があるということを初めて知っただろう。ヒュルヒュルという音に続いて激しい爆発が起こり、敵の立てこもる家屋は次々と木っ端みじんになった。次いで土塀も次第に崩されたが、そのうちどこかから出火して部落全体が煙に包まれた。こうなってはどうしたって部落に立てこもっているわけにはいかない。出口から敵はてんでんに逃げ出して来たが、たちまち機関銃の餌食になった。

その時、一人が馬に乗って土塀の崩れたところから飛び出して来た。機関銃は出口に配置してあったので、小銃で射撃したが、これをかわして猛烈なスピードで逃げた。「劉だ！」こいつだけは逃がすわけにはいかない。僕と数人の部下が騎馬で追いかけたが、部下の馬は次第に引き離された。

雪嵐号《せつらん》は賢い馬だった。断じて逃がしはしないという僕の気持ちが伝わったかのように追撃した。森のなかに入ってもスピードを緩めることなく、倒木を飛び越え、水を蹴立てて小川を抜け、まさに人馬一体となって追撃した。劉は後ろを向いて射撃したが、馬上射撃なんてそうそう当たるもんじゃない。かえって追撃の間合いを詰められる結果になった。もう一度後ろを向いた時に、劉は張り出した木の枝に頭をぶつけて落馬した。僕も馬を下りて、拳銃を構えて近づいた。劉が振り向きざまに拳銃を射とうとしたので、僕はその右手を射った。僕の拳銃は馬賊の間で「大前門《ターチェンメン》」と呼ばれる大口径のモーゼル銃だった。弾が手に当たると指が数本はじけ飛んだ。今度は左手で拳銃を拾おうとしたので、左手も射った。それでも立ち上がって逃げようとしたので、続けざまに両足を射った。よほどあきらめの悪い奴らしく、まだ、いざって逃げようとする。

僕は劉を縄で立ち木にゆわえつけた。

「なんだ、どうする気だ？　殺すなら一思いに殺せ！」

「簡単に殺すわけにはいかない。何一平《ヘーイーピン》という名前に覚えがあるだろう？　俺はその息子だ」

劉ははっきり思い出したようだ。これからどんなことをされるのかという恐怖に目を見開いた。

「ゆ、許してくれ。悪かった。お前の弟妹を殺せなんて俺は命令していなかった。子供が死んじまったのは馬に引っ掛けられたせいで、事故だったんだ。お前の母さんは俺の第一夫人のあつかいにして大切にしていたんだぜ。昨夜死んだのだって部下が射った流れ弾に当たったんだ。林が死んだのだって事故だったんだ。殺す気なんかなかったんだよ」

「そうかい？　それがどうした。全部お前のしわざだ」

僕は馬賊の流儀通り、劉の男根を切り取って口にくわえさせた。吐き出せないように猿ぐつわを噛ませて、後ろも見ずに雪嵐号に乗って駆け出した。そろそろ日が暮れかけていた。

五四運動

えっ、残酷だって？　そうだなあ、あとになってみれば、僕もこんなことはしなきゃよかったと何度も思ったよ。復讐したって死んだ人は生き返らないしねえ。そのあと僕はずっと悪夢にうなされた。でも、その時はそのぐらいやらないと気がすまなかったんだ。

森を抜け出したのはすっかり日が暮れたあとだったが、僕はもう部隊には戻らなかった。林が死んでしまって、僕は生きる張り合いがなくなった気がした。張作霖の部下として出世する気なんかさらさらなかった。どれほど為政者が努力したところで、満州を近代化するなんて無理な話だと思い知った。張仁雷にしろ、僕を親分と慕ってついて来てくれるだけで、法治の精神を理解して行動しているわけじゃない。結局、住民自身が個人の自由と責任を自覚しようとしないかぎり、近代的個人主義を根づかせることは不可能なんだ。なんというか、厭世《えんせい》というか遁世《とんせい》というか、すっかり投げやりな気分になって、なにもかも投げ出してしまいたくなったんだ。

家族はどうしたって？　僕はまだ結婚していなかったんだ。飛ぶ鳥を落とす勢いの張作霖の軍事顧問なんだから、そういう話はあったけど、なんとなく気乗りがしなかった。まだいつか日本に帰れるんじゃないかという未練もあったし、父親がわりの林が、男の結婚は三十半ば過ぎてから考えればいいという態度だったし、なにより一生の伴侶と思える女性に巡り合わなくてねえ。

もともと纏足《てんそく》の風習は満州族の風習ではないし、満州に移民してきた漢人も、纏足しない女性が多かったんだが、軍人の嫁にと勧めてくるような女性は無学な纏足の女ばかりだった。北京でだって、今でも纏足した老婆なんか見かけるだろう。あれは女性が婚家から逃げ出したりしないように、という意味もあったらしい。小さいころから布で足を固く縛って足の成長を阻害するんだ。やられる娘は痛がって泣くんだが、昔の中国では足が小さいことが美人の条件とされて、纏足していない女性はいい嫁ぎ先を見つけることは不可能だった。いずれ女性が男性に従属しなくてはならなかった時代の遺物だ。僕の母親は奴隷として売られて、主人のほうでは将来結婚させる気なんかなかったから、小さいころからこき使うために便利なように、母に纏足なんか施さなかった。纏足していない母の足を見慣れていた僕には、纏足は一種の奇形のようにしか見えない。中国人は纏足した女性の小さな足に性的欲情をそそられるんだそうだが、気がしれないね。

それで、林が死んでしまったあと、僕は本当の天涯孤独の身の上になってしまったのさ。僕は夜が明けると、髭を剃って、近くの村で農民の服を買って変装して、大豆運送の荷車に便乗して奉天に出た。雪嵐号はそのまま放してやった。利口な馬だから自分で敦化まで戻ったろう。張仁雷たちは僕を捜して大騒ぎしたろうが、髭を剃った農民姿の僕を捜し当てることはできなかったさ。家伝の名刀だけは惜しいことをしたが、張が隊長の形見と思って大事にしてくれたろう。

僕は奉天から汽車で北京に出た。北京でダイヤを換金しようとしたら、十三万元出すという。そのころ北京では、切り詰めれば月十元もあれば暮らせたろう。月百元の豪勢な暮らしをしたって、一万元もあれば何年ももつ勘定だ。僕は三万元だけ換金し、十万元はものダイヤより小粒なダイヤに換えてもらった。そのダイヤはどうしたかって？　それは君にも教えられないなあ。もし僕のほうが先に死刑になることになったら、これもなにかの縁だから君に隠し場所を遺言することにしよう。

世捨て人というのは、山にこもって清貧な暮らしをするものだそうだが、それから僕は酒と女におぼれた。一晩で千元の豪遊をしたこともある。われながら、よくアヘンに手を出さなかったもんだと思うよ。

ある晩、僕の寝ているところに盗賊が来たことがある。僕の金づかいの荒いのを見て、よほどため込んでいると思ったんだろう。たちまちつかまえて腕をへし折ってやったよ。拳銃を持っていたら殺してしまったろう。そのころ眠ると毎晩のように血まみれの一物をくわえた劉志明が夢に出て来てね、うらめしげな目つきで僕をじっと見るんだ。汗びっしょりで目を覚ますんだが、枕元に置いてある大前門《ターチェンメン》で寝ぼけたまま幻を射とうとすることが重なってね、これは危ないと思って拳銃は川に捨ててしまっていた。

その夜も劉志明が出てくる悪夢にうなされている時に泥棒が入って来たもんだから、目を覚ました僕は、泥棒を劉志明の幽霊かと思って、そいつに飛びかかって投げ飛ばした。さらに柔道の絞め技をかけたら、どうも劉志明じゃないとやっとわかった。だが、僕の部屋に泥棒なんかに入ったんだから、みせしめに腕をへし折ってから帰したのさ。どうやらそのうわさが盗賊仲間にひろまったらしくて、それ以後盗賊は忍び込まなくなった。

僕はそのころニュースなんかにはちっとも興味がなくて知らなかったが、大正七年十一月、大正三年に始まった世界大戦がドイツの敗戦で終わった。あくる年の大正八年にはパリで講和会議が開かれた。第一次大戦に参戦した諸国では未曾有《みぞう》の大衆動員が行なわれたが、とくに連合国側ではこの戦争を民主主義対専制主義の戦争と位置づけて大衆を動員するイデオロギー的支柱とした。これは世界の世論に影響を与え、ウィルソン米大統領の提唱した民族自決の原則は、バルカン半島のみならず東アジアの民族運動をも刺激することになった。インドやインドシナなど英仏の植民地からは幾十万の兵士と労務者を戦線に送っていた。中国も十万にのぼる労務者を送っていて、ウィルソン大統領の宣言によって目に見える代償を期待していた。

朝鮮でも民族独立を求める声が強くなり、この年三月一日にソウルで独立宣言が発表され、これをきっかけに朝鮮各地で独立を求める集会やデモ、労働者のストライキなどが相次いで展開された。世にいう「万歳事件」だな。

中国でも、パリ講和会議で日本が山東省の旧ドイツ権益を継承しそうな形勢であることが伝わると、激しい反対運動が起こった。

ちょうど、そのしばらく前から、北京大学文科学長、日本でいえば文学部長の陳独秀《ちんどくしゅう》らを中心にして新文化運動というのが盛んになっていて、アメリカ大統領ウィルソンの唱える理想主義的政策が中国知識人の心をとらえていた。そのころの中国知識人の間では「公理は強権に戦勝する」という言葉が流行語になっていた。彼らによれば、世界大戦とは、自由・平等という「公理」を掲げて戦った連合国が、暴力によって他人の自由・平等を侵そうとする「強権」のドイツと戦い、勝利した過程だったんだ。この「公理」は当然、戦後処理にも貫徹されなければならないはずだ。

ところが、実際パリ講和会議が開かれてみると、そこは戦勝国のむき出しのエゴイズムのぶつかり合う場だった。講和会議で示された戦勝国の強権エゴは、陳独秀がウィルソン十四ヶ条に見出した「公理」を徹底的に打ち砕いた。とくにパリ講和会議に民族自決の夢を託した中国にとって、パリ講和会議が大戦前にドイツが山東に持っていた権益を日本が引き継ぐことを認めたことは大きな衝撃だった。

そんなことはつゆ知らず、僕は相変わらず放蕩《ほうとう》無頼《ぶらい》の生活を続け、そのころ覚えた麻《マー》雀《ジャン》で毎晩のように大金をすっていた。もっとも、勝ったところで、すぐに遊郭に出かけて店の女の子たちに大盤振る舞いするだけで、朝になってふところに金が残っていることはなかったがね。一晩で千元使うと一月《ひとつき》で三万元なくなるはずだが、さすがにそこまで浪費はしなかったようだ。でも、北京に来て半年もすると、三万元もいつの間にか残り少なくなった。

僕は安宿に引っ越し、できるだけ切り詰めて生活するようになったが、とにかく眠ると血まみれの劉志明が出てくるから眠るわけにはいかないんだ。すると睡眠不足になるからまともな仕事にはつけない。僕もそのころには麻雀の腕も上がって、安い賭け金の麻雀をするような相手をカモにして稼げるようになった。高い賭け金でもときどきは勝つんだが、大金を手にするとすぐに散財してしまうから手もとに残らないんだ。豪遊できない程度の金だと生活費にする気になるんだね。まあ、麻雀をすると徹夜できるからやっているようなものだったがね。その日も、徹夜麻雀で睡眠不足の頭をかかえて宿に帰る道すがら、なにやら学生たちが道路を埋めて騒いでいるのに出会った。僕は五四運動に出くわしたんだ。

僕のねぐらは北京の公使館区域にほど近いところにあった。僕は日露講和のあとの日比谷焼き打ち事件のことを思い出して、巻き込まれないよう用心しながらねぐらに戻ろうとした。すると、近くの小路から大けがをした男が二人出てきたんだ。そこは大通りから少し奥に入ったところで、通行人は多くはなかったが、血だらけの二人を見た連中はびっくりして逃げ出した。

僕はその時、この二人をかくまうことにした。この二人はどうやら暴徒による暴行でケガしたらしいから、義和団事件や日比谷の焼き打ち事件以来、愚民の暴動には本能的な嫌悪感を抱いていた僕はとっさに助ける気になったんだ。それに、人助けをすれば、あの劉志明の悪夢から逃れられるような気がしたんだ。五四運動は義和団や日比谷焼き打ちとは違うだろうって？　参加しているのが無学な連中か大学生かという違いはあっても、事態がこんな暴動になってしまえば、衆愚の暴動と同じことだ。

僕のねぐらに二人を招き入れてドアを閉めた。二階の窓から下を見ると、暴徒はわざわざ小路に入ってまでは追いかけてこない様子だった。

激しい戦闘を何度も経験した僕は、外傷の応急処置ぐらい心得ていた。二人のうち四十がらみの男はケガが軽く、僕と同年配ぐらいの若い男のほうが重傷だった。二人とも頭を殴られて裂傷ができていたが、意識はしっかりしているから脳の問題はない。頭の傷は出血が激しいのでびっくりするが、包帯を巻いて圧迫止血しておけばどうということはない。僕はシーツを引き裂いて包帯を作り、清潔な手ぬぐいを傷に当ててしっかり縛った。ほかに全身に青あざができていたが、体を丸めてかばったため、腹部は打たれていなかったようで内臓損傷はなさそうだった。ただ、若い男は頭をかばった時に右腕を棍棒《こんぼう》で打たれたらしく、骨が折れていた。とりあえず添え木を当てがったが、これは医者に行かないといけない。

　処置をしながら話を聞くと、中年の男は駐日公使・章宗祥《しょうそうしょう》で、若いほうは日本人で中江《なかえ》丑吉《うしきち》という名前だった。章宗祥は、日本からのひもつき借款である西原借款《にしはらしゃっかん》獲得に奔走《ほんそう》し、親日政策の中心と目されたので、漢奸とみなされて学生たちの襲撃の目標となったのだ。北京政府の交通総長、つまり日本風にいえば運輸大臣だな、その交通総長の曹汝霖《そうじょりん》も、悪名高い二十一ヶ条要求の時の外交次長（外務次官）で、やはり親日派の漢奸として襲撃目標になった。学生たちが曹邸を襲撃した時、ちょうど章宗祥も来ていたので、二人とも袋叩きにされたんだ。学生デモ隊が曹邸に向かったと聞いて、中江さんは急遽曹邸に駆けつけ、暴徒に襲われた曹をかばって避難させ、殴打された章宗祥といっしょに裏口から逃げ出したところに僕が通りがかったのだ。

　暴徒が立ち去るのを待って、僕は章の指示する病院に行って入院の準備を整えてもらい、洋車《ヤンチョ》（人力車）を二台回してもらって二人を乗せ、人目に触れないよう病室に直行した。

　二人とも僕に非常に感謝してくれてね、僕は名乗るほどの者ではないと言ったんだが、強いて尋ねるもので、日本人であることは明かして、本国を逃げ出さなくてはいけない事情があって北京に来ており、名前は聞かないでほしいと言った。

学に志す

その晩、僕は北京に来て初めて熟睡した。なんの夢も見なかった。病院とねぐらの間を何度も駆け回って疲れたのがよかったんだろう。たぶん人間は、肉体をある程度疲れさせないと、精神の健康を保つことができないのだ。

すっきりと目覚めた僕は、人助けをしたおかげで劉の亡霊から逃れられたような気がした。そして、こっちが二人に感謝したい気になって、もう一度二人を病院に見舞いに行った。章宗祥はもう退院するところで、僕が中江さんの病室に入った時は、右腕にギプスを巻いた中江さんと頭に包帯を巻いた章が談笑していた。そこで僕は、生まれて初めて、自分が逆立ちしてもかなわない学者に出会ったのだ。中江さんと話をして、その深い学識に僕は打たれた。

中江兆民は誰でも知っているだろう。有名な民権思想家だ。えっ、息子の丑吉も名前だけなら知っている？　そうか、満州事変の翌年から北京で暮らしていれば名前ぐらい聞いたことはあるだろう。兆民の息子で相当な変人が北京で暮らしていると聞いた？　まあ、北京にいる日本人の間の評判はそんなところだったろう。だが、僕の見るところ、中江丑吉こそは当代随一の思想家だったと言って過言でない。

父・兆民が死んだのは、中江さんが十二歳の時のことだった。満十二歳で父親を亡くしたというところは僕と同じだ。中江さんのほうが僕より一つ年下だが、なんだか中江さんに他人とは思えないような気持ちを抱いて、この出会いに運命的なものを感じた。

兆民を失って中江家はたちまち経済的に困窮した。兆民の友人や弟子たちのうちには民権活動家が多かったわけだが、そうした連中には「壮士」と呼ばれる浪人も多くて、アジア主義者として孫文を援助した右翼浪人の頭山満《とうやまみつる》なんかも中江家を経済的に援助した一人だ。そういうアジア主義者なんかのツテもあったんだろう。中江家では清国留学生に間貸しをした。その留学生たちのなかに章宗祥と曹汝霖がいたわけだ。

中江さんの姉さんは、民権活動家として知られる竹内綱《たけうちつな》の息子の竹内虎治《とらじ》と結婚したんだが、竹内綱ってのは、今、日本の外務大臣の吉田茂《よしだしげる》の実父だ。虎治は茂の異母兄になるから、吉田外相は中江さんの姉婿の弟という縁戚関係にあたるわけだ。吉田茂は北京の中江邸を訪問したこともあって、その時中江さんが古書にうずもれて研究しているのを見て、「三千年も四千年も昔のことが当代になんの益ありや」と言ったそうだ。そんなことを言うということは、彼が外交官でありながら、ツキヂデスの『歴史』もギボンの『ローマ帝国衰亡史』も読んでいなかった証拠だ。まあ、どうやら戦争中下野している間に少しは本を読んだようだから、昔のことを勉強することが現在の国際政治の荒波を乗り切るために絶対に必要なのだということがわかっただろう。

中江さんは大正三年に東大を卒業し、袁世凱の法律顧問として招かれた国際法学者の有《あ》賀長雄《ながお》の秘書として中国に渡った。中江さんが月給百円という高給で雇われたのは、袁政権の外交次長・曹汝霖の働きかけがあったことは言うまでもないだろう。中江さんは高給を受けながら特段の仕事をするでなく、彼の言う「放蕩無頼」の生活を続けていたが、大正八年一月、二十九歳で突如として学に志した。毎朝午前四時に起きて、門を閉ざして漢籍と英・独の原典の著作を読みふけった。午後は散歩を欠かさず、非常に規則正しい生活を送るようになったんだ。

そうしているところに五四運動が起きて、僕と知り合ったわけだ。その学識ときたら、まず、漢籍に関する知識がものすごい。科挙の最難関殿試首席の状元だって中江さんにはかなわないだろう。中江さんはいわゆる「支那学《シノロジー》」の大碩学《だいせきがく》だった。そして、ドイツ哲学の原典をばりばり読んでいた。なんで支那学の専門家がドイツ語の哲学書なんか読むのかって？ そこが日本人にはよくわかってない人が多いが、哲学ってのは哲学者の著作を研究する学問じゃなくって、考える方法に関する学問なんだ。

君、杉田玄白《すぎたげんぱく》の『蘭学事始《らんがくことはじめ》』って知ってるだろう？ 『解体新書《かいたいしんしょ》』翻訳の時の苦心談なんか書いてあるけど、辞書がないのに、意味不明のオランダ語の意味をどうやって解明したと思う？ いくつもの用例からたぶんこの単語はこういう意味だろうと仮説を立てて、その仮説がすべての用例にあてはまるかどうかチェックして、例外があったら考え直す、という作業を進めていったんだ。こういうやり方を詳細に磨き上げた学問が哲学なんだ。だから、どんな学問でも、正しく考えを進めて、正しい学説を打ち立てようと志すほどの学者ならば、必ず哲学を学ばなくてはならない。僕は、哲学は一つの学問分野というよりは「諸学の基礎」、「諸学の学」と言ったほうがいいと思う。

それで、哲学はドイツ観念論哲学が非常に重要なもので、昭和になってずいぶん訳書も出てきたが、そのころは原書を読むしかなかったんだ。それに中江さんが本は原書で読むべきだという主義だったんでね。もっとも、古代ギリシア語まではさすがに手が回らず、プラトンやアリストテレスは英訳やドイツ語訳で読んだがね。

それで、僕は中江さんの学識とその猛勉強ぶりに驚き入ってしまったわけだが、病院に見舞いに来る人の顔ぶれを見て、その交友にもびっくりしてしまった。父・兆民の友人・弟子が、頭山満なんて右翼の巨頭から、大逆事件で処刑された社会主義者の幸徳秋水までいるせいもあるんだろうが、特務機関の軍人から右翼、左翼いろんな連中とつきあっているんだ。それで本人は平気なんだが、僕は世の中には主義主張の違いで殺し合いをする連中がいることを知っていたから、こんな大碩学をめったなことで死なせるわけにはいかないと思って護衛につくことにした。だが、本人が身の危険を感じていないのに護衛を雇えというのもおかしいから、ケガしたところを救った恩人の僕になにかお礼がしたいというのにつけこんで、素性を知られたくないので、中国人のボーイとして雇ってくれと申し出た。

中江さんが退院すると、僕は東観音寺胡同《ひがしかんのんじフートン》の中江邸、中江公館と呼ばれていたが、そこに王徳《おうとく》という中国名でボーイとして住み込んだ。この屋敷はもとの貢院《こういん》のあとにあってね。貢院というのは、科挙の試験のうちでも難関の、三年に一度しか行なわれない挙人になるための郷試の試験場だ。郷試の受験者なんて各省城あたり一回二万人にもなる。その二万人の受験生を絶対カンニングできないように一人ずつ隔離して何日も缶詰めにしておく施設だ。各部屋はわずかに身を横たえるほどの広さで、厩舎《きゅうしゃ》の馬房のように細長い造りになっている。貢院があったころは廐舎が果てしなく並んでいるような壮観だったらしい。三年に一度しか使われない試験場が常設でできていたんだ。そういう昔の話を中江さんから聞かされた時、挙人を目指して何度も受験した林永江が思い出された。林からこの子なら挙人になれると言われた僕が貢院のあとに住むのもなにかの因縁と感じたねえ。

中江さんは僕を「王《ワン》さん」と呼んだ。僕は中江さんを「先生」と呼びたかったが、中江さんはその呼び方を極端に嫌う人で、僕も中江さんをさんづけで呼ぶことになった。そして僕はボーイとして下働きをしながら、ひまな時は中江さんの蔵書を読ませてもらうことにした。僕が哲学や政治学・経済学について学んだのはこの時のことだ。

日本人は、てっとり早く読める「なんとか早わかり」みたいな本を読んで、それですぐにその学問の成果を利用しようとするが、それではその学問で新発見をして学問を発展させていくなんてことは不可能だ。頭を鍛えるのも、体を鍛えるのと同じことだ。水泳の本を一冊読んで水泳の世界新記録を出すことはできない。水泳だって自分で必死に泳ぐことで上手になるように、自分でうんうんうなって考えることで頭が鍛えられる。ヘーゲルを理解しようと思えば、カントを理解しなくてはならない。カントを理解するにはプラトンやアリストテレスを理解しなくてはならない。

それ全部読んだのかって？　読んだよ。マルクスの『資本論《ダス・カピタル》』や、ヘーゲルの『精神現象学《フェノメノロギー》』だって読んだぜ。僕は士官学校の恩賜の銀時計組だぜ。士官学校時代にクラウゼヴィッツの『戦争論《クリーゲ》』ぐらい原書で読んでたよ。

初めて読んだ時はよくわからなかったが、『戦争論』ってのは戦争を理想の形態で叙述《じょじゅつ》した本なんだ。クラウゼヴィッツは、カントやヘーゲルを学んで、戦争について深く考究してこの本を書いたんだ。この本だけ読んで、戦争はこうやるべきだなんて思ったら大きな間違いだ。理想状態における戦争は現実の戦争とは異なる。それは、理想状態ではガリレオの物体落下の法則通りに鳥の羽も鉛玉《なまりだま》も同じように落下するはずだが、現実には空気抵抗があるので、法則通りには落ちないのと同じことだ。そして、理想状態で考えた法則は役に立たないのではなく、空気抵抗を少なくすれば法則通りに物体は放物線を描くはずであり、砲弾を正確に命中させるために十分に役に立つ。クラウゼヴィッツは政治学や経済学について十分に教養を積んだ人向けに、戦争以外の考慮はしなくてすむ理想状態における戦争についての論説を書いたのだ。それは政治や経済の問題を考慮しないでいいということではない。理想状態における弾道学はもちろん学んでおかなくてはならないが、実際砲弾を発射するときには、空気抵抗の問題を考慮しなくてはならないのと同じことだ。

こうして僕も三十一歳で学に志して猛勉強し始めたわけだ。孔子ですら、十五で学に志して、三十でようやく独り立ちできるぐらいになったそうだが、プラトン、アリストテレス、カント、ヘーゲルぐらいを一通り学ぶだけでも、絶対に十年以上はかかる。

僕は中江さんと同じくきわめて規則正しい生活をし、中江さんの厳しい指導を受けながら必死に勉強した。中江さんから支度金として受け取った金で小型の拳銃も買って、中江さんの散歩には拳銃をふところに忍ばせて必ずつき従った。その間、もちろん、ボーイとして使い走りや薪割り庭掃除もし、阿媽《アーマ》（メイド）の調理の手伝いもした。僕は、林が毒殺された経験から、料理を素性の知れない者にまかせることは危険だと考えたので、その後しばらくして阿媽が辞めた機会に、新しい阿媽は料理に使わず、掃除洗濯のみさせるよう進言し、僕が料理も引き受けることにした。

料理を手伝ううちに僕もすっかり料理が上手になっていたんだ。僕の得意料理は麻婆豆腐《マーボーどうふ》だ。もし生きてここを出られたら、君にごちそうしてやりたいね。ここの食事ときたら最悪だね。粟飯《あわめし》がまずいのは仕方がないとしても、虫の死骸や砂を洗い流して調理するぐらいできないものかね。日本人会の差し入れがなかったら、栄養失調の死者はもっとずっと多かったはずだ。僕に料理を教えた阿媽は四川《しせん》の出身でね、四川の麻婆豆腐は辛いので有名だが、その阿媽は中江さんの好みに合わせて少し辛みを抑えた味付けにしていた。僕はさらに日本から取り寄せた味噌を隠し味に使ってね、今思い浮かべるだけでも、よだれが出そうになる。

規則正しい生活と適度な運動により、僕は健康をとり戻した。劉の亡霊の悪夢はそれでもたまに見ることはあったが、あとは夢に出てきても気にしないことにして、眠らないよう努力するのはやめた。人間、自分の努力でできることとできないことがある。できないことを頑張っても苦しいだけだ。どんな夢を見るかなんて、僕の意志ではどうにもならないことだし、眠らないように頑張り続けることも不可能なことだ。どうにもならないことは気にしないに限る。人生あきらめが肝心さ。

共産党員の護衛

僕のこれまでの話の中で、並みの軍人とは違う教養をうかがわせるところがあったとすれば、それはこの時の猛勉強のおかげだ。

僕は中江さんのもとで落ち着いた日々を過ごしていたが、日本と中国の間も大正八年の五四運動から昭和三年の済南事件あたりまでがいちばん平和だったように思うね。中国国内は軍閥戦争でたいへんで、抗日にまとまることはできなかったし、第一次大戦のあと、軍縮と平和が世界の政治思潮の主流になっていたしね。日本も、大正デモクラシーと協調外交の時代だった。シベリア出兵も、どうにか撤兵できた。シベリア出兵がなんの利益もなしに撤兵する結果に終わったことを十分に検討していれば、支那事変も早期撤兵できたんじゃないかと思うが、日本では軍人も官僚も不祥事をひた隠しにするからね。失敗を検討して将来の教訓にするなんて不可能なことだ。まあ、支那事変では撤兵しようったって軍部が同意するはずがなかったろうがね。満州事変で少壮将校の暴走を食い止められなかったのが、どこまでも響いた。結局、軍部の統制が不可能になったのが決定的な敗因だったと言っていいだろうね。

　中江さんは大正十四年に『支那古代政治思想史』を自費出版した。中江さんは曹汝霖からずっと経済的に援助を受けていたんだが、五四運動で曹汝霖が失脚したのち、彼の援助を断って西園寺公から生活費を受けていた。そう、あの元老の西園寺《さいおんじ》公望《きんもち》公爵だ。なにをびっくりしている？　別に僕が西園寺公と親しかったというんじゃない。西園寺公と中江兆民はフランス留学時代から親しくしていて、帰国後『東洋自由新聞』を出した時には、西園寺公が社長で兆民が主筆という関係だった。兆民の息子が生活に困っていると聞けば援助をすることがあってもいいじゃないか。だが、西園寺公も、大正十三年ごろに手許不如意《てもとふにょい》を理由に、あとは満鉄に世話させると言ってきた。それで、これまでの曹や西園寺公の厚遇に応えるためにも、自分の研究成果を発表するのが義務だと思ったんだろうね。翌年処女作を発表したわけさ。この一冊を見ただけで中江さんの学識がわかろうというものだ。

その後は、中江さんは満鉄の嘱託になって、英語とフランス語とドイツ語の新聞を毎日読んで、これは特筆の価値ありと認めた情報を日本語にして満鉄の北京公所に知らせることで生活費を稼いでいた。

相変わらず、中江さんのところには満鉄公所の調査員や特務機関の軍人や右翼から左翼まで種々雑多な人間が出入りしていた。僕は中国人のコックになりきって、全然日本語がわからないふりをしていた。中江さんの読書の時間は門を締めきって訪問客お断りだったし、僕がドイツ語の原書を読みふけっているところなんか誰にも見られなかった。訪問客たちは、僕が日本語ができないと思い込んでいたから、中江さんが中座したときなど、僕が茶を運んでいくと思わぬ秘密の話が聞けたものさ。

そんなある日、昭和三年の秋だった。眼鏡をかけた三十代のインテリ風の日本人が中江公館を訪ねてきた。あたりをはばかる様子から、こいつはたぶん共産党員だろうと見当をつけた。中江さんのところには共産党員も出入りしていて、突然見知らぬ党員がかくまってほしいとか言って訪ねてくることもあった。中江さんに面会させると、中江さんも一目で見抜いたようだ。鋭い目つきで来訪者を一瞥するなり、誰が来ても門内に入れてはならぬと僕に言いつけた。

そして来訪者を振り向いて、

「君、僕に本名を告げることができますか」

と単刀直入に尋ねた。相手は中江さんの態度に厳しいながらも好意を感じ取ったようで、

「はい、共産党の佐川文夫です」

と名乗った。その晩、中江さんと佐川はなにごとか密談した。

翌日、北京人が「世界一」と自慢する「北京秋天《ペキンしゅうてん》」、抜けるような青空のすがすがしい朝だった。中江さんが折り入って話があると僕を呼びつけた。書斎には中江さんと佐川がいた。

「王《ワン》さん、佐川さんを上海まで連れて行ってほしい」

中江さんは中国語で僕に話しかけた。

「実は彼を帰国させたいんだが、共産党員の彼を捕まえようと官憲が網を張っている。偽造の旅券は準備してあるが、天津や大連には彼の顔写真を頭に叩き込んでいる特高憲兵たちが待ちかまえているから無理だ。むしろ上海から横浜行の英国船に乗り込んだほうがまぎれやすいだろうということで、これから上海に向かおうというところだ。そこで、彼は全然中国語ができないし、君について行ってほしいんだ」

中江さんは僕がふところに拳銃をしのばせていることも知っているし、いつも中江さんの行くところには影のようについて行って押しかけボディーガードをやっていることも知っていた。僕に上海へ行けと言うことは、自分の護衛は要らないから、短期間佐川の護衛をしろということだ。確かに僕は中江さんの屋敷で衣食住をまかなって、普通の中国人ボーイよりずっとましな給金をもらっているが、僕は中江さんの命令に従う立場にない。中江さんの学識と才能を惜しむから中江さんから離れずにいるのであって、よそに行けと言われれば僕は広い中国のどこでだって自分で生きていける。

僕が不満な表情をすると、

「まあ、上海往復なんて一週間もかからないさ。日本人がまぎれ込みやすい船を選ぶのに時間がかかったって、一月《ひとつき》ぐらいで戻って来れるだろう。そのぐらいの間、うさんくさい来客は必ず断るし、散歩の時は黄《ホアン》が守ってくれるさ」

とつけ加えた。

中江さんは前年の冬、散歩の途中でシェパード犬の仔犬を拾って、黄《ホアン》と名づけてかわいがっていた。僕らが話をしている間、つまらなそうに部屋の隅にうずくまっていた黄《ホアン》は、自分の名前を中江さんが口にすると急に耳を立ててしゃんと坐り直し、「まかせてください」と言わんばかりに尻尾をパタパタと振った。

「わかりました。中江さんがそこまで言うなら、佐川さんを必ず無事に上海から出航させます。上海出航まで見届けたら、戻ってきていいですね」

「もちろんだ。日本の官憲も英国船内では無茶はできまい。帰国後どうなるかは佐川の運次第さ。彼だって危険を承知で日本に戻るんだ。覚悟はできてるだろう」

中国語で僕らがやりとりしている間、佐川はおどおどした表情で二人の間に視線を往復させていたが、中江さんが佐川のほうを向いて、

「佐川君、このボーイは日本語はできないが、非常に気の利くやつだから、官憲の目を逃れるにはきっと役に立つはずだ。上海までの途中では必ず彼の言うことを聞いてくれ」

と日本語で話しかけると、ほっとした表情を見せた。

佐川はどうやらソ連から日本共産党への密使らしい。その前年の昭和二年には北京に居座っていた張作霖軍が北京のソ連大使館を強制捜索して、そこにかくまわれていた李大釗《りたいしょう》ら中国共産党員を逮捕処刑した。同じころ、上海でも蒋介石が反共クーデターを起こして第一次国共合作は破綻《はたん》した。翌年、つまり佐川が中江公館を訪れた昭和三年の六月に、蒋介石が北伐《ほくばつ》を完成して一応中国統一を成し遂げて以後も、ソ連と中国との間の国交は断絶したままだった。ソ連から北京まで密行するのもたいへんだったはずだが、これは外蒙から内蒙を経て万里の長城のどこかを抜けるルートなら、中国人の荷馬車隊にまぎれ込めば、日本の官憲の検問は通らずにすむ。北京から日本の官憲の目が光るようになるのだ。

僕は中国服の古着を手に入れて佐川に着せた。佐川はそのニンニク臭さに閉口したようだが、中国人にまぎれて三等車で上海まで行く気なら、ニンニクの臭いには慣れてもらわないといけない。問題は眼鏡だ。眼鏡をかけている中国人はインテリのみであり、これは外《はず》してもらわなくてはならない。僕は、眼鏡は捨てるよう言ったが、佐川は度のあった眼鏡をつくるのは手間がかかるからと、どうしても上海まで持って行くと言う。どこで臨検があるか知れないのに、頑固に眼鏡を捨てない。眼鏡なしだと本当によほど近くのものしか見えないらしいので、やむなく荷物の底に入れていくことにした。日本語を聞きとがめられるとえらいことだから、佐川は聾唖者《ろうあしゃ》ということにして、旅行中「あー」とか「うー」とかいう声しか出さず、手まねで意思を伝えることにした。だいたい僕は日本語ができないことになっているから、佐川が手まねでなにか伝えるのは、普段からそうだったんだけどね。

北京駅の改札は、なんということもなく抜けた。まあ、日本人で三等車に乗るのはめったにいないからねえ。三等車の改札には日本の官憲の見張りはついていなかった。

三等車はいつでもぎっしり満員だ。あふれんばかりの人ごみからものすごいニンニクの臭気が立ちのぼっている。そこに割り込んで、座席はとうてい坐れないから通路に坐り込む。汽車が出発して、まずはやれやれと思うと、佐川はさっそく立ち上がってどこかに行こうとする。しきりに鼻をつまむ。ニンニク臭くてやりきれないからデッキに出るということらしい。秋の早朝はずいぶん寒い。デッキで風に吹かれると寒くてやりきれない。結局車内に入ったが、出たり入ったりするうちに通路の坐るスペースも取られてしまって、何時間も立ち続けさせられる羽目になった。

天津《テンシン》で乗り換えて、天津―浦口《ほこう》を結ぶ津浦《シンポ》線で今度は南京の対岸の浦口に向かう。とこ

中国主要鉄道路線図

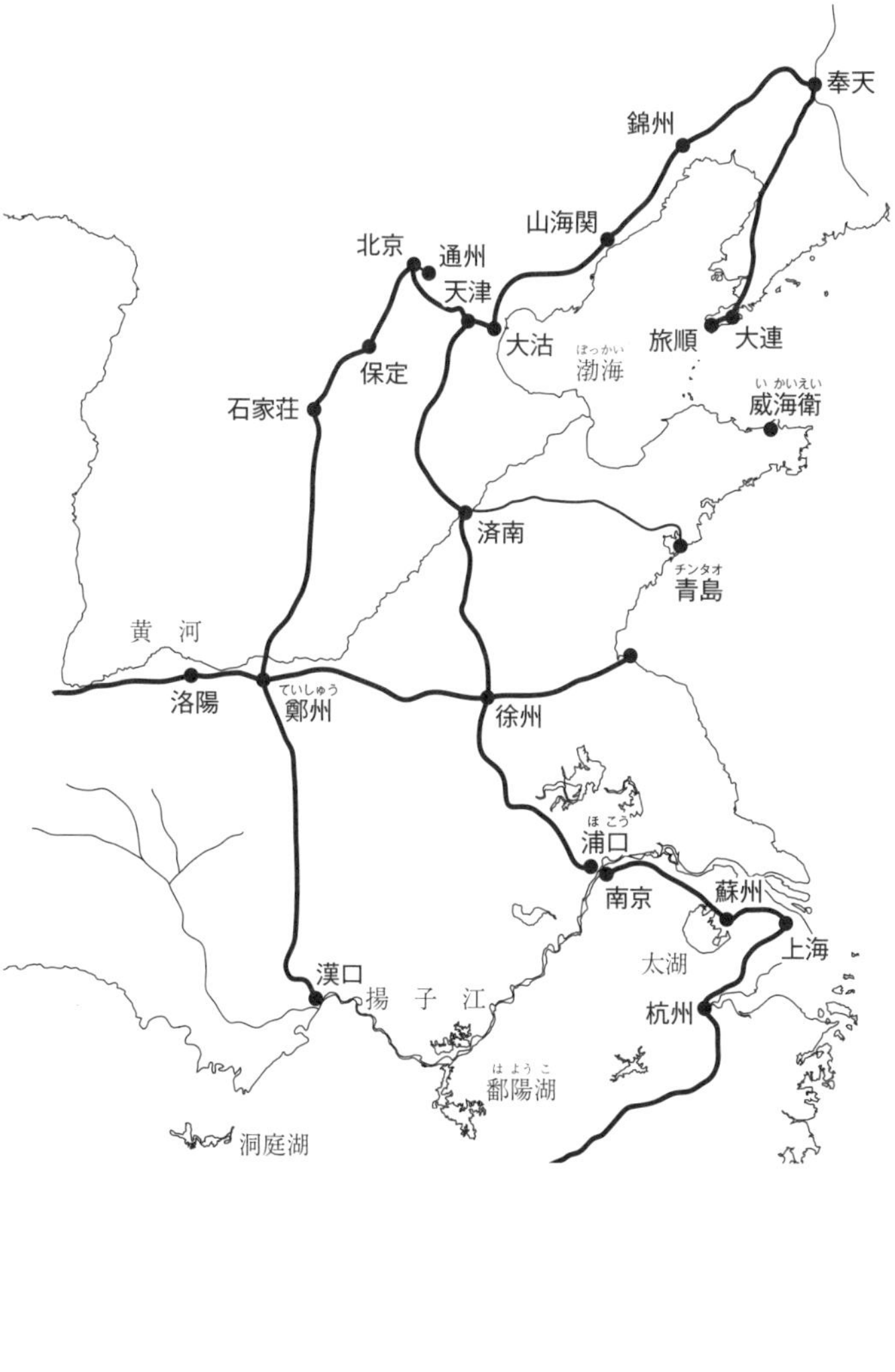
奉天
錦州
山海関
北京
通州
天津
大沽
渤海《ぼっかい》
旅順
大連
保定
石家荘
威海衛《いかいえい》
済南
青島《チンタオ》
黄　河
洛陽
鄭州《ていしゅう》
徐州
浦口《ほこう》
南京
蘇州
上海
太湖
漢口
揚　子　江
杭州
鄱陽湖《はようこ》
洞庭湖

ろが佐川は少し天津で空気を深呼吸しなくてはならないと一汽車遅らせた。その挙句《あげく》、次の列車が来てもなかなか乗り込もうとせず、しきりに人差し指と中指を立てて示す。三等は臭くてやりきれないから二等車に乗ろうということらしい。日本人は指で「二」を表すときに人差し指と中指の二本を立てるが、中国人、とくに中国の農民は親指と人差し指の二本を立てて「二」を表わすことが多い。こんなところから日本人だとばれるかもしれないと思って、僕はあわててこのサインをやめさせた。二等車に農民が乗ることはめったにないから、農民の格好で二等車に乗れば目立ちすぎる。三等車に乗るしかないのだ。僕はむりやり三等車に押し込んだ。本当に世話の焼ける男だ。

済南を過ぎるころにはとっぷり日が暮れた。準備してきた夕食の饅頭《マントウ》を食べて、通路に腰を下ろして椅子に寄りかかってなんとか眠りかけた時だ。佐川が飛び上がって悲鳴を上げる。南京虫に食われたのだ。南京虫がこわくて南京には行けない。つぶすと悪臭があるし、いくらつぶしてもきりがないから、かゆくてもがまんして寝るしかないのだ。僕が相手にならないので、佐川はしばらくぼりぼりかきむしっていたが、しまいに寝入ったようだった。

浦口に着いたのは翌日の昼だ。食べ物売りが群がってくるので、昼食をとり、対岸の南京に向かう連絡船に乗り込む。佐川があまりかゆがるので、虫刺されの薬として持って来たアンモニアをつけてやった。佐川は、アンモニアの小瓶を受け取るなり、やたらとつけて、衣服にまでこぼしてしまった。だが、これがよかった。連絡船のなかで臨検があったのだ。佐川は打ち合わせ通り聾啞のふりをしたのだが、役人は不審を感じたようだ。

「お役人様、こいつはあっしの弟で、本物の啞巴《ヤーバ》でさあ」

僕も言い添えたが、役人は、

「本物の啞巴なら、耳元で大声出したって聞こえないから、顔をしかめたりしないはずだな」

と言うなり、佐川の襟首《えりくび》をつかんでぐっと引き寄せた。今にも耳元で大声を出そうとしたその時、プーンとアンモニアの臭いが役人の鼻を突いた。役人は顔をしかめて、佐川を放して、それ以上の詮議をあきらめて行ってしまった。

揚子江を渡って南京に着き、南京で汽車に乗り換えて上海に向かう。料理にニンニクをたっぷり使うのは華北や満州の習慣だ。華中になると客車のニンニク臭さはなくなって、僕らの服に染みついたニンニク臭が他の乗客に迷惑がられるほどだった。上海には翌朝に到着した。北京を出てから二泊三日、ここまでは順調と言っていいだろう。

上海の銃撃戦

上海で、古着屋で背広を買って、佐川もここでようやく眼鏡をかけることができた。僕らは日本人旅行客に化けて、租界のホテルに宿をとった。ちょうど翌日横浜に出航する英国船があり、その予約もすませた。これでまずは一安心というところだ。

そうしたら、佐川がナイトクラブに行こうと言い出した。紙に「倶楽部《クラブ》」、「新世界」と書いて見せて、しきりにダンスのゼスチャーをする。僕はとんでもないというふうに手を振った。上海の租界なんて、世界中の諜報機関がスパイ合戦をしているところだ。ソ連からの密使が用もないのに出歩くところじゃない。特高警察に顔写真が行き渡っているのなら、そういう連中の行きそうなところには顔を出さないようにしなくてはいけない。

そうしたら鉄砲で撃たれるゼスチャーをして明日の命も知れない身の上であることを示し、死ぬ前にうわさに高い上海のナイトクラブに行かなくては死んでも死にきれないという様子を、紙に「無念」という字を書いて示す。

「無念」は、日本語ではくやしいという意味にもなるが、中国語では「無念無想」、つまり仏教でいう無我の境地の意味だ。こいつは漢文もまともに勉強してねえなと思ったが、頑として外出はだめだとはねつけた。それでどうやら僕を説得することは不可能だとわかったらしく、ホテルで夕食をとったあと素直に寝についた。

僕も三等車の座席で二晩もよく眠れなかったので、高級ホテルのベッドでぐっすり眠ったのだが、ドアの閉まる音で目を覚ました。はっとして隣のベッドを見ると佐川がいない。だめだと言ったのに抜け出してナイトクラブに行ったのだ。自分の命を自分で危険にさらすなら、僕も強いて護衛してやる必要もない。ふて寝を決め込もうかとも思ったが、中江さんの頼みを引き受けた以上、見捨てるわけにもいかない。飛び起きて背広を着るなり追いかけた。

どうせ行った先は「新世界」に決まっている。息せき切って行ってみると、佐川がちょうど玄関に入るところだった。

「佐川シェンシェイ、タメある。タメあるよ」

「まあ、まあ。ここまで来てしまったんだ。ここで言い争いをしたほうが目立ってしまうし、入っちゃおうよ」

佐川はさっさとクラブに入ってしまった。僕もしかたなく入った。中江さんの屋敷に住み込む前は毎晩のように北京の遊郭に通った僕だが、上海のナイトクラブは初めてだ。しゃれた洋楽風の曲をジャズバンドが演奏して、歌姫が中国語で歌っている。ダンスホールではあふれんばかりの人が踊っている。

僕らは片隅の席に通された。僕らは日本人だとわかったらしく日本人の若い女性が接客についた。佐川はウィスキー・ハイボールを僕の分をふくめて二杯注文し、自分の分に少し口をつけるなり、女の子をダンスに誘って、さっそくダンスを踊ってご満悦だ。

僕は佐川の警戒心のなさにすっかりあきれた。ホールの中を見回すと、日本人の軍人数人がいる。これは周囲を見回すこともなく、単に客として来ているだけらしい。ほかに日本人らしい客は商社の社員らしいのが数グループ、これも上海の夜を楽しみに来ているだけらしい。一人だけ隅のほうで鋭い目つきで館内を見渡しているのが気になった。すると女の子が話しかけてきた。

「こちらさんはダンスなさらないの？」

僕は日本語がわからないふりをした。

「あなたなにか危ないことしてる人ね。わかるわ。ここに来てダンスもせず、お酒も飲まず、女の子と話もしないで、周りばかり見てる人なんてほかにいないもの。ああ、もう一人あそこにいるわね。あれは特高《とっこう》よ。(注)あなたの天敵じゃなくって?」

さっきから気になっている日本人のほうをちらっと見てそう言った。僕がそっちに目をやったのを見て、彼女は続けた。

「あなた、日本語わかるわね。別にわからないふり続けてもいいわよ。あの男は毎晩やってきてハイボール一杯で閉店までねばって行くの。でも、上のほうで話がついていて、それでいいってことになっているんですって。日本の特高憲兵ににらまれたらどんないやがらせされるかわからないもんね。憲兵のほうも、少なくとも店のなかでドンパチはやらないって約束で、毎晩要注意人物の張り込みをしているらしいわ。店の女の子は誰でも知ってるわ。だからあの人には誰もお酒を勧めたりダンスに誘おうともしないのよ」

すると、その男はどうやら佐川に気づいたようだった。じっと見つめていて、佐川の顔を正面から見た時に確信がついたように立ち上がった。たぶん仲間を呼びに行ったのだ。僕は男がホールから出て行ったのを確認して、目立たないように気をつけながらダンスホールの片隅に移動した。ダンス客はホールを回るように踊っている。佐川が僕のほうに近づいてきた時にその背広の裾を引っ張った。

「おっ、なんだ君ここにいたのか。いいじゃないか、もう少し。明日は中国ともお別れだ。

今夜ぐらい楽しませてくれよ」

僕は佐川の手首をつかんでひねり上げるようにして体を引き寄せて、耳元でささやいた。

「憲兵に見つかったぞ。すぐにここを出ないといけない」

「きっ、君、日本語できるのか？　痛い、痛い！　そんなに引っ張るな。わかった。わかったよ」

「憲兵は君がダンスをしているところしか見ていない。仲間がいるとは思っていないはずだ。僕は少し離れたところからついて行く。憲兵が現われたら君の近くの街灯を拳銃で射つから思い切り走れ」

「君、拳銃持ってるのか？　ただのコックじゃなかったのか？」

「そんなことはどうでもいい。わかったな？」

（注）「特高」とは特別高等警察の略称で、社会主義運動取り締まりを主目的とする警察機構である。一九一〇年に明るみに出た明治天皇暗殺未遂事件、いわゆる「大逆事件」を受けて一九一一年に警視庁に新設され、その後全国に拡充されたが、戦後廃止となった。軍事警察をつかさどる憲兵隊にも特高課があり、一般警察の特高と区別がつきにくい存在だった。

勘定をすませると、僕らは裏口から出た。だが、密偵は憲兵隊に走って行って通報したのではなく、電話で通報したらしく、すでに裏口にまで手が回っていた。租界では日・米・英・仏・伊の五ヶ国が分担して租界警察を構成していた。たとえ犯罪容疑者がいたとしても、日本の憲兵は容疑者の氏名と潜伏先を租界警察に通報して逮捕してもらうたてまえになっている。このあたりはイギリスの管轄区域だから、制服の日本憲兵がおおっぴらに出てくるわけにはいかない。少し行くと、薄暗がりから私服憲兵らしい三名が出てきて佐川に声をかけた。

僕は佐川の真上の街灯の電球を拳銃で射った。ところが、頭上の電灯が消えたらすぐに走り出すことになっている佐川が銃声を聞いてすくんでしまって、しゃがみこんで両手を上げている。

憲兵は僕に向かって拳銃を射ってきた。憲兵を射殺したのでは大騒ぎになる。租界のイギリス警察だって、思想犯よりは殺人犯のほうを真剣に逮捕しようとするだろう。体に命中させるより拳銃を射ち飛ばすほうがずっと難しいのだが、昔とった杵柄《きねづか》だ。僕は地面に伏せて、三連射で三人の拳銃を射ち落とした。佐川に「逃げろ!」と声をかけたら、ようやく走り出した。

「まてっ、佐川文夫だな。逃げられんぞ！」

と隊長格らしい憲兵が声をかけた。僕が拳銃を持っているのがわかって憲兵も伏せていたのだが、一人威勢のいいのが立ち上がって佐川を追いかけようとした。即座に僕はそいつの足を射った。立ち上がると射たれるとわかって憲兵も慎重になったが、僕の拳銃は五連発だ。銃弾を装填し直している余裕はない。三十六計逃げるにしかずだ。僕は佐川が逃げた方向と反対側に逃げた。

佐川はもうすっかり見えなくなったので、憲兵は僕を追いかけることに決めたらしい。足を射たれた一人を置き去りにして二人がかりで僕を追ってきた。拳銃を拾ってやたら射ってくる。一発が僕の右肩に命中した。これが僕にとって初めて銃弾が命中した時だったが、まるで棍棒《こんぼう》でぶんなぐられたような衝撃で、僕も倒れそうになった。とにかく薄暗い小路に逃げ込み、どんどん小路を曲がって行った。それでなんとか追跡は振り切ったんだが、すっかり道に迷ってしまった。僕はワイシャツを裂いて仮包帯を巻いて、なんとかホテルに帰る道を見つけようとした。

そうしたら、少しかげになった家のドアから白い手が出て手招きする。警戒しなかったわけじゃないが、道に迷っていたし、銃創を負ってホテルに帰ったんじゃ通報されてしまう。ままよと思ってその家に入った。すると、そこにいたのは、あのナイトクラブで僕に憲兵のことを教えてくれた女の子だった。

「あなた、けがしてるのね」

「うむ、肩を射たれてしまった」

その女は僕を支えて二階の自分の部屋に入れて、ベッドに寝かしてくれた。

「建物のなかから銃撃戦を見ていたわ。あなた強いのね。あのあとなかでも大騒ぎになって、巻き添えを食わないようみんな車を呼んで帰ってしまったの。それで、あたしたちも早じまいになったの。あなたもそんなけがして表通りに出て行くわけにはいかないわ。朝になったらあたしがお医者さんを呼んできてあげる。租界にはあなたみたいな患者を内密に診てくれる医者もいるのよ。秘密を守ってくれるかわり治療費は高いけど、あなたお金は持っているわね？」

「ああ、金ならある。一ヶ月ぐらい高級ホテルに泊まって一等車で北京に帰れるぐらいは持っているよ」

「あなた、北京から来たの？　ねえ、じゃあ、あたしを北京に連れてってくれない？」

だが、出血しているのに走り回ったせいか、ベッドに横になると僕はそのまま気を失ってしまった。気づいた時は朝になっていて、医者が僕の傷を見ようと腕を動かした痛みで目を覚ました。医者はイギリス人で、僕は英会話はあまりできないし、そいつは医者のくせにドイツ語は片言で、話を通じさせるのに苦労したが、銃弾は浅いところに止まっているので、この場で簡単な手術で摘出できるということだった。麻酔の注射をしてちょっと創内を探ったらすぐに摘出できた。膿がなかにたまるといけないので、傷は縫わないほうがいいということで、そのままガーゼを当てがっておしまいだった。

葉子の身の上

「よかったわね。軽くすんで」

医者が帰ると彼女が話しかけてきた。

「ああ、傷が化膿しなければ、すぐにふさがるそうだ」

「あなた、英語もできるのね。医者を呼びに行った時は、中国人の看護婦に筆談で通じたけど、あなたが気がついて英語を話した時はびっくりしちゃった」

「英語よりドイツ語のほうが得意なんだがね。英語はつづりと発音がずいぶん違うから、僕みたいに本を読むばかりで英語を学んだ者には会話は苦手なんだ。君にはすっかり世話をかけちまったね」

「ううん。あたしは夜の仕事だから、日中は看病していられるわ」

「連れがどうなったかわかるかい？」

「新聞に銃撃戦の話は出てるけど、犯人が捕まったとは出ていないから、たぶん大丈夫だったんじゃないかしら」

「それは一安心だ。歩けるようになったら出て行くよ」

「そんな気を使わなくていいわ」

そう言った後、少しためらってから話を続けた。

「ねえ、ゆうべ話したこと覚えてる？」

「うん、北京に連れてってほしいということか？　行きたいなら自分で行けばいいじゃないか。なにか行けない事情でもあるのかい？」

「あたし、中国語できないし、中国で女の一人旅って物騒でしょう？」

「それなら、店で知り合ったほかの客に頼めばいいじゃないか。憲兵と銃撃戦やらかすような男といっしょの旅のほうが物騒なんじゃないかい？」

「いやあねえ。あなたが気に入ったから、誘っているのに」

彼女は僕に体をもたせかけてきた。それで、まあ、肩は負傷していても、真ん中の足のほうは元気なもんだから、なるようになっちまった。

ことがすんだあとで寝物語に聞くと、彼女は門間葉子《もんまようこ》という名前で、日本の東北地方のある町の商家の生まれということだった。地元でその苗字《みょうじ》を言えば誰知らぬ者のない大きな商家だという。

葉子は、兄一人と弟一人の間の、その家の一人娘で、何不自由なく成長した。だが、周辺の貧農の貧窮ぶりとの格差が、多感な彼女を苦しめた。小学校高学年ぐらいから、白樺派の作品を読みふけるようになり、大正七年に武者小路実篤《むしゃのこうじさねあつ》が「新しき村」という理想郷を宮崎県につくり始めた時は、自分もそこに行きたいと憧れた。額に汗して自ら耕して食物を収穫して、清貧な暮らしがしたいと願ったのだ。女学校に入ると、いっそうそういう気持ちがつのり、裏庭に菜園を作ったり、果ては小学校時代の級友の農家に農作業の手伝いを申し出たりして、体面を気にする両親を心配させるまでになった。

地方都市の大きな商家といったって、そのころは女学校を終えるとすぐ嫁に行くのが当たり前だった。彼女は、女性の社会進出に理解のあるような男性と結婚して、せめてこの田舎から飛び出して、なにか婦人の生活向上につながるような運動をやりたいと願ったが、両親の理解は得られなかった。女学校卒業後、花嫁修業みたいなことをして結婚話を先送りし続けるにも限度があり、どうしようもなく見合いに応じた。両親が見合いさせた男性は、地元の裕福な商人の息子だった。田舎者丸出しの下品な笑い方をする男で、まだ二十代だというのにすでに頭が禿《は》げかけていて、彼女は自分がその男の妻となる事態を想像して身震いした。だが、両親は、娘の意志を無視して結婚の話を進めた。

彼女は、店員たちの目を盗んで、店の帳場の金を持ち出して家出した。宮崎県の「新しき村」まで行くつもりだった。上野駅に着いたらハンサムな青年が話しかけてきた。初めての一人旅で心細くなっていた彼女は、親切な青年が自分も東京の家まで帰る途中だからタクシーで東京駅まで送ってくれるという話に乗った。上野駅から東京駅までの道順も知らない彼女は、タクシーが変な小路に入って行くのにも気づかず、東北弁の訛りをできるだけ隠して、青年に自分の父親の横暴さを訴え、これから自分で自分の生きる道を切り開いていくという希望を夢中で話し続けた。

まあ、君にも察しはつくだろうが、葉子は家出娘をねらっているスケコマシにつかまったのさ。もちろんそのタクシーの運転手もグルで、彼女はヤクザ者が待ちかまえている連れ込み宿に連れ込まれて輪姦《りんかん》された。父親の横暴さに腹を立てていた彼女は、ほんもののヤクザの容赦のない暴行のすさまじさを骨の髄までたたき込まれて、自分がいかにあまやかされて育ってきたかを思い知った。

家から持ち出した金はすべて奪われ、彼女は商売女として売り飛ばされた。いわゆる「からゆきさん」だな。貨物船の、窓のない船倉に放り込まれて海に出た時は本当に心細かったそうだ。もしも戻れるものなら、あの若禿げの婿さんと結婚したいと心から願ったそうだよ。同じような家出娘が何十人も詰め込まれていて、みんな殴りつけられて顔を腫らしていたが、まぶたも泣き腫らしていた。

「上玉《じょうだま》」だった彼女は最初に寄港した上海でナイトクラブに買われた。上海で買い手がつかなければ、東南アジアや中国奥地のもっと辺鄙《へんぴ》なところに流されちまうのさ。

彼女は、衣食住はナイトクラブで提供してもらっているが、給金はない。どこかに逃げようにも、旅券がないから日本行きの船には乗れないし、そもそも金を貯められないし、中国語ができないから、どこにも行けない。それでもたまに逃げ出す娘がいるが、すぐにつかまって、逃亡を手伝った者がいればそいつもいっしょに、見せしめに店の女の子全員の見ている前で袋叩きにされて焼きごてを当てられる。そのあと、ずっと辺鄙な田舎町の女郎屋に流される。何回かそういう懲罰を見せられた女の子は逃亡を企てようとしなくなるから、店が借り上げた下宿に住むことも認められるようになる。葉子も、最初は見張りつきの寄宿舎みたいなところに集団で入れられていたんだが、クラブが引けたあと客をとらせるのに私宅のほうが都合がいいし、まったく逃亡のそぶりを見せなかったこともあって、しばらく前からここで暮らしているということだった。

まあ、あの「白樺派」ってのは、ロシアでいえば、ナロードニキ（人民主義者）だ。世界史でいえば、修道院運動だな。修道院がろくでもない結果にしかならなかったことはギボンの『ローマ帝国衰亡史』を読めばよくわかることだが、無知な小娘はこんな古くさい思想にも免疫がないからすっかりかぶれてしまうのさ。ロシアのナロードニキが農民に拝《は》跪《い》《き》する思想を広めたことがロシア革命の一因と言っていい。ナロードニキは、農民は清貧であり純朴だという幻想を抱き、農民を聖者のごとくあがめる信仰を広めた。確かに、華族の武者小路が農村に出かけて農民と話をすれば、農民はかしこまって話をし、その純朴さに心が洗われる思いもするだろう。だが、農民が善良であるというのは子供のように悪を知らないというだけのことだ。彼らと深くつき合えば彼らが道徳心も教養もまったく欠いていることがわかるだろう。ロシアのナロードニキが、ロシア革命の動乱の時代を招いたように、昭和の動乱には大正期の白樺派運動が少なからぬ影響を及ぼしたと僕は思うね。愚民を崇拝して、その感情を満足させるように政治を進めたら、国はめちゃくちゃになる道理だ。

人間は、運命に逆らおうと思ってもたいしたことはできない。日本人がイギリス人になろうと思ったり、女が男になろうと思ったりしたって無理な話だ。むしろ日本人らしい日本人、女らしい女になるように努力したほうがいい結果を生む。金持ちが貧農に同情するならば、どこかに土地を買って自分も貧農になろうとするのではなく、少ない労力で最高の収穫を得るような農法改良の研究とか冷害に強い作物の品種改良の研究とかに投資するというような、金持ちらしい努力をするべきだ。

武者小路の「新しき村」も、村の現実の生活はその掲げた理想とは裏腹に厳しいものだったようだね。だいたい、当時の農民は朝から晩まで必死で働いて、それでも満足な生活のできない世帯が多かったんだ。農作業には素人の武者小路らが集まって、農作業で生計を立てて、しかも芸術活動をやる余暇を得るなど不可能に決まっている。結局、「新しき村」は、村の農業経営だけで自活することは不可能で、村の外にあって村を助ける「村外会員」からの献金と武者小路らの印税をつぎ込むことによって維持されることになった。

大正十四年には武者小路も離村して文筆業専門に戻り、その収入を村に送ることで村を援助することになった。つまり、「新しき村」は一種の慈善活動で支えられるしかなかったわけだ。

「あたし、逃げるのはあきらめるしかないと思ってたの。でも、実家にいた娘時代から、この封建的な家族制度の不自由なしがらみから、あたしを連れ出して解放してくれる白馬にまたがった王子様が、いつか迎えに来てくれるって空想していた。ゆうべ、あなたが私服憲兵の拳銃をあっという間に射ち落とした時、あたしの王子様はこの人だって思ったの。あなたの寝顔をしみじみと眺めている間、上海に来て初めて幸せを感じたわ。あなた、寝ている間うなされてたわよ。傷が痛むのかとも思ったけど、あたしにはわかった。なにか心に深い傷があるのね。あたしも暴行を受けた時のことは今でも夢に見てうなされるの。うなされるあなたのそばに横になって、あなたの頰をなでながら、あたしたちは心の傷を持つ同士だとわかって、深いつながりを感じたわ。

ね、あたしを北京に連れて行って。あなたに奥様がいても、決して邪魔にならないようにするから」

「僕は今まで結婚したことはないよ。でも、僕はもう四十だ。僕は素性を隠さなくてはいけない事情があって、北京じゃ中国人コックとして住み込みの仕事をしている。こんな僕について来ていいのかい？　僕が白馬にまたがっていたのはもう十年も前のことだぜ」

「えっ、未婚なの？　本当に白馬に乗ってたの？　じゃあ、十年前に夢に見た白馬の王子様は絶対あなただったわ！」

まあ、僕も葉子にすっかり世話になっちまったしね。北京に連れて行こうか、ということになった。それで、もう真昼間《まっぴるま》で、麻酔も切れて来ていたというのに、三本目の足ときたら非常に元気で、二発目もできちまった。

傷は化膿することもなく一週間足らずでふさがった。その間、情事の相手に葉子を指名する客もいたが、家に僕がいるんだから客を連れ込むわけにはいかない。生理ということで切り抜けた。だが、この手はそういつまでも使えない。まだ肩を動かすと少し痛かったが、僕は北京に出発することにした。葉子に金を渡して二人の服を買って、日本人の夫婦連れのふりをして、上海の駅から今度は二等車で出発した。

早朝、家を出るときは誰にも気づかれなかった。夜に出勤しないので気づいたろうが、そのころには僕らは南京に着いていた。葉子が逃げるにしたって、中国語もできず、まとまった金も持っていないはずなんだから、まずは上海市内のなじみ客あたりを捜し回ったはずだ。僕らは揚子江を渡って、二等寝台車で北京に向かった。

中江さんのところに着いた時には、びっくりされたよ。

「王《ワン》さん、よく戻って来たな。佐川から『ニモツブジツイタ』という東京発信の電報を受け取って、佐川が日本に着いたのはわかっていたが、上海から横浜まで船で行くより汽車で北京に戻るほうが早いはずなのに、それから何日たっても帰ってこないから、本当に心配したよ。なに、肩を射たれたが、もうよくなった？　傷の治療が縁で、このシェーン・フラウ（美人）をつかまえたのか。そりゃあ、けがの功名というか、でかしたねえ」

それで、なしくずし的に僕らは夫婦になった。葉子は女学校を出て数年後にさらわれて、上海で一年ちょっと過ごしただけだから、まだ二十歳そこそこで、僕より二十歳近くも若かった。中江さんのほうは、その前年の昭和二年に奥さんと離婚していて、僕はずいぶん気が引けたんだが、気にすることはないと言ってくれてね。

「アリストテレスは理想の結婚年齢を、女性は十八歳、男性は三十七歳と言っているからね。君たちは古代ギリシアなら理想に近いカップルじゃないか」

と冷やかされたよ。

中江邸は曹汝霖が提供してくれた広壮な屋敷で、召使い用の離れもあって、僕らはそこに住むことにした。葉子は中国語ができないが、董愛蓮《とうあいれん》という名の中国人ということにしてね。僕が名前をつけたんだ。蓮《はす》の花は泥のなかでも美しい花を咲かせる。董というのは芯になる大切なものという意味がある。苦海《くかい》のなかにいても人間として大切な心を失わなかった葉子にふさわしい名前だろう。

葉子は来客のときは引っ込んでいたが、家事はしてくれて、中国人阿媽よりも細かいところに気配りしてくれて助かった。僕は中国料理しかできなかったから、中江さんは葉子のつくる日本料理をことのほか喜んでくれたよ。僕は葉子に一生懸命中国語を教えたから、一年もするころには葉子も市場で買い物するぐらいの会話はできるようになった。

昭和四年四月十六日の日本共産党大検挙で、僕が命がけで逃がした佐川も逮捕されてしまった。そうしたら、佐川のやつ、あっさり転向してしまった。佐川が獄中で転向声明を出して、ずいぶんあとになってからのことだが、獄中から佐川が中江さんになにか支那学の古い文献の差し入れをしてほしいというような手紙をよこした時のことだ。中江さんは、

「佐川は、転向声明なんか出さないうちに獄死してしまったほうがよかったな」

と、手紙を持って来た僕に聞かせるでもなく、ぽつんとつぶやいた。

昭和五年の春、娘が生まれた。僕ももう数え四十三になっていた。日本名は信子《のぶこ》にした

が、普段は阿信《アーシン》と呼んだ。死んだ妹の名前をもらったのさ。年をとっての子供はかわいいとはいうが、本当に阿信はかわいらしくて利発な子だった。

満州事変の損得

僕らが幸福をかみしめて暮らしているころ、日本と中国の関係は悪化の一途をたどっていた。昭和三年の張作霖爆殺事件で父親を関東軍に殺された張学良は「父の仇」日本に対して、激しい反日・排日政策を進めた。日本人経営の農場にさまざまないやがらせをしたり、満鉄平行線の建設を宣言したり、関税を払って輸入された物品に満鉄付属地に搬入される際に再び課税したり、日本商店の前に待ち構えて、価格に関税が含まれている日本商品の代金を払った者からさらに税金を取ったりと、明らかに国際条約に違反する二重、三重の課税まで行なった。また、日本人の経営する商店、工場などの中国人従業員を漢奸呼ばわりし、ストライキを奨励し、退職を呼びかけたりした。昭和六年五月には、中国の土地を一定面積以上外国人に借金の抵当としたり売ったりした者は死刑、その仲介者は無期徒刑という「国土《こくど》盗売懲罰法《とうばいちょうばつほう》」まで公布した。

父・張作霖は、自分が奉天軍閥の頭目となることができたのも日本の後ろ盾によることを自覚していたし、日本軍の実力も日露戦争の実体験を通じて理解していたが、息子・学良は中国国内の軍閥相手の戦争しか体験していなかったので、近代戦の理解を欠き、日本軍の実力を軽視して、対日関係も軽視したんだろう。福沢諭吉が言ったように、張学良は自分の実力を知らず夷狄を追い払おうとして、満州事変で夷狄に追い払われることになったわけだ。

だが、この満州事変のやり方が非常にまずかった。学良の排日政策が国際法無視のひどいものであることは明らかであるわけだから、国際社会にその非道を訴える努力をしなくてはならない。日清戦争当時外相だった陸奥宗光《むつむねみつ》の回想録には、明治政府は、軍事的には先手を取ろうとしながら、外交上はつねに清国が主動者となり日本が被動者の地位に立つように作為したと書いてある。そして、国際法に違反したりして列強に介入の口実を与えないよう注意し、列強が介入の準備を整えないうちに可及的速やかに戦争終結を図り、絶対に戦争を日清間だけに限局するよう努力した、ということが書いてある。

明治政府がそうしたように、昭和の日本政府だって、張学良政権と戦争する気なら、まず外交交渉を重ねて、なにが問題なのかをはっきりさせなくてはならない。関税の二重取りや、「二十一ヶ条」で認められた商租権《しょうそけん》の侵害とかを問題にするとして、これこれの問題が解決されたら戦争はやめるということをはっきりさせてから開戦するのでなくてはならない。まあ、学良は自分勝手に排日政策を進めて、しかも外交権は蒋介石の南京政府にあるという態度で、実際上、外交交渉拒否の姿勢だったわけだが、それならそれで日本としても海外の報道機関に学良の横暴を知らせる努力をしなくてはならない。そういう準備なしに、関東軍の独走に終始したんだから、おそまつな結果になったのも当然だ。

満州事変だけを見ればそんなに悪い結果じゃないんじゃないかって？

悪いね。決定的に悪いのは、軍人の暴走が処罰されなかったことだ。これ以後、統帥権《とうすいけん》の名のもとに軍部の横暴に歯止めがかからなくなってしまった。

初めて統帥権の論議がやかましくなったのは、昭和五年のロンドン海軍軍縮会議の時のことだ。政友会が民政党政府をゆさぶるという党利党略のために火をつけた議論が始まりだ。政府や議会の統制外に統帥権を認めたら議会の威信が低下するのは当たり前だ。政党の自殺行為を政党自身がやったのだ。これまで政党政治確立のために軍部・官僚と闘ってきた犬養毅《いぬかいつよし》は、この時政友会総裁として海軍の提灯《ちょうちん》持ちをして、軍の政治介入に道を開いたのだ。彼が、二年後の五・一五事件で海軍軍人の放った凶弾に斃《たお》れたのも皮肉な話だ。

統帥権は、軍部のやることに口出しさせないための方便として使われているが、本来の意味は、軍部は天皇の統帥に従わなくてはならないという意味だ。統帥権というのは純軍事作戦についての統帥を意味するのであり、軍縮問題は統帥権とはかかわりがない。逆に、天皇の裁可した軍縮条約に軍部が反発するのは外交大権干犯《かんぱん》だ。

天皇の命令、いわゆる「奉勅《ほうちょく》命令」だな、奉勅命令なしに始めた満州事変なんかまさに統帥権干犯そのものだ。どこの国でも、軍の統帥は軍の最高権力者個人に集中させる。戦争の時には、突発事態に即座に対応しなくてはならないし、軍の行動は厳重に秘匿《ひとく》しなくてはいけないわけだから、軍の作戦計画を議会で延々と審議して決定するような制度の国はない。帝国憲法では、日本軍の統帥は責任ある統帥部の輔弼《ほひつ》（補佐）のもとに天皇が行なうことになっている。だが、平和時の軍隊の任務はさまざまだ。兵の訓練、外地駐屯軍であれば日常の警戒任務、いろいろあるが、これらはいちいち天皇の裁可を得る必要はない。だが、ある程度以上の規模の軍事行動には、大元帥陛下の命令が必要であり、これを奉勅《ほうちょく》命令と呼ぶ。奉勅とは、勅を奉ずる、つまり、みことのり（天皇のことば）をつつしんでうけるということだな。奉勅命令の命令書には、陸軍であれば命令の最後に参謀総長が署名し、その前に「奉勅伝宣《ほうちょくでんせん》（勅《ちょく》を奉《ほう》じて伝《つた》え宣《のぶ》る）」と書き込んである。軍隊では、「上官の命令は天皇の命令」ということになっているが、実際上、上官の命令で行動しても、なにか不都合なことがあると、部下が命令なしに行動したと責任を部下に押しつけるような上官がいるのは、普通の会社組織と同じだ。そこで、部下としても、命令で行動したのだという証拠として、文書での命令を要求することになり、その命令書の署名者の軍隊内での地位が高いほど命令の権威も高まることになる。日本軍では、奉勅命令が最高の命令だった。

陸軍刑法には「司令官外国ニ対シ故《ゆえ》ナク戦闘ヲ開始シタルトキハ死刑ニ処ス」と定めてある。処罰は、「死刑又ハ無期若《もし》ハ〇年以上ノ禁錮」というような、裁判官の情状酌量による選択の余地が認められる刑ではなく、「死刑」のみだ。僕は、張学良軍のほうから満鉄線爆破をしかけたというのもあやしいとにらんでいるが、たとえ本当に学良軍の攻撃を受けたのだとしても、自衛権の発動として出先軍の裁量で許されるのは学良軍を満鉄付属地外に駆逐するところまでではなくてはならない。奉勅命令なしに満州全土に兵火を広げたのだから、石原莞爾は死刑にしなくてはならなかった。それが陸軍刑法の定めであり、軍の統帥であるはずだ。

ところが、満州事変がとりあえず「成功」したために、関東軍の幕僚たちは全国民の歓呼をもって迎えられ、「栄転」した。これによって、これまでも弛緩の指摘されていた軍紀は、ほとんど崩壊してしまうことになった。古来、「抜け駆けの功名」を認めた軍は敗れると相場は決まっている。軍人は成功に慢心し、国家と国民に対しては横暴になり、規範から逸脱することをむしろひけらかすようになった。これで、日本は、先の見通しを立てて、周囲の事情を考えながら国家としての意思決定をして、国家機構全体がその意思に従うという国家運営のやり方から大きく道を踏み外してしまった。こうなってしまえば、もはや国家としての主体的意思は形成されようもなく、周囲の事件に反射的に反応するだけになってしまう。個人でいえば、手足が頭脳の意思に従わなくなったようなもので、こんな不随意運動の病人はまともに歩くこともできなくなる。これが日本の決定的な敗因だ。

満州事変当時の関東軍司令官だった本庄《ほんじょう》繁《しげる》大将は、敗戦後、君国《くんこく》を「未曽有《みぞう》の悲境」にいたらしめた罪を負って自決した。今度、連合国側による戦争犯罪人を裁く裁判が行なわれるそうだ。連合国側にとっては日本を敗戦に導いた張本人は、自分たちを勝利に導いたわけで、むしろ勲章でも出したいところかもしれないが、日本を惨敗に導いた犯罪者を裁く裁判なら、第一に裁かれるべきは、陸軍刑法で死刑に該当する石原莞爾だ。

満州事変で日本は世界の孤児になる道を決定的に歩みだしたんだ。日露戦争でロシアが日本に負けたのも、第一次大戦でドイツが連合国に負けたのも、国際的孤立のせいだ。満州みたいな未開不毛の地と国際連盟常任理事国の地位とを引き換えにするなんて、正気の沙汰ではない。

僕は中江さんのところで、いろんな新聞の社説の切り抜きを読んだが、「東洋経済新報」の石橋湛山《いしばしたんざん》の論説は非常に優れたものだった。もうすぐ戦後初めての総選挙が行なわれるようだが、石橋湛山も立候補するという記事が先日差し入れられた日本の新聞に出ていた。石橋湛山がいずれ総理大臣になるようだったら、戦後日本は大いに発展すると思うね。

石橋が第一次大戦当時に書いた論文でこんなことを言っていた。満州は支那の領土の一部だ。そこには多数の支那人が居住し、農工商百般の営業を営み、財産を所有している。列国は、それぞれ、そこと貿易を行ない、種々の形で資本をおろしている。ところが、ロシアが義和団事件に乗じて満州に派兵し、ロシアにいちばん有利な政治を行なう結果は、勢い支那人とその他外国人の利益を無視することになる。ドイツの青島《チンタオ》横奪の場合も、まったく同様だ。ロシアの欲は満州にとどまり、ドイツの欲は青島にとどまり、そのうえ、支那の領土を奪う野心なしとの保証はどこにもない。いな、すでに満州を取った、青島を取った、そしてついに全支那が、第二第三の満州、青島にならぬとの安心がどうしてできよう。すると、全支那の民心が不安に陥り、その生命財産の根本が動揺する。同時にまた、諸外国の全支那における利害関係が安定の基礎にひびを受ける。こんなことは、到底支那人民の堪え得ないところだし、諸外国の忍び得ないところだ。

その結論部分は暗記している。

「支那および諸外国の利益を無視した露独の振る舞いが、支那およびこれら諸国民の感情を結合せしめ、二国はついにこの世界的の大感情の前に敵し得ずして、駆逐《くちく》せられたのである」

石橋は、ロシアを満州から駆逐し、ドイツを青島から駆逐した日本が、ロシアやドイツと同じことをしたら、結局露独と同じ道をたどることになるとして、「第二の露独たるなかれ」と警鐘を鳴らした。

まあ、結局日本は「第二の露独」となる道を歩み続けて、かつての露独を合わせたよりも手ひどい惨敗を喫したわけだがね。

だが、たとえ外交をうまくやって、列国の承認を取り付けたとしても、満州事変は日本にとって利益にはならなかったと思う。これも石橋が言っていることだがね、よく考えてみな、日本が満州に権益を持っているとどんないいことがあるんだい？

満鉄はもうかっている？　満鉄がもうかるとどうして日本国民が得するんだ？　国内企業がもうければ、日本の税収が増えるから、国民全体にとっても得だと言えるだろう。だが、満鉄は国鉄と同じで、「親方日の丸」の非課税企業だ。本国の税収は増えない。満鉄がもうかって得をするのは、満鉄職員と満鉄の株主だけだ。国鉄なら、乗客は日本人だから、国鉄がもうかって新しい路線とかつくってくれれば日本全体にとっても得になると言っていいだろう。だが、満鉄の乗客・貨物の圧倒的多数は中国人・中国貨物だ。満鉄が新路線を延ばしたり、病院や学校をつくって文化事業を進めたところで、得をするのは満鉄沿線の住人だけなのだ。張学良が日本の満州権益を目の仇にするなら、満鉄なんかさっさと売り払って、その資金と、帰国した満鉄職員の人材とを使って、日本に満鉄みたいな鉄道を走らせればいいじゃないか。この敗戦で満鉄職員も総引き揚げだから、いずれ日本に満鉄の「アジア号」をしのぐような超特急が走る時代が来ると思うぜ。

移民先の確保？　日本が満州に権益を得たのは日露戦争以来だ。それから満州事変まで四半世紀の間にどれだけ日本人が満州に移民したっていうんだ？　満鉄職員は在職中だけ満州にいるだけで、退職したら日本に帰る。そこに永住する移民じゃない。だいたい、満鉄職員はある程度教育を受けた人ばかりで、本当に日本で暮らしていけずに移民に出ようというような、いわゆる「過剰人口」ではない。中国人苦力《クーリー》の労賃なんて、本当にスズメの涙だ。日本からの移民はそんな低賃金を求めているのかい？　非熟練労働では日本人は中国人と競争できないんだ。明治以降の日本移民の主方向はアメリカだ。なんといっても、その所得水準の高さが魅力的だったからだ。アメリカと日本との賃金の差はおよそ十倍といわれた。大正十三年の排日移民法でアメリカへの移民は不可能になって、それで満州への移民の圧力が強まったとも言えようが、アメリカに移民できなくなったからって、満州が急に移民適地になるわけじゃない。逆に、中国本部では軍閥抗争による戦乱が続いたから、治安がよくて単純労働で稼げる満州に中国人は大量に移住してきた。日本が満州に権益を持っている間に、満州に日本人移民はほとんど増えなかったが、漢人移民は急激に増えたんだ。現地労働力のほうが安い地域への植民が成功するはずはないんだ。

満州を資源地帯として確保する？　松岡洋右《まつおかようすけ》の「満蒙＝生命線」論だな。満州で鉄・石炭が産出されるといっても、日本の貿易額全体のなかで見ればさしたる比率ではない。日本の主要な輸出品目は、アメリカへの生糸、および英領植民地その他への綿布だ。そして、綿布の原料である綿花が、これまたアメリカや英領インドから輸入しなくてはならない。生糸輸出額の約九割をアメリカへ向け、それと引き換えに綿花・石油・機械・くず鉄などを輸入し、そしてその綿花を製品に加工して英領植民地などに売り、重化学工業の原料を輸入するというのが日本の貿易構造の基本だ。ほかに中国本部との間に工業製品輸出―農産物・鉱物輸入の貿易関係があった。客観的に言って、当時の日本の〝生命線〟は、満蒙などではなく、英米および中国本部だったのさ。日本は、実際にはとるに足りない満蒙の権益を生命線と呼んで過度に重視して、日本にとっての真の生命線であった英米との関係を犠牲にし、中国全体との貿易をも犠牲にし、満州のつまらない権益のために日本全土を焼け野原としてしまうことになったわけだ。

今度の敗戦で、日本は満州ばかりでなく、朝鮮・台湾も失ってしまったが、「満蒙＝生命線」論が正しいなら、これで日本は息の根を止められてしまうはずだね。まあ、見ているがいい。そんなことには決してならないよ。実際には、満州は日本の人手と物資と資金を無限に吸収するばかりで、日本は満州国を維持することによって、国力を消耗するばかりだった。日本にとって満州は「生命線」どころか「吸血線」だったと言っていい。満州という「お荷物」をふり捨てることができれば日本は発展するはずだ。外地へ投下した資本がまったく回収できなかったのは惜しいことをしたが、外地に分散していた優秀な人材が大量に帰国するのは大きな強みだ。それに海外領土がなくなれば、軍事費も節約できる。

外地進出をやめて、内地の開発に集中すれば、これから日本は伸びるよ。領土的に小国になったおかげで経済的には大国になると僕は思う。まあ、今回の戦争で日本人はずいぶん評判を落としたから、当面は商社員だって海外に出るのをはばかるしかないだろうが、もしいつか再び優秀な人材を海外に派遣し、海外投資を盛んに行なうような事態になれば、日本経済は再び衰えるだろうがねえ。

通州事件

それで、僕に言わせれば日本の損だが、オリンピックで日本人選手が勝つのを喜ぶように、日本軍が勝つのを喜ぶ国民からすれば成功だった満州事変のあと、中国では反日世論一辺倒になった。親日的な中国人は漢奸として言論でも攻撃され、暗殺の危険にさらされるようになった。日本人も中国人も外国人を夷狄と考えて鬼畜のように忌み嫌う習性があるから、両国民の交流が進めばさまざまな紛争が起こるのが当たり前だ。

中国では日本人のことを「東洋鬼《トンヤングィ》」(注)と呼び、日本では中国人のことを「チャンコロ」と呼ぶ。確かに日本人のなかにはアヘン密売人やゴロツキ同然の大陸浪人もいるが、そうでないまっとうな仕事をしている日本人だって大勢いるのに、中国人にとっては日本人は全員「東洋鬼」だ。中国人にしろ、無学文盲で身体《からだ》全体がシラミの巣になっているような中国人もいるが、大学教授や大金持ちの中国人だっているんだ。それを日本人は一律に「チャンコロ」と馬鹿にする。

そして、両国人のもめごとになると、公平に見てどちらに非があるかなんてことはそっちのけで、自国側につかないと、日本人なら非国民、中国人なら漢奸ということにされてしまう。中国じゃ匪賊の襲撃とか残虐な大量殺人もしょっちゅうあるというのに、中国人は中国人同士のことであれば平然としているくせに、こと外国人との紛争になると、数人殺されたというだけでたちまち街頭に愛国者が現われて、外国の横暴と自国民の権利をわめきたてる。

大陸に渡ってくる日本人の多くは、日本社会で立身出世を実現できなかった人々だ。立身出世競争の敗者は、敗者の地位からどうしても抜けられないとき、自分より下位の人間をつくり出すことに情熱を燃やすものさ。貧窮の境遇から抜けられない多くの日本人にとって、中国人や朝鮮人を差別することはたまらない魅力があったんだろう。新聞もろくに読めない不幸な貧乏人でも、日本人でありさえすれば、最高の教養を積んだ中国人よりも優秀であるという感情は、彼らの自尊心を満足させ、不幸な境遇を慰めるのさ。

互いに相手を馬鹿にして人種差別をする日本人と中国人がつき合って、それで戦争にならなければ、そのほうが不思議だ。

日本の軍人も、明治のころの柴中佐や乃木大将のような高潔な軍人はいなくなり、自分の人間としての中身ではなく、肩章の星の数をひけらかして威張り散らすような連中ばかりになった。北京で日本の軍人の乱行がとくに目立ってきた時、中江さんは、

「成り上がりの無知な田舎者に日本はダメにされてしまうんだ。この軍部という奴が負けてふみにじられていやというほどゴーカンされる図を、生きて見てやる」

と激しい怒気をこめて語ったものだった。

（注）東洋鬼：日本で「東洋」というと、中国や日本を含めて、広く考えればアラビアやインドも含めたアジア全体のことであるが、中国では万事自分中心であり、「東洋」とは中国の東の海上の陸地、つまり日本のことである。同様に「南洋」というのは、日本では赤道付近の南の海だが、中国では中国の南の海上の陸地、つまりマレーやインドネシアなど東南アジア地方のことである。「北洋」とは日本では北極に近い北の海のことだが、中国では中国の北の海、つまり渤海に面した沿岸部のことであり、河北省や山東省を根拠地とした袁世凱の軍が北洋軍と呼ばれたのはそういう理由

からである。「西洋」だけが日本と中国とほぼ同義になっている。「鬼」とは、日本の地獄の鬼みたいなたくましいものではなく、中国語では死霊のことである。たくましい鬼というより、やせた青白い幽霊というイメージになる。それをいろんな言葉につけて侮蔑の意味を表わす。中国語の「胆《タン》小鬼《シャオグイ》」は、日本語の「臆病者」にあたる蔑称である。つまり「東洋鬼」とは「日本野郎」ぐらいの意味になる。

さて、それで満州事変以後、中国国民の反日感情は高まったわけだが、実際日本軍が連戦連勝なんだから、本格的に中国から日本に戦争をしかけるなんてことは思いもよらない。ところが、関東軍の謀略で昭和十一年の十一月に内蒙古の徳王が挙兵して綏遠《すいえん》に進出した。内蒙古軍は匪賊《ひぞく》まがいの雑軍《ぞうぐん》で、中国側の反撃であっけなく潰走《かいそう》した。内蒙古軍の背後には関東軍がいるのは明らかだったから、この「綏遠事件」は「日本軍に対する勝利」と喧《けん》伝《でん》され、今まで関東軍に抑えられ通しの中国人を熱狂させた。それで「日本軍おそるるに足らず」といった風潮がまき起こった。中国側の抗日世論の高まりを受けて、張学良が蒋介石を監禁して、共産党と手を組んで抗日戦を行なうよう強要したのが、その年の暮れに起きた西安事件だ。これで第二次国共合作の運びとなり、翌昭和十二年七月七日に盧溝橋事件が勃発する。

盧溝橋事件の時、君、北京にいたかい？　冀東《きとう》政権(注)の顧問として山海関の近くにいて、まずは平穏だった？　そうか、北京はけっこうな騒ぎでねえ、七月下旬には北京の居留民にも、義和団事件以来三十七年ぶりに公使館区域に引き揚げるよう命令が下った。中江さんはこの避難命令を拒否した。図太い神経と言うべきか、日課の散歩も中止しなかった。

(注) 冀東政権：満州事変後、長城の南の河北省東部に設定された非武装地帯に日本軍が成立させた傀儡《かいらい》政権。冀は河北省の別名。冀東は河北省東部の意。

僕ら一家は中国人ということになっていたんだし、僕らも中江公館に立てこもっていればよかったんだ。だが僕は、あとから考えるとこの判断が間違っていたんだが、物情騒然としている北京よりも、親日の冀東政権のおひざ元の通州《つうしゅう》のほうが安全だと思ったんだなあ。避難の前に通州の実情を調査しておくべきだった。

そのころ信子は小学校に上がったばかりで、かわいい盛りだった。僕ら一家は中国人ということになっていたが、信子は日本人小学校に通わせていた。教育水準は日本人小学校のほうが上だったから、中国人でも、とくに日本に留学経験のある中国人なんかは子女を日本人小学校に通わせていたし、僕も信子が大きくなったらいずれ日本と中国の架け橋になるような仕事をするようになってほしいなんて思ったんでね。綏遠事件のあとには、中国人から日本人小学生が石を投げられるなんて事件も頻発したしねえ。北京で中国側守備軍の宋哲元軍と日本軍が市街戦でも始めたら、流れ弾に当たる危険もある。義和団事件を経験している僕は、再び北京で籠城する事態まで考えてしまった。信子に万一のことがあったらと心配でたまらず、中江さんに通州に避難したいと申し出た。中江さんはそれが君の判断なら好きにすればいいと言った。小学校の夏休みが終わるころには事態も落ち着くだろうから、それまでには戻るということにして、僕らは通州に避難した。中江さんは一月《ひとつき》ぐらい町の菜館《ツァイグアン》（食堂）で食事をするのも悪くないさと笑って送ってくれたが、それで僕らは通州事件に巻き込まれることになったんだ。

在留邦人への避難命令が出たのは七月二十七日で、僕ら一家は公使館区域に避難はせず、翌二十八日に通州に向かった。通州は北京の東で、汽車なら一時間もかからない。僕らのほかにも北京から通州に避難してきた日本人が大勢いた。冀東政権は親日で知られており、三千人の保安隊が治安維持にあたっているから安心と考えられたんだ。だが、この保安隊が抗日意識に染まっていたんだ。

僕らは日本旅館の近水楼《きんすいろう》に泊まったんだが、日付が二十九日に変わって間もない真夜中ごろ、廊下にあわただしく響く足音となにか叫ぶ人声に目を覚ました。遠くで機関銃の発射音も聞こえる。「夜襲だ！」僕は反射的に飛び起きて、葉子と信子を起こして、身支度をするなり廊下に飛び出した。大広間に宿泊客が集まってなにやら相談している。みな恐怖に身を震わせて、泣き出している婦人客もいる。

冀東政府の日本人顧問が、

「どうやら中国人保安隊の反乱のようだが、こういうときに騒ぐとかえって危険だ。それより静かにして、もしここへ現われたら、金品を与えてやれば彼らも満足して乱暴せずに帰るだろう」

などと言っている。あまりにあまっちょろい考えだ。義和団事件や満州の匪賊の襲撃を見知っている僕は、

「金や時計をやっておだやかに帰るとは思われない。裏道伝いに日本軍守備隊に逃げ込んだほうがいい」

と言った。ところがその男は、

「守備隊などは、なお危険だ。中国の兵隊は日本軍を敵視しているから、そんなところへ

逃げ込むのは自ら死地に飛び込むようなものだ」

と言う。

「保安隊がここに来たら、金や時計ぐらいで承知しなければ、われわれは無防備で殺されなければならない。守備隊に行けば防御ができるし、むざむざ負けはしないと思う」

「素人《しろうと》はすぐ軍人ばかりを頼りにするが、中国では軍人のそばに近寄ることはいちばん危険なことだ」

僕は素人どころか、軍事にかけては士官学校首席で、数々の激戦をくぐり抜け、全満州に武名をとどろかせたかつての吉林省警備総司令、中国研究にかけては支那学の大碩学・中江丑吉の内弟子、この無知無警戒の冀東政権顧問なんかよりよほど専門家だが、いつまでも押し問答はしていられない。

「私はこれから守備隊に逃げ込みます。もし、守備隊に逃げ込みたい人がいたら、私といっしょにお出でなさい」

と、みんなに呼びかけて大広間を出た。廊下には身支度を整えた葉子と信子が待っていた。女中が二、三人と宿泊客が四、五人、大広間から私について出てきた。女中が懐中電灯をつけようとするのを押しとどめて、一寸先も見えない真っ暗闇のなかを、道に詳しい女中を先頭に、お互いに手をつなぎ合いながら、守備隊兵営に向かうことにした。

ところが、信子が暗闇を怖がって歩かない。

「大丈夫だよ。阿信《アーシン》、こわくなんかないさ。さあ、爸々《パーパ》の背中におんぶしてごらん」

「いや、いや、暗いところはいや。えーん、えーん」

とうとう泣き出してしまった。

「だめだわ、あなた。信子の泣き声で見つかってしまったら、ほかの皆さんにもご迷惑が及ぶ。あなたはまず守備隊に皆さんをお届けして、もう一度戻ってきて。それまでに信子をあやしておくから。しばらくすれば泣き疲れて眠るわよ」

反乱軍が襲撃するとすれば冀東政府の政庁が第一目標になるだろう。旅館が襲撃されるまでには少し時間があると僕も考えた。みんなを避難させて、そのあと一家だけで避難するほうが信子を落ち着かせるにも好都合に思った。それでいったん別れたのだが、これが永遠の別れになってしまったのだ。日中、急ぎ足なら十分もかからない守備隊まで、暗がりを手探り足探りで行くもので、ときに溝に落ちたり、なにかにぶつかったりつまずいたりで三、四十分もかかってしまった。守備隊前の広庭には機関銃が並び、迫撃砲が砲列をしいて、戦闘待機の態勢をとっている。僕らの一行がたどりつくと、

「早く、早く、奥へ入れ！」

と武装した兵が僕らを奥へ導いた。いちばん奥まった食堂らしい部屋にみんなを入れると、そこにはもう五、六十人の日本人や朝鮮人が逃げ込んでいた。それから僕はすぐに戻ろうとしたのだが、ちょうどその時、戦闘が始まってしまった。

機関銃の音が間断《かんだん》なく近くで聞こえ、うわあーっ、うわあーっという喚声《かんせい》は今にも建物に殺到してくるようだ。もうロウソクも消して真っ暗な室内には恐怖におののく呼吸がかすかに感じられるだけだ。僕についてきた女中たちは、僕にしがみついて放さない。僕ももはや旅館に戻ることはできないと観念した。

彼我《ひが》の交戦は一時間ぐらい続いた。そのうち、どこかで大爆発が起きて、炎が窓ガラスに真っ赤に映って、部屋の中はぱっと明るくなった。全員床に伏せていたが、爆発は次から次に起こった。あとで聞くと、広庭に積んであった石油缶に火がついて爆発して、そのために敵の侵攻がくいとめられたのだそうだ。だが、大爆発が相次いだその時は、僕も助からないと覚悟して、葉子たちを近水楼に残してきて正解だったとすら思った。間もなく夜が明けて、この石油缶が燃える黒煙に日本軍飛行機が気づいて、保安隊を空襲した。これで保安隊はやっと守備隊攻撃を中止して、北京方面に退却した。

僕は昨夜一緒に逃げてきた宿泊客や女中とともに近水楼に行ってみた。その惨状はひどいものだった。窓ガラスという窓ガラスはすべて割れて、その破片はあたり一面に飛び散り、廊下には死体が転がっていて、血がどす黒くこびりついていた。

「葉子！　信子はどうした！」

僕は叫びながらなかに入った。廊下の天井からぽたぽたと血が落ちている。何気なく上を向くと、天井に隠れていたのを下から射たれたらしく、天井板の間から黒髪を長く垂らして血をしたたらせている女の死に顔があった。近水楼のマダムだ。美人のうわさも高く、横浜のフェリス女学校出身の知的な魅力をたたえた女性だったが、天井板の間から顔をのぞかせて血をしたたらせている凄惨な姿は正視できないものだった。僕は狂気のようになって葉子と信子を捜して廊下を走った。昨夜僕らが集まっていた大広間に一歩足を踏み入れると、もう屍臭がぷーんと鼻をついた。あの、守備隊に行ったほうが危険だと、僕を素人あつかいした冀東政府顧問も射殺され、胸や顔一面に血が流れていた。女中たちはさんざんに暴行されたらしく、ふくよかな白い腿を丸出しにして死んでいた。隅のほうに若い女性が倒れていた。こちらからは背中しか見えないが間違いなく葉子だ。

「葉子！　葉子！」

駆け寄って助け起こすと、その下に血まみれの信子の死体があった。どうやら葉子が信子を下にかばって伏せているところを親子重ねて銃剣で刺殺されたらしい。

「葉子、すまない。阿信《アーシン》、痛かったかい？　守ってやれなくてごめんよ。爸々《パーパ》を許してくれ」

しばらく僕は自分のうかつな判断を呪って泣いていたが、次に犯人たちに対して猛烈に怒りが湧いてきた。市街に出ると、あちこちに死骸が転がっている。反乱部隊は日本人のいるところを一軒残らず襲撃し、女という女はことごとく凌辱《りょうじょく》し、抵抗する者はその場で射殺し、惨虐《さんぎゃく》のかぎりを尽くしたのだ。そして、その場で殺されなかった日本人男女数百人を屠殺場と化した地点に連行し、泣き叫び助命を懇願するのを尻目に青竜刀をふるって一人残らず惨殺したのだ。殺害された総数は、二百二十余人にのぼったということだ。

僕は守備隊に戻って、虐殺の犯人である保安隊の討伐はどうなっているか尋ねた。保安隊が三千名に対し、守備隊は百名そこそこであり、即座の追撃は不可能ということだった。そもそも保安隊の反乱の兆候をつかむことはできなかったのか、と問うと、守備隊長自身が七月二十七日に着任したばかりで、現地の状況にうとかった。通州の治安に責任を持ち、保安隊が騒動を起こしたりしないよう事前に対策を講ずるのは特務機関ということになるが、その特務機関は完全に殲滅《せんめつ》されていた。特務機関長・細木中佐は、事件当夜、北京から避難してきた芸妓二人を相手に酒を飲み、二人を左右に侍らして素っ裸で寝ているところを襲撃されて惨殺されたという。細木中佐の腐敗・無軌道のうわさは冀東地区では広く知られていたということだから、こんな男を特務機関長にしておく軍にも責任がある。むしょうに腹が立ったが、とにかく反乱部隊の討伐は緊急にしなくてはならない。

僕は妻と娘の死体を荼毘《だび》に付した。その時、子供の骨を親が拾うことほど残酷なことはないと思った。でも、子供の遺体をさらしたまま、腐っていくのを眺めていなくてはならなかった梁青年の母親のほうが僕よりずっとつらかっただろうと気がついた。あの母親は長生きできないという林の言葉は、そういう意味でも正しかったんだ。その夜、元気だったころの妻や娘の思い出が頭に浮かんで一睡もできなかった僕は、翌三十日、夜が明けるや否や、骨壺を抱いて、馬を借りて北京に急いだ。

北京に着くと、こっちもてんやわんやの状況だった。二十八日に北京の南の近郊にある南苑で中国軍主力と日本軍の戦闘があり、日本軍は中国軍を圧倒した。北京の守備にあたる第二十九軍長・宋哲元も北京を放棄して脱出した。宋哲元の撤退を受けて、北京の特務機関は、翌二十九日に財界の大物江朝宗《こうちょうそう》を主席とする治安維持会の準備会を開き、三十日には治安維持会を設立・開庁した。僕が北京に着いたのはそうした作業で大忙しの時だったのさ。北京は戒厳状態で、城門は閉められていたが、通州守備隊から北京の特務機関への連絡だと言って開門してもらい、直ちに特務機関へ直行した。僕は通州の惨状を伝え、反乱軍の討伐を進言した。ところが日本軍は保定方面へ逃げた宋哲元軍主力の追撃で手いっぱいだという話だった。

僕は意気消沈して中江公館に戻った。中江さんも事情を聞いて同情してくれて、さまざま慰めてくれたが、中江さんと別れて自ら危地に飛び込んだ自分の馬鹿さ加減が自分で許せなかった。

支那事変の戦略問題

夜になって、通州の保安隊がその日の昼に北京にやって来たといううわさを聞いて、僕は中江さんの知人の軍人を通じて情報を集めた。二十八日の南苑の戦闘では、実際には日本軍が圧勝したのだが、中国側のラジオでは、中国軍が勝ったと放送した。保安隊はこのラジオの放送を本当だと思って反乱を起こしたんだ。そして、自分たちが通州で正義の蜂起を行なったことを、北京から日本軍を駆逐した勇将・宋哲元に報告して、ご嘉賞にあずかる気で、北京にやって来たんだ。戦争の報道について、戦果を誇張し損害を少なく報道することは、どこの国にも見られることで、日本の「大本営発表」も、虚報《きょほう》の典型としてあつかわれるが、中国は「白髪三千丈《はくはつさんぜんじょう》」の本家本元だ。その虚報といい、誇張といい、敗戦を戦勝とし、敵側の自発的撤退を大勝利とするにおいて、中国の戦争報道ほど一貫してこれを行なった例を見ないと言っていいだろうね。こんなラジオ放送を信じて反乱に立ち上がった連中も馬鹿だが、それで殺された犠牲者は浮かばれない。

それで連中は意気揚々と北京にやって来たわけだが、北京は今や日本軍の管理下にある。あちこち北京の城門を回ったが、どこも城門は閉ざされ、いくら「開門《カイメン》」と連呼しても開かれなかった。日本軍も、少数の守備兵が門の内側にいるだけで、門外にいる保安隊三千人を捕縛することはできない。急を聞いて黄慕《こうぼ》将軍こと荒木五郎が駆けつけた。荒木は士官学校で僕より何年か後輩で、僕が満州からいなくなったあと張作霖の軍事顧問になった男だ。黄慕という中国名で知られていた。荒木はするすると門の傍らの城壁によじ登って上半身を現わした。「黄慕将軍だぞ！　黄慕将軍だぞ！」というどよめきが保安隊のなかに起こった。保安隊にはもと張学良軍の将兵だった者が多かったので、数々の軍閥戦争で

名をあげた勇将黄慕将軍を見知っていた。荒木は、

「諸君！　戦争は終わった。第二十九軍はもう影も形もない。諸君が武器を捨てて降伏するなら処分を軽くするよう日本軍に頼んでやる。降伏が嫌な者は早く逃れろ」

と中国語でどなった。

そこで極めて少数の者だけが降伏し、他は宋哲元のあとを追って保定に向かうことにした。だが、途中で日本軍と遭遇し、野砲を通州に置いてきた保安隊は、日本軍の砲撃を受けて戦意を失い、指揮官二人は便衣（平服）に着替えて部下を捨てて逃亡した。

指揮官を失い、行き場のなくなった保安隊は北京の安定門に戻った。これを知るや、日本軍人の一人は、

「重機関銃二挺をくれ。安定門に行って、その反乱部隊をバリバリやっつけ、殉難《じゅんなん》日本人の仇討ちをする」

と叫んだという。

だが、それでは「暴に酬《むく》ゆるに暴をもってする」ことになるだけだと反対意見が出て、特務機関は天津の支那駐屯軍司令部と連絡したのち、保安隊を逮捕せずに放置した。「かかる残虐部隊にメシを食わせてやる必要はない」との理由だったという。かくして「残虐

行為」を行なった張本人たちはなんの処罰も受けることなく四散してしまったんだ。

これをあとから聞いて僕は歯ぎしりして悔しがった。君だっておかしいと思うだろう？保安隊は中国軍じゃない。冀東政権の治安維持のために雇われて給料をもらっているんだ。中国軍が中国軍の命令で残虐行為をしたというのなら、軍隊では抗命罪は重罪だから逆らえないということで、命令を下した上官が責任者で、兵士に責任はないとも言えるかもしれない。それにしたって戦時法規に違反した非武装民間人の虐殺命令は拒否できる。だが、これは反乱だ。反乱は、首魁《しゅかい》は死刑に決まっているが、付和随行《ふわずいこう》しただけの兵士だって責任がある。上官から反乱に加われと命令されたって拒否しなくてはならないはずだ。会社全体で詐欺をしたとして、社長の命令に従っただけの社員だって無罪ってことにはならない。警察署長が署員に万引きして来いと命令したとして、命令通り万引きする巡査はいないだろうとは思うが、万引きしたら命令に従っただけの巡査だって罪になる。それが法ってもんだろう？

ところが、僕はあきれてしまったが、冀東政権には法がなかったんだ。中国じゃ南京政府もいまだに憲法を制定していなかったが、一応法制度は整えている。ところが、南京政府に従わず、立憲国家の日本と近しくして、親日を掲げている冀東政権のほうがまったくの無法国家で、憲法もないし、したがって立法機関も、司法機関もなかったんだ。冀東政権じゃ、役人も兵士も、法に従うんじゃなくて、上官に従うだけだったんだ。

まあ、日本だって二・二六事件の裁判を見れば似たようなもんだけどねえ。日本の刑法の反乱罪の罰則では、「付和随行」しただけで「五年以下ノ懲役《ちょうえき》又ハ禁錮《きんこ》」に処すことになっているのに、反乱将校だけは死刑になったが、反乱に参加した兵士は起訴もされなかった。五・一五事件なんか、首魁の将校すら死刑になってないんだからねえ。日本じゃまだまだ個人の責任って観念が育ってないってことだね。

僕は中江さんからことの顚末を聞いて、烈火のごとく怒って、反乱兵士を逮捕しろと荒れ狂ったが、もはや中国の「人民の海」にまぎれ込んでしまった連中を捜し出すことはできない。それからしばらく、天井からのぞいていた近水楼のマダムと血まみれの信子の死に顔が夢に出てきて僕はうなされた。なぜだかわからないが、葉子と一緒になってから影を潜めていた劉志明の亡霊も、葉子が死んだらまた出てくるようになったし、夜に眠ろうとして目をつぶると、虎が人肉を食うところやら、目玉をカラスについばまれて顔中にウジが這いまわっている梁青年の腐乱死体や、反吐を吐き散らした林の苦悶の表情や、通州の首切り現場に散乱していた無数の生首や、これまでのいやな記憶が次から次に眼前に浮かび上がるようになって、さっぱり眠れなくなった。葉子や信子との幸せだったころの思い出を思い出しても、もう妻子はこの世にいないのだという思いがこみ上げてきて、かえって苦しいばかりだった。こんなに苦しいなら僕も死んでしまおうかと思った。

キリスト教では、人生が苦しいのは当たり前だと考える。人間は神との約束を破って知恵の木の実を食べてしまった。この原罪に対する罰として、神は人間をエデンの園から追い出したんだ。だから、人生は罰として与えられたのであり、幸福な人生などというものは不可能なのだ。十字架を背負って歩くような苦難に満ち満ちている人生こそが、あるべき姿なんだ。えっ、君クリスチャンなのか？　僕はクリスチャンじゃないが、これは苦難に耐えようとする人のために勇気を与える教義だと思う。妻子を守れなかったというのは僕が背負って行かなくてはならない十字架だ。この苦しさから逃れようとして自殺するのは、神の与えた罰から逃げることだ。苦しさから逃げないことが償いになると考えて耐えた。

それに、規則正しく中江さんの食事を作らなくてはならないので、僕もいくらつらくとも規則正しい生活を続けざるを得ず、前回ほどは長引かずに悪夢から解放された。精神的な健康をとり戻すには、規則正しい生活が非常に重要なのだと思う。

日本軍の通州守備隊は、その後中支に移動して南京攻略戦に参加した。言語に絶する中国軍の残虐性を目の当たりにし、憤怒の感情の消えないままに南京攻略に参加したことが、有名な大虐殺の引き金の一つになったのかもしれない。日本人は犯罪者も良民も区別せず「チャンコロ」とみなすからねえ。通州の残虐行為の実行犯に対しては「暴に報いるに暴をもってせず」と格好をつけたが、その恨みは消えない。事件は、内地でもセンセーショナルに報道され、「恨みは深し！」「世紀の残虐、ああ呪いの通州」といった強烈な見出しが新聞紙上を飾ったからねえ。日本国民と参戦将兵の胸中にはどす黒い怒りが渦巻き、やがて戦争の経過のなかでそのハケ口を求めていくことになったのだろう。通州の恨みが、事件となんの関係もない一般中国人に向けられていった面はあると思う。

だいたい、保定に逃げた中国軍を追撃したのも追い過ぎだ。僕は盧溝橋事件が起きる前に日本軍は撤兵したほうがよかったと思う。中国在住邦人保護は中国政府にまかせるべきだ。邦人が、中国にいると危険だと思えば、自分の判断で帰国すればいいんだ。大正時代にアメリカで排日運動が盛んになった時に、日本軍はアメリカに対して武力発動して邦人を保護しようとしたかい？　同じことさ。

盧溝橋事件が起きてしまった以上、ある程度の武力発動はやむを得なかったかもしれないが、深追いは危ない。中支でも、上海事変が起きる前に邦人総引き揚げをすればよかったと思う。それでは世論が納得しないって？　世論に迎合して国を焼け野原にするのが政治家か？　医者はいくら患者が足を切断しないでくれと言っても、必要であれば切断する。患者の言うとおりにして患者を死なせる医者はやぶ医者だ。政治家だって、世論がなんと言おうと、国のために必要なことは断行しなくてはならない。

だが、上海事変が起きてしまったあとでも、上海近辺の中国軍を掃討したら、それで戦火を納めるべきだった。第一次上海事変の時はそうしたはずだ。広大な中国大陸を逃げ続ける中国軍をすべて掃討し尽くすなんて不可能なことだ。深追いすれば、いくら連戦連勝したところで、戦費負担で日本のほうが参ってしまうに決まっている。

敵が攻撃を仕掛けてくるのにだまってやられっぱなしになっているわけにはいかないって？　日本軍の大砲の射程と中国軍の大砲の射程とどっちが長いと思う？　日本軍のほうが長いんだ。日本軍が長城線外に引き揚げて、長城の北に立てこもってしまえば、中国軍なんか日本軍を攻撃することは不可能だ。長城全線にわたって長射程砲を備えつけるのは無理だとしても、僕は前にも言ったように、満州や朝鮮を維持しているほうが日本の損だと思っているから、満州も朝鮮も捨てちまったほうがいいと思っていた。中国本部からばかりでなく、満州からも朝鮮からも引き揚げてしまえば、中国の海軍なんて、日本海軍に比べると無きに等しいから、日本が攻撃されるなんてあり得ない。中国軍はいくら日本軍に攻撃を仕掛けようとしても、日本軍が撤退してしまえば海を越えて追っては来れないんだ。

そして、日本軍が中国軍を深追いすれば、いずれ列強が出てくるに決まっている。蒋介石の戦略は三国干渉の再現だ。日本軍をちょこちょこっと攻撃しては後退する蒋介石のやり口を見て、僕には蒋介石の戦略が手にとるようにわかった。かつて中国は、日清戦争に負けて取られた遼東半島を独仏露の干渉で取り返した。今度は、満州事変に負けて取られた満州を、英米ソの三国干渉で取り返そうという魂胆だ。ところが満州事変のあと、いくら国際社会に呼びかけても、アメリカは口先で日本を非難するだけで実効ある制裁を行なおうとしない。当たり前だ。満州事変は別にアメリカに実害を及ぼしたわけじゃないからね。だが、中国本部に日本軍が侵攻して、揚子江の航行も制限し、中国沿岸の封鎖まで行なうとなると話は別だ。自国に実害が及ぶとなれば、英米だって制裁に乗り出すさ。

中江さんは、支那事変の当初から「この事変は日英戦争のプロローグだ」と喝破《かっぱ》していた。そして、支那事変は支那との戦争だけで終わることはなく、いずれ日本は世界を相手の戦争を始めて惨敗すると予見していた。すでに満州国建国の時から、満州国の住人の圧倒的多数は漢人であるがゆえに、満州国建国は必ず失敗するとしていた。そして、中国人で満州国の官吏に就職しようとする旧友に、いつか漢奸として処断される日が来ることを説いて、身を引くよう忠告していた。支那事変後、軍部が華北に傀儡政権をつくった時、中華民国建国当時からの支那政界の元老というべき曹汝霖に目をつけてかつぎ出そうとした。その時、中江さんはわざわざ曹汝霖が隠棲している天津まで出かけて、絶対に出馬してはならないと説得した。曹汝霖は中江さんの説得により、軍部から脅迫気味の依頼を受けたにもかかわらず、傀儡政権には参加せず仕舞いだった。今、傀儡政権に参加した中国政界の大物・小物が漢奸として総ざらい処刑されているのを見れば、五四運動の時とこの時と、中江さんは曹汝霖の生命を二度救ったことになる。

蒋介石の作戦は、僕が張作霖の軍事顧問としてやった作戦と同じだ。最初に少し敵を攻撃して逃げる。敵が追撃してきたら、伏兵に反撃させる。敵が攻撃してくるのにやられっぱなしになっているわけにはいかないなんて考えだと、この作戦に簡単に引っかかることになる。日本軍は極端に後退を忌み嫌うからね。戦略的に後退が必要な局面でも頑固に後退を避けようとする。蒋介石にしてみれば、やりやすかったろうよ。日本軍を中国奥地まで引っ張り込んでしまえば、あとは絶対に後退しない。占領し続けることで、どれほど費用と人手がかかっても、国際的孤立を招いても、なにがなんでも撤退しないに決まっている。蔣介石は米英の援助をもらって日本の自滅まで何年でも待っていればいいだけだ。

戦争は常に費用と目的を考えなくてはならない。中国側が求めているのははっきりしている。日本軍の撤兵だ。日本の目的ははっきりしないが、「暴戻支那《ぼうれいしな》の膺懲《ようちょう》（非道な中国を懲らしめる）」だとしよう。反日の暴力行為を懲らしめるといったって、日本軍が全中国で警察活動するなんて不可能な話だ。そんな戦争目的ではどこまで戦争しても戦争は終わらない。「支那にゃ四億の民」がいるんだ。中国に反日活動をする一人の不心得者もいなくなるなんてことはあり得ない。反日運動の根絶が戦争目的だったら、いつまでたっても戦争は終わるはずがない。そして、日本軍が撤兵し、大多数の日本人も帰国すれば、反日運動も鎮静化しただろう。中国人の反日運動とは、要するに攘夷運動だ。攘夷の目標が目の前にいなくなれば鎮静化する。中国側が求めていることでもあるし、撤兵するのがいちばん手っ取り早い解決策だったはずだ。

「東洋平和のためならば
　なんの命が惜しかろう」

という歌の文句がある。だが、東洋平和のために命を惜しまず戦争なんかする必要はない。撤退すればいいだけだ。蒋介石にしてみれば、日本軍に撤退されるのがいちばん困っただろう。日本軍がいなくなると共産党との内戦が始まる。そうなれば日本の力を借りざるを得ないことになり、攘夷感情に動かされる国民の支持を失うことになる。

どうも日本人は一度始めた事業を途中でやめるのが不得意だ。最後までやりぬかないと、これまでの努力が無駄になる、なんて反対論が幅を利かすんだ。工事だって、完成まで十年以上かかるような大工事は、途中で事情が変わって完成させるほうが損だとわかることもあるだろう。そういうときは、中途でやめる決断が必要だ。徹底的に考えることをせず、なにか問題があると、反射的に場当たり主義の対応をし、一度始めたら途中で変更しない、というのでは長期的な国家プロジェクトはことごとく失敗せざるを得ない。大きな視野に立って戦略的な方針を定め、一歩踏み出すごとに、その時点の視点から最終目標を見直し、修正を重ねながら、次の一歩を踏み出していく。大きな誤りに陥らないためには、事業開始の前に戦略をよく考えるとともに、開始したあとも誤りが小さいうちに修正する作業が欠かせないんだ。

蒋介石の戦略通り、日本は中国奥深く誘い込まれて、世界を相手の戦争におびき寄せられて惨敗してしまったが、これで蒋介石がわが世の春と思ったら大きな間違いだ。八年間の戦争の間に中国は非常に荒廃した。貧民が増えれば共産主義が流行《はや》る。毛沢東は、中国人同士争うのをやめて、ともに日本の侵略と戦おうなんて呼びかけたが、その戦略は日本軍の力を借りて蒋介石の国民政府の力を削ぐところにあったと僕は見る。日本軍が中国全土を支配することは不可能であり、日本軍の実効支配地域は都市と鉄道沿線のみになることは明らかだ。いわゆる「点と線」（都市と鉄道線）の支配だな。共産党は日本軍と武力で戦おうとはせず、日本軍が国府軍（国民政府軍）を駆逐したあとの農村で勢力を伸ばした。

今度日本軍が駆逐されたら、国共内戦が始まるに決まっている。すでに農村部に共産党は強固な地盤を築いてしまった。国民党が依拠するのは都市部しかない。都市が農村から食糧を得るには、食糧と交換に農村では手に入らない工業製品や肥料や娯楽を提供できなくてはならない。都市の生産が順調であれば、農村にとって都会から流れてくる文化や華やかなファッションはあこがれの対象であり、これらのものを購入するために喜んで農産物を紙幣と交換する。ところが、戦争による荒廃で都市は農村が望むものを提供できない。これでは国府軍が渡す激しいインフレを呈している法幣《ほうへい》（国民政府の発行する紙幣）で周辺農村から食糧を調達することは非常に困難になる。食糧は徴発という強制手段に頼らざるを得ないことになり、いっそう農民は反発を強め、共産党の工作につけいるスキを与えることになるだろう。いずれ、国府軍は、かつての日本軍の位置に追い込まれることになり、次第に「点と線」の維持のみに全精力を消尽《しょうじん》するようになって惨敗するだろう。

まあ、見ているがいい。日本が負けて日本人は出て行くことになったが、日本人を中国から駆逐するために莫大な戦費をかけて、大いに血を流したアメリカだって、いずれ中国から出て行く羽目になる。満州からロシアを追い出すために、日露戦争で莫大な国費と日本人の流血を支払った日本に対し、中国人は感謝するどころか、日本の勢力を追い出そうとした。日本人としては、ロシアが満州をわがものにしようとするのを阻止して、中国に恩義を施したつもりだろうが、中国人はそんなふうには考えないんだ。人がなにかをやるとすれば、必ずなにか報酬のためにやるものだ。とすれば、国だって、なにかやるのは自分の利益のために決まっている。口先で中国をロシアの魔手から救うとか言ったって、ロシアが満州に進出するのが日本自身にとって脅威だからロシアを駆逐したんだ。だからなにも中国が感謝する必要はないと考える。それで、中国自身にとっても損になるぐらい徹底した排日運動をやった。それと同じことがアメリカに対しても行なわれるに決まっている。最後に中国に残るのはたぶんソ連の勢力だろうが、これだっていずれもめごとが起きて追い出されることになるだろう。とにかく中国人にとっては外人はすべて夷狄《いてき》なんだからね。中国と対等の立場で友好的につき合える外国なんかあるはずがない。そして中国がアヘン戦争以前のような鎖国状態になったら、その時、極東に平和が訪れるだろう。

だが、鎖国している国の内情はわからないから、異民族を夷狄として鬼畜のように忌み嫌う中国人の攘夷感情の根深さを知らずに、もう一度中国を国際社会に受け入れるようになるかもしれない。

君、宮崎滔天《みやざきとうてん》の『三十三年の夢』は読んだかい？　何度も読んだ？　そうか、大陸雄飛を夢見る青年にとっちゃバイブルみたいな本だもんな。あれは宮崎滔天が中国革命に尽力した半生の回想録で、題名の「三十三年」というのは、もちろん著述時点の滔天の年齢を表わしている。だが、僕にはこの「三十三年」という年数が日中交流のひとつの区切りの年数になっているような気がしてならないんだ。日清戦争後、清国留学生が派遣されたりして、日本人と中国人の交流が次第に盛んになった。そして、日中間の紛争が頻発するようになったのが、済南事件のころからだ。日清戦争が終わったのが明治二十八（一八九五）年で、済南事件が昭和三（一九二八）年だから、ちょうど三十三年になる。僕は、今回の敗戦で日本人が中国から総引き揚げしても、日中友好条約でも結ばれて交流が盛んになるまで冷却期間が三十三年ぐらいは必要になるだろうと思う。そして、その時までに、お互い相手を「東洋鬼」とか「チャンコロ」というように蔑視しないようになっていれば別だが、異民族を夷狄として排撃する攘夷《じょうい》思想が両国民の深層心理になお残っている限り、友好条約締結から三十三年後ぐらいには再び日中間の紛争が頻発する時代が来るのではないかと思う。

日本は、ロシアに勝つまではロシアが中国に独占的権益を獲得しようとする野心を盛んに非難したが、日露戦争でロシアに勝ったとたん、まるでロシアが始めた事業を継続発展させようとするかのようにふるまいだした。ドイツを青島から駆逐した時もそうだ。そして、「第二の露独たるなかれ」という石橋湛山の警告を無視して惨敗したわけだが、その類推からすれば、日本の侵略主義を盛んに非難して日本に勝った中国は、今度は日本がやり残した大東亜共栄圏建設の事業をやり始めるのではないだろうか。なにしろ、日本でも中国でも思想の根本は儒教であり、儒教の理想は世界をひとつの家族のようにすることだ。つまり、大東亜共栄圏ってのは、日本を家長にして大東亜を一つの家族のようにまとめようという考えだ。「八紘一宇《はっこういちう》（八紘《あめのした》を一つの宇《いえ》となす）」とはそういう意味だ。日本でも中国でも、だれか「親分」が出てきて双方の不満を抑えつけるというのが、旧来の秩序維持のやり方だ。他人同士が対等の立場で話し合ってそれぞれ自分の利害や好みについて譲れるところを譲り、契約を結んでお互いに約束を守るという近代法的なやり方は、なかなか受け入れられない。その点、日本と中国は非常に似ているから、中国が実力をつけてきたら、大東亜共栄圏建設、言い換えれば周辺諸国を自分の子分にする事業に乗り出す可能性は高いと思う。そのとき、中国にも石橋湛山みたいな論客がいて、「第二の日本たるなかれ」と中国国民に呼びかけてほしいもんだがねえ。

世界史進展の法則

支那事変開始後、中江さんは祖国を救うため獅子《しし》奮迅《ふんじん》の努力を続けた。中江さんは、中江公館を訪れるジャーナリストや軍人を相手に、支那事変の拡大は亡国につながることを訴え、枢軸《すうじく》側の主張に仮借ない批判を加えた。中江さんは、当面の諸事件に対する自分の見解を公表はしなかったが、訪問者が自分と反対の見解を抱いていても、自分の意見を隠すことはなかった。中江さんの姿勢が北京で知れわたるようになったので、憲兵隊からもにらまれるようになり、僕はずいぶんはらはらさせられた。憲兵隊が本気で中江さんを拘《こう》引《いん》しようとしたら、僕なんかにはどうしようもない。だが、せめてファナティックな国粋主義者とかが中江さんに危害を加えそうなときには、身を挺して中江さんを守る気でいた。家族を失った僕にとって、中江さんの護衛が生きがいになった。

だが、中江さんが警鐘を鳴らし続ける間にも、日本は泥沼の支那事変から手を引こうとせず、枢軸国側へ接近し続けた。昭和十四年に独ソ不可侵条約が結ばれた時には、さしもドイツびいきの軍人たちも、ソ連に対抗して同盟を強化しようと差し出した握手の手をとって背負い投げをくらったような驚きを隠さなかった。それでドイツに不信を抱いてドイツびいきに水を差されるかと思ったら、ドイツが電撃作戦でポーランドに侵攻し、返す刀で昭和十五年にはフランスをも屈服させるに至って、一度背負い投げをくらったドイツと、もう一度同盟を結ぼうという声が湧き起こった。中江さんは、フランスがドイツに屈服し、さらにドイツがロンドンに空爆を加えるに至っても、最後はドイツが負けると予想していた。だが、松岡洋右外相のスタンドプレーで日本は必敗のドイツと軍事同盟を結んでしまう。

松岡外相は、三国同盟にソ連も加えて四国同盟で英米に対抗するつもりだったらしい。

確かにドイツとソ連の間には不可侵条約が結ばれていたし、三国同盟の交渉の時には、特使のスターマーは日ソ国交調整を仲介することを見返りとしていたらしい。まあ、中江さんの義理の兄さんが吉田茂で、父親の親友が西園寺公望だからね。三国同盟の秘密協定についても、そのぐらいの情報は中江さんにだって入ってくる。北樺太の石油利権や北洋漁業問題や、張鼓峰・ノモンハンと続いたソ満国境問題や、ソ連による蔣介石支援問題や、日本に対するソ連の赤化工作とこれに対する日本の反共姿勢やらによって、日ソ関係はこじれきっていたから、この程度の条件に松岡は飛びついたんだろう。日独伊三国同盟にソ連を加えて四国同盟に持っていくことができれば、日本はソ連からの脅威を受けずにすむから満州の兵力を支那事変解決に振り向けることができるし、アメリカの経済封鎖を受けても独ソから物資を入手可能となると計算したんだろう。だが、陸上輸送と海上輸送とを比べると、海上輸送のほうが経費が格段に安くつくんだ。同じものをヨーロッパから輸入する場合、シベリア鉄道で輸送するのと、スエズ運河を通じて船で輸送するのとでは費用に格段の差が出る。日本が貿易取引をするなら陸上国家の独ソよりも海洋国家の英米のほうが得なんだ。戦争のために多少の損は目をつぶるとしても、ドイツが信用できない国だということは一度目の背負い投げでわかっていたはずだ。ドイツは日本を同盟に引き込む方便として日ソ間仲介の口約束をしただけで、実際にはなに一つ日ソ間の仲介などしなかったばかりか、独ソ戦の開始で日独交通を遮断してしまうこともためらわなかったのさ。独ソ戦開始は、一度背負い投げをくらった相手に、もう一度握手に行って、しっかり握手した手をとられてまた背負い投げをくらったようなもんだ。

公表された三国同盟条約だけを見ても、日独伊三国の各々とソ連との間に現存する政治的状態にこの条約が影響しないことを確認している。つまり、三国条約締結以前に結ばれていた独ソ不可侵条約を踏みにじってドイツがソ連に侵攻したのは、明白に三国条約に違反している。反共を掲げた日独防共協定を結んでいる一方で独ソ提携の不可侵条約を結んだのも、防共協定違反だが、三国条約違反の独ソ開戦で二度もドイツに裏切られた日本は、せめて独ソ戦をきっかけに目を覚まして、ドイツとの同盟を解消すればよかったのだ。三国同盟を破棄したうえで中国から撤兵すればアメリカとの関係をよくすることもできただろう。そうなれば連合国側に鞍替えすることも可能だったろうが、単に撤兵して世界戦争のただなかに中立を維持するだけでも、第一次大戦の時にそうだったように、日本だけが戦争圏外に立って国力を伸ばすことができただろう。

蔣介石の重慶政府が屈服しないのに撤兵はできない？　三国干渉の時は遼東半島から撤

退したじゃないか。三国干渉の時は独仏露と戦争して勝てる見込みはなかったから？　だったら、シベリア出兵の時はどうだ。負けているわけじゃなくとも撤兵したじゃないか。シベリアを占領し続けるほうが日本にとって損だったら、撤兵するのが当たり前だろう？支那事変だって同じことだ。それでは蒋介石に負けた格好になる？　それがどうした。何度も言うが、戦争ってのは勝つためにやるんじゃない。得にならない戦争はさっさとやめるに限るのだ。「負けるが勝ち」ってことわざにもあるじゃないか。

ここが決定的な局面だったと思う。独ソ開戦の時点で三国同盟を解消していたら、まだ日米戦を避けることは可能だったろう。ところが、独ソ戦でもドイツが破竹の快進撃をしたものだから、ドイツびいきの軍人たちはドイツの裏切りなどどこ吹く風で、ソ連屈服後に日本の分け前が多くなるよう日本も対ソ参戦するべきだとかぬかすありさまだった。

中江さんは独ソ開戦をナポレオンのロシア遠征にたとえて、ヒトラーの敗北を予言していた。だが、もし、万一ナチス・ドイツが英ソに勝つようなことになったとしても、ハンガリー、ルーマニア、スロバキア、ブルガリアといった諸国の先例に見るように、同盟国に武力進駐して傀儡政権をつくってきたこれまでのドイツのやり口を見れば、ドイツの戦勝後は、連合国側に加わるよりもはるかに過酷な、日本のドイツに対する「属国化」をもたらしたであろうことは疑いない。ドイツみたいに平気で国際条約を踏みにじる国との同盟がいい結果にならないことは明白だ。三国同盟の結果、もしも日独が勝ったなら、ドイツは確実に中国内にドイツの権益を求めてきただろう。青島《チンタオ》にドイツの要塞がある間、日本はこれが日本に対する脅威だとさんざん言いふらしたじゃないか。ようやく青島からドイツを駆逐したというのに、そのドイツと同盟して、また日本ののどもとに匕首《あいくち》をつきつけられるような事態を招くなんて愚《ぐ》の骨頂《こっちょう》だ。

中江さんは、この時期、若い人々に自分の思想を伝授することに情熱を傾けていた。中江さんの東大学生時代のクラスメートの息子が、その息子も東大生になっていたのだが、昭和十六年の夏休みに中江さんの話を聞きに来た時のことだ。僕はいつものように中国人ボーイとしてお茶を出したりして中江さんと学生の会話を聞いていた。

「ドイツは必ず敗れる」

と中江さんは学生にきっぱり言った。この言葉に、学生が納得できない様子でいると、中江さんは、

「では君は、枢軸が勝って、ナチス・ドイツや日本のあのような体制が世界を蔽うに至ったら、人間のレーベン（生命）はレーゾン・デートル（存在理由）を持つと思うか？　ま

たその下で生きたいと思うか？」

と声を励まして鋭く反問した。

学生は武力の比較だけで戦争の勝敗を考えていたようだったが、人間は欲望のままに生きる動物ではなく精神を持った存在だ。人間精神の存在理由に思いをめぐらした学生が、さすがに「いいえ」と答えると、中江さんは、

「そうだろう。人間の合理的思惟《しい》に堪《た》えられないようなものが勝つことはありえない。そうだったら、歴史というものにはおよそ意味がないことになる。だから日本も同じことだ。今の方向で行って日本が仮に勝利を占めることがあったとすれば、軍の驕慢《きょうまん》や官僚の独善やらは天井知らずになり、健全で明朗な民族の生長などは絶対に望めなくなる。だから病根を抱いて不健全に膨張するよりも、負けて民族の性格を根本的に叩き直すほうがいいんだ」

とズバリと言った。

合理的精神を持つ人間ならば、自分がその下で生きたいと思えないような体制の国のために命をかけようとは思わないものだ。外国との交際においても、国としての道徳が高く、品格が秀でているのでなければ他国の尊敬を受けることもできなければ、相手に自分の主

張を尊重してもらうことも不可能だ。武力で我欲を押し通すようなことが長続きするわけがないのさ。

そして、その年の八月十五日、学生が翌日北京を離れるというので、中江さんは、その若い学生に、別れにあたって、もう少し自分の歴史観を話しておきたいとして、こう語った。

「世界史はヒューマニティーの方向に沿ってのみ進展する。ヒューマニティーを担っているもののみが世界史の真のトレーガー（担い手）たりうる。これが世界史進展の法則だ。いかに強盛を誇ろうとも、ヒューマニティーを持続発展せしめる方向をとらぬものは結局潰《つい》えざるを得ない。現在の世界的対立を見ると、ヒューマニティーを担っているのは、明らかにデモクラシー国家側であって、枢軸側ではない。だから、この世界戦争の究極の勝利は必ずデモクラシー国家のものだ。

日本も近く大戦争を惹起《じゃっき》し、そして結局は満州はおろか、台湾、朝鮮までもモギ取られる日が必ず来る。日本は有史以来の艱難《かんなん》の底に沈むだろう。こっちはその時こそ筆をもって国に報いるつもりだ」

それから四ヶ月もしないうちに、中江さんの予言通り日本は太平洋戦争に突入した。日

米開戦の報《しら》せを聞いた時、中江さんは、

「これで日本もおしまいだ。敗戦によって日本も変革されるだろう。天皇も軽く頭の上にのっけるシャッポ（帽子）のようなものになるだろう。そうすべきなんだ」

と言った。そして中江さんが学生に別れの言葉を与えた日から正確に四年後の、昭和二十年八月十五日、日本は惨憺《さんたん》たる敗戦の日を迎えることになったのだ。

　ヒューマニティーの意味かい？　ヒューマニティーってのは、ドイツ語を会話にまじえることの多い中江さんにしては珍しく英語だ。ドイツ語なら、カントの有名な『道徳《グルントレグング》・形而上学原論《ツル・メタフィジク・デル・ジッテン》』に出てくるメンシュハイトということになる。さまざまなニュアンスで語られる言葉だ。すべての人間、という意味で用いられることもあるし、人類の相似性に基づく倫理概念をも意味する。中江さんはこれらの両方の意味に用いた。

　人間は、中国人と日本人は違うし、同じ日本人でも個人によってずいぶん違う。親と子供だってずいぶん違うもんだ。だが、似ているところもずいぶんある。猿と人間が似ているよりも、日本人と中国人のほうがずっと似ていると言っていい。猿にはなくて、すべての人間に共通しているのは、人間には精神があるということだ。相手の精神、人格と言ったほうがいいかもしれないが、相手の人格を尊重するということが人間道徳の基本だ。この人間が人間として尊重するべき共通性がヒューマニティーだと言っていいだろう。

カントの言葉を引用すると、

「君自身の人格ならびに他のすべての人格に例外なく存するところの人間性を、いつでもまたいかなる場合にも同時に目的として使用し決して単なる手段として使用してはならない」

ということだ。人間を奴隷主人の手段とするような奴隷制度とか、人間を攻撃の手段として爆弾とともに突っ込ませるような特攻とかは、この道徳律に反する。カントの「汝の意思の格率が常に同時に普遍的立法の原理として妥当しうるごとく行為せよ」という道徳律は、キリストの山上の垂訓の「何事でも人びとからしてほしいと望むことは、人びとにもそのとおりにせよ」を、もう少し哲学的に展開した主張だ。他人の人間性ばかりでなく、自分の人間性も尊重しなくてはならないのだから、自分の命だからって粗末にあつかうことは許されない。自殺もこの道徳律に反することになる。

人間には、ヒューマニティーといってもメンシュハイトといってもいいが、人類全体に共通する人間性があるのであり、これを尊重することが友情の基礎なのだ。

あの学生さん、今ごろどうしているだろうか。もしも徴兵にとられて戦死したのでないなら、きっと戦後日本をヒューマニティーを発展させる方向に進めるために努力してくれることと思う。

だが、日本の一般国民が、中国での無敵日本軍の活躍と、ヨーロッパでのドイツ軍の快進撃に舞い上がっていた時に、日独の敗戦を正確に予測できた中江さんも、自分の死を予測することはできなかった。

「この軍部という奴が負けてふみにじられていやというほどゴーカンされる図を、生きて見てやる」

と激しい怒気を込めて語った彼の決意は、実現できなかった。

中江さんは、昭和十七年二月に胸部の違和感を訴えるようになった。僕は安静と病院受診を勧めたが、中江さんは厳寒の北京で日課の散歩を欠かさなかった。ついに高熱を発して寝込むようになり、三月に重症の結核と診断された。医師から「長くて二年」と宣告されたと聞かされて僕は泣いた。父・兆民は喉頭癌で医師から余命一年有半と宣告されてから、兆民思想の総決算というべき『一年有半』と『続一年有半』を残した。中江さんも、残された時間をこれまでの学習と思索の成果を残すために使おうとも思ったようだ。だが、そのレントゲンを九州大学放射線科に送ったところ、「望みあり」との返事だった。中江さんは治療せずに著作に専念するか、著作を断念して治療に専念するか悩んだが、治療を選んだ。僕も望みがあるのなら絶対に治療するべきだと進言した。住み慣れた北京を離れて日本に向かうとき、僕はこれが中江さんとの永遠の別れになるのではないかという予感を懸命に振り払って見送った。

中江さんは、福岡九大病院に入院したものの、闘病むなしく、この年八月三日、不帰の人となった。八月十四日の誕生日で満五十三歳になる直前のことだった。不思議な偶然というべきか、この八月三日、中江さんの愛犬黄《ホアン》も死んだ。昭和二年に拾った犬だから、十七年にはもうそうとうな老犬になっていた。毎日の散歩も、中江さんが帰国して僕一人での散歩に連れ出すようになってからは、とくによぼよぼした歩き方になった。その日、夕方の散歩に連れ出そうとしたら、お気に入りの居場所の木の根元で眠るように死んでいた。翌日電報が届いて、中江さんが前日死んだことがわかったのだ。遺言により中江さんの遺骨の一部は北京西郊の西山に埋められ、その墓碑銘は曹汝霖が書いた。

中江さんが戦後も生きて活動できたならば、ナポレオン支配下のドイツで「ドイツ国民に告ぐ」の講演を行なって国民の道徳的奮起をうながした哲学者フィヒテのように、米軍占領下の日本国民を勇気づけることができたかもしれない。だが、中江さんによる「筆をもっての報国」は、ついに実現しなかった。

中江さんの友人たちが集まって、遺稿を整理することになった時、僕は集まった中江さんの友人たちにだけ、自分は日本人で中江さんの学識をよく理解していることを明かした。そして、僕も遺稿の整理作業に加わった。この仕事がかろうじて僕のくじけそうな心を支えた。やがて中江さんの蔵書は京都大学人文科学研究所に寄贈され、遺稿も友人たちの間で分担して校正して出版することになった。

昭和十八年の夏、中江さんの一周忌のころには遺稿整理の仕事も一段落したが、僕は中江邸に住み続けることを許された。そして、僕は中江さんの遺志を継いで、やがて敗戦を迎えるであろう日本の復興のために努力することに自分の余生をかけようと思うようになった。

ソクラテスは、人間として「よく生きる」ためにはどうしたらいいか、ということを一生をかけて考え抜いた。人間は生きていくためには、まず食べなくてはいけない。だが、単に餌を獲得し、子を養い、風雨をしのぎ、自然災害を防ぎ、敵に対して身を守るだけならば、動物と異なるところはない。人間と動物は、精神の有無において最も明瞭に区別される。音楽家であれば、美しい音楽を奏《かな》でるのが優れた音楽家とされる。医師であれば、患者の健康を回復する技量において卓越しているのが優れた医師とされる。とすれば、人間的理性を美しく働かせることにおいて卓越しているのが、人間的に優れた人間と言われるべきであろう、というふうにソクラテスは考えを進めた。僕も、これからの人生では、家族を養ったり誰かを護衛したりするために生きるのはやめた。というよりは、それはやりたくともできないことになってしまった。僕は、自分で自分の理性を最高度に働かせることに人生の意義を見出したのだ。

昭和十八年十一月にエジプトのカイロで行なわれたルーズヴェルト、チャーチル、蔣介石の米英中首脳会談で、満州・台湾・澎湖《ほうこ》諸島を中華民国に返還させることと、朝鮮をやがて独立させる、という日本の降伏条件が提示された。おそらくこの線で、実際の戦後処理が行なわれるだろうと僕は考えた。そこで、中江さんの友人の満鉄職員に依頼して、領土縮小を前提として、戦後復興のもとになる基礎データを収集した。満鉄の進歩的分子は二次にわたる検挙でほとんど一掃されたが、満鉄調査部の資料を一時的に持ち出す程度の便宜を図ってくれる人はまだ残っていた。当面、復興の資材として重要になるのは鉄鋼と石炭だ。これらの生産を重点にして復興計画は練られなくてはならない。食糧増産も緊急課題になる。当面、食糧は日本を占領することになるアメリカに依頼して確保するしかないだろうが、自主増産のカギとなるのは、自作農創出、つまり農地改革だ。全国の小作農の数と地主所有の耕地面積を調査して、地主の所有地にどの程度の上限を設定すれば自作農として経営が成り立つ程度の土地を分配できるかの計算をした。教育改革も必要になる。これまでの専門偏重教育は改められなくてはならない。くだらない思想に若者がかぶれたり、大衆迎合の煽動政治家に衆愚が付和雷同したりすることのないようにするには、国民全体の一般教養を高めるような教育をしなくてはならない。憲法も改正するべきだ。弾丸列車の走る鉄道網を全国に広げよう。満州につくったような快適な道路網もつくろう。日本人は勝つことが好きだから、損得勘定を考えてやらなくてはならない戦争まで損得抜きで勝とうとしてしまう。戦争せずに、勝ちたい感情を満足させるためにオリンピックを日本に誘致するのもいいだろう。さまざまなアイデアが次々と湧いてきた。

僕は毎日体を鍛え、戦後の構想を練って、充実した日々を送るようになった。サイパンが陥落し、比島（フィリピン）も硫黄島も陥落すると本土空襲も頻繁になり、もはや日本の降伏も時間の問題と思った。ポツダム宣言の内容も、僕はいち早く知っていた。軍の解体が行なわれるとなると、敵前逃亡とか捕虜になったことも、もう不問になるだろう。僕は敗戦を機会に日本国籍をとり戻して帰国しようと思った。中江さんの友人たちと協力して思う存分戦後復興に尽力しよう、そんな希望に燃えて「万世のために太平を開かん」との玉音放送を拝聴した。

国籍回復は難しいかとも思ったが、士官学校で親しかった同期生が北支軍のえらいさんになっていて、僕は間違いなく辺見健一だと証明してくれた。敗戦で内地の事務もずいぶん混乱していたようだが、そいつがあちこちかけあってくれたので、一ヶ月もかからずに国籍を回復できた。これで、あとは引き揚げ船を待つだけになった。ところが、北京に国府軍が進駐してきたら、さっそく僕は逮捕されちまった。なんの容疑だ、と尋ねたら、満州で張作霖軍閥に協力して抗日ゲリラを殺害した容疑だと言う。満州事変後抗日ゲリラを名乗った匪賊は多かったようだが、僕が満州で馬賊討伐に寧日《ねいじつ》ない日々を送っていた当時、あの連中は抗日の旗なんかまるきり掲げていなかった。あれを抗日ゲリラなんてちゃんちゃらおかしいが、そもそも僕がその討伐をしたなんて、誰が知っているんだ？　それは中江さんにも、葉子にだって秘密にしていたことだ。北京にいる誰も、僕が北京に来るまでどこで何をしていたかなんて知らないはずだ。いったい誰がそんな容疑をかけたんだ、と尋ねたら、共産党の大物の劉少奇《りゅうしょうき》の通報だと言う。中江さんのところに出入りしていた共産党の関係者が撮影した写真に偶然僕が写っていて、それで僕が張作霖の軍事顧問・林健と同一人物だとわかったというのだ。

劉少奇ってのは、湖南省の出身だっていうだろう？　生まれたのも義和団事件より前のことだっていうし、あり得ないことだとは思うんだが、僕には、ひょっとして劉少奇は、あの僕が殺した劉志明の息子なんじゃないだろうかと思えてならないんだ。僕によほどの恨みを持って、僕が林健を名乗っていたころの写真を手に入れて、徹底的に頭に入れていたのでないと、一度も会ったことのない人物を、写真を一目見ただけで同一人物と判定することはできないと思う。共産党の指導者なんて、素性を隠している人間が多いというしね。もし、劉少奇が母さんと劉志明の間に生まれた僕の弟なんだとしたら、僕は死刑にされてもあきらめがつくような気がする。

まあ、そんなわけで僕はここに収容されて、そのあと君が入れられて同房になったというわけさ。今のところかろうじて国共合作が維持されているが、どうせ内戦激化は必至だ。僕の希望は、内戦がもっと激しくなって、共産党の通報による被疑者を国民政府が全員釈放してくれることだがねえ。

処刑

これで辺見健一の長い物語は終わった。

私が収監されたのは二月初めのことだったが、もう四月になり、獄舎の窓の隙間からは北京の春の風物詩の黄砂が入り込むようになっていた。

そんなある日、辺見は突然裁判に呼び出され、死刑判決を受けて帰ってきた。国共内戦激化で釈放されるのでは、という期待は、間に合わなかった。死刑の判決があると、足に鉄の鎖をつけられ、歩くとジャラジャラと重い金属音をたてるようになる。帰房後、彼はあきらめたように笑って、

「僕のほうが先に行くことになったなあ。君に例のダイヤの隠し場所を教えるって言ってたね」

と言った。

それからやおら便所に立った。房内には窓に向かって左側に洗面台があり、右下に便所が切ってあった。コンクリートの便所の真ん中に赤ん坊の頭が入るか入らないかぐらいの

幅で長方形の穴が切ってあり、その下に外から出し入れできる桶が置いてある。これに糞尿を排泄すると、休日を除く毎朝、当番の囚人が掃除をする仕組みになっている。普段は上に木製の合わせ蓋がかぶさっていて、排泄するときはその蓋を開けてするのだ。衝立《ついたて》があって、しゃがむと尻は見えなくなるが、頭は見えたままである。辺見はその便所に向こう向きに立って、蓋も開けず、小便もせずになにかもぞもぞやっている。

しばらくして手を洗って手拭いで手を拭いてなにか差し出した。いつかの話では「小粒」ということだったが、私にとっては生まれて初めて見る大粒のダイヤだった。辺見は自分の一物の包皮にダイヤを埋め込んでいたのだ。辺見は一日に一度の散歩のときにガラス片を拾って、ヒマを見て洗面台のコンクリートで鋭利に研《と》いでいた。なにか脱獄に使うつもりかと思って何も聞かずにいたが、いよいよというときにダイヤを取り出すために使ったのだ。

「ハハ、よくヤクザが女を喜ばせるためにここに真珠を埋め込むっていうだろ？　僕はあのころ酒と女におぼれる毎日だったからねえ。ダイヤの隠し場所をあれこれ考えて、ここに入れることにしたのさ。君、このダイヤをあげるから、なんとか僕の話を日本で出版してくれないか？　僕の話はきっと戦後復興に役に立つはずだ」

私は変なところから取り出されたダイヤをしげしげと眺めた。すでに洗ってあるし、長年包皮に隠されていたとは思えない輝きだった。辺見はしばらく手拭いであそこを押さえていたが、傷が小さいので出血は間もなく止まった。

私は、監獄で暮らしている間に、散歩の時や清掃作業の時に他の囚人と情報交換して、中国の裁判は賄賂《わいろ》で左右されると聞いていたから、辺見に贈賄《ぞうわい》を勧めた。

「辺見さん、これをなんとかして見つからないよう裁判官に渡せば助かるんじゃないですか」

「それは僕だって考えたよ。裁判官、検察官、拘留所長、その他の係官まで、全員が金を欲しがっており、今が絶好のかせぎどきだと心得ていることは間違いない。だが、彼らは、それぞれ裁判で金もうけをねらっていて、互いに相手の収賄を牽制しているんだ。収賄の方法は巧妙を極め、さすが賄賂にかけては古い歴史を持っている国柄というところだ。うかつに贈賄すると、そのせいで贈賄罪がつけ加えられて処刑が早まった例もある。贈賄はよほど慎重に動かないといけないと思って、機会を見ているうちにこうなっちまったのさ」

「わかりました。なんとかしてこの手記を日本に持ち帰って、中江さんのお兄さんの吉田外相にでも読んでいただくことにします。ダイヤは私個人のためにではなく、戦後復興に役立てていただきます」

私は辺見にそう約束した。

「もう一つ、頼まれてくれるかい？　僕が死んだら、弔いの時に、一つ歌を歌ってほしいんだ。『ふるさと』って唱歌があるだろう。信子が小学校で覚えてきて、僕らも一緒に歌わせられた。最初に歌った時、葉子は泣いてしまって歌い続けられなかった。お母さんはおうちに帰りたいけど帰れない、それがつらくて泣いているんだということが信子にもなんとなくわかったようだった。それで歌いやめようとしたんだが、葉子のほうが聞きたがった。かわいらしい声で信子が歌うのを聞いて葉子はさめざめと泣いた。信子は学校で日本は世界で一番いい国だと教わっていた。それで、自分でも日本に行ってみたいと思ったんだろう。大きくなったらきっとお母さんを日本に連れて行ってあげると言った。それから何度も一家でこの歌を歌った。ときどきは中江さんも合唱に加わった。僕の思い出の歌なんだ」

「わかりました。必ず歌います」

翌朝、辺見は刑場に引かれていくことになった。房を出るなり、いきなり看守に両手を後ろ手に縛り上げられ、首からサンドイッチマンが下げているような胸と背中に垂らすようになっている木製の看板を下げられた。看板には「この者は抗日愛国の烈士を多数殺戮し、中国人の怨恨《えんこん》尽くるところがないので、本日死刑に処す」という意味のことが中国語で書いてある。そしてトラックの上に立たされる。前後には銃剣をつけた兵士が二十人も同乗して取り囲んでいる。私ともう一人の日本人囚人が死体世話人として同行することになり、トラックの後方をついていく自動車に乗せられた。

車列はのろのろと前門《チェンメン》の死刑場に行く。沿道の中国人の目にさらしものにするのである。中国人はこの判決文を読んで憤慨して盛んに罵声《ばせい》を浴びせかける。石を投げる。縛り上げられた辺見は銃剣で支えられて、石を避けることも体を動かすこともできない。体は看板で隠れているが、頭はむき出しなので、見る見るうちに顔中血だらけになり、目は黒く腫れ上がって、唇は切れ、血は流れる。私は戦慄《せんりつ》した。顔をそむけて目を閉じたものの、辺見が悲鳴をこらえようとしても漏らすくぐもった声と、石が看板や頭に当たる音は、中国人のあげる罵声を縫って聞こえてくる。

私は、この時、罪人を石で打ち殺す古代の刑罰のことを思い出した。キリストはその刑罰の現場に居合わせた時、「汝《なんじ》らのうち、罪なき者、まず石を投ずべし」と言った。キリストの言葉を聞いて、なお石を投げる者はなかったと『聖書』は伝えている。いったい、この群衆のうちに、神の前に、自分はこの辺見健一を石で打つ資格があると言える者がいるだろうか。『聖書』の教えるところでは、「知恵の木の実」を食べた時、人間は恥と罪を知った。恥と罪を知らないうちは、いかに悪賢い知恵があっても動物と同じだ。孟子も「惻隠《そくいん》の心（かわいそうに思う心）なきは人に非《あら》ざるなり」「羞悪《しゅうお》の心（悪いことを恥じたり憎んだりする心）なきは人に非ざるなり」「是非の心（善を善、悪を悪と判断する心）なきは人に非ざるなり」と言っている。今、辺見に石を投げつける群衆は、自分たちが一人の高潔な人格に石を投げつけたことも、明日の朝にはけろりと忘れているだろう。彼らは人肉を食べてもけろりとしている虎と同じなのだ。だが、この辺見健一は、自分の最も親しい人たちを殺した盗賊の頭目を、自らの手で殺害したことに悶え苦しんだのだ。そして、そのことを罪に問われるならば、あきらめがつくとまで言ったのだ。その辺見に、間もなく処刑される辺見に、なお石を投げ続ける群衆こそ、神の前に罪ありと宣告されるべきではないか。

私の心のなかでは、冤罪《えんざい》を書き記した看板を背負って、雨あられと浴びせられる投石に耐える辺見の姿が、十字架を背負ってゴルゴタの丘に歩んでいくキリストに重なった。この仕打ちに対し、辺見は、キリストのごとく「父よ、彼らをお許しください。彼らは何をしているのか、わからずにいるのです」と言うであろうか。

蒋介石主席の以徳報怨《いとくほうえん》演説は、いったいなんだったのだ！　立派な布告を出したところで、蒋主席の大きな写真額を掲げた法廷で実際にやっていることは清朝時代の貪官汚吏《どんかんおり》と同じではないか。こんなことを続けていては、歴史は、「報復は報復を呼び、永遠に終わることはない」との蒋主席の言葉を実証するに違いない。

四十分ぐらいかかって、トラックはようやく前門《チェンメン》の死刑場に着いた。私はもう息も絶え絶えの辺見を抱きかかえ、耳元で、

「辺見さん、しっかりしてくれ！」

と言った。辺見は目を開けようとしたが、まぶたが腫れ上がってもう開かなかった。かすかに唇が動いて、

「ありがとう、君が帰国できたら日本の皆さんによろしく」

と切れ切れに言った。

死刑場といっても、土の上に筵《アンペラ》を敷いただけだ。辺見はその上に坐らせられる。兵隊が無造作に襟首《えりくび》のところに拳銃を押しつけて、パンパンパンと三、四発射ち込んだ。辺見は

前にうつぶせに倒れた。これで処刑完了だ。私ともう一人の囚人とで死体を持って帰らなくてはならないのだが、トラックはどこかに行ってしまっていて、戸板一枚準備があるわけでもない。筵《アンペラ》のなかに辺見の死体を包んで二人でかつぐのだが、大男の辺見の死体は実に重い。それにぐったりしているから、かつぎにくいことおびただしい。私たちを監視している兵隊たちはなんの手伝いをするでなく、銃剣でつつくようにして追い立てるだけだ。しまいには死体の両脇を二人で支えて死体の足を引きずる格好で運ぶようになった。汗びっしょりになって、一里（四キロ）ほどの道のりを三時間ぐらいかかって監獄の裏庭までかつぎ込んだ。ここでほかの日本人囚人も集まって、薪《まき》を拾い、死骸を焼いた。なんとも言えない屍臭が付近に充満する。五時間ぐらいかかって、ようやく焼け終わると、骨を拾って箱に入れて、みんなで通夜をした。日本の戦後復興になくてはならない頭脳がひとつ失われたことをしみじみと惜しみつつ、私は辺見の冥福《めいふく》を祈った。

私は「ふるさと」を歌った。

うさぎ追いし　かの山
小鮒《こぶな》釣りし　かの川

夢は今もめぐりて
忘れがたき　ふるさと

私が不意に歌い出すと、最初、みんなはあっけにとられたようだったが、すぐにみんなも歌い出して、その場にいた数十人の日本人囚人全員の大合唱になった。

いかにいます　父母
つつがなしや　ともがき
雨に風につけても
思い出づる　ふるさと

今、中国の戦犯収容所でこの歌を歌っているそれぞれの囚人たちは、日本を離れて幾年になるのだろうか？　いったいこのなかの幾人が生きて再び故郷の土を踏むことができるだろうか？　その胸中に去来する思いはいかばかりだったろうか？　武骨な男たちが涙を流しながら歌った。

こころざしを　果たして
いつの日にか　帰らん
山はあおき　ふるさと
水は清き　ふるさと

今は日本は焼け野原かも知れないが、もし妻子の待つ日本に帰国できたなら、遠く離れた満州なんかに理想国家を建設するなんてつまらないことには二度と手を出さず、いつか本当に日本を世界で一番いい国にしようと私は心に誓った。

私が付き添ったのは辺見の死刑だけだったが、その後も一週間に一人ぐらいずつ死刑があった。付添い人になったこの時の経験は、私を恐怖のどん底に突き落とした。散歩の時にはほかの囚人たちと話をする機会があるので、いろいろ話を聞いても、本当に中国人を虐待した覚えのある人はいない。自分で身に覚えのある日本人は、終戦直後にどんな大金を積んででも日本に密航帰国してしまったのだ。ひどいやつになると、憲兵隊で中国人を拷問死させた事件で、被害者の妻が警察に訴えたのを知って、部下に自白してくれと泣きついた。自白してくれれば必ず助け出すというので、自分が犯人でないことは事実だし、自白したあとでも本当のことを裁判官に話せばわかってもらえるつもりで、その部下は上官の頼みを断りきれずに自首したところ、上官は救出活動などまったくせずにさっさと帰国したそうだ。それを知ってさすがにだまされたと気づいて上官の名前を言ったが、中国の裁判所は日本側に本当の責任者を差し出すよう要求することもなく、その部下を処刑したた。要するに日本人に対する中国民衆の報復感情を満足させることができればそれでいいのであり、処刑されるのが日本人でありさえすれば、犯罪にかかわったかどうかはどうでもいいことなのだ。

上官は部下を捨て、同僚は同僚を売る。今監獄にいるのは、ほとんど下士官以下の小物ばかりだ。命令を下した上官は真っ先に逃げ出して、自分が捕まるはずはないと思っていた日本人が逃げ遅れて処刑されているのだ。今度戦争があったら、いくらあそこを攻撃しろなどと命令されても、戦犯にしないという一札を中隊長からとらなければ従う兵隊はいないだろう。戦争に負けた時には命令を発した人間が責任をとり、決して部下を置き去りにして上官が逃げ出すことはないというのでなければ、もう戦争はできないだろう。辺見が言っていたが、日本の兵隊も、上官の命令だからといってなんでも言うことを聞くのではなく、自分で善悪を判断して国際法規に違反した命令は断固拒否するぐらいにならないといけないだろう。戦争に勝った時には殊勲甲の勲章をもらう連中が、負けた時には一番の罰を受けるべきではないか。とにかく、偉い奴は逃げ帰り、雑魚《ざこ》だけが後始末に残されるなんてまっぴらだ。

国民党支配の新中国に期待した私も、中国の裁判がいかにいい加減なものか思い知らされた。私もいつ死刑が宣告されて、辺見のような目にあうかもしれないと思うと、毎日が恐ろしくなった。

そして、辺見の死刑から三、四週間ほどたったころ、私にも呼び出しが来た。死刑になるのだと思った。判決のあと処刑までは何日か間をおくことが多いが、そのまま死刑執行になるかもしれない。房内にダイヤを残していくのは癪《しゃく》だから、口に入れて舌の裏側に隠して外に出た。いよいよ死刑と決まったら飲み込んで、自分の死体といっしょにダイヤも焼かれてしまうようにする気だった。

ほんの数回おざなりな取り調べをした検事の前に連れて行かれた。中国では検事も判事も同一人が兼ねるのかと思ったが、検事は兵隊に私の縄を解かせて、検事総長の部屋に導いた。検事総長は、黒地に金のモールをつけた法服に、法官帽をいかめしくかぶったまま、

「藤堂隼人の刑を免除し、無罪釈放する。被告の犯した中国侵害の罪は許しがたいが、被告は戦時中、中国農民をよく愛撫し、中国人民のために尽くしたる功績により、中国刑法は寛大なる特例をもって、被告藤堂隼人を無罪とするものである。右宣告する」

という意味の宣告を言い渡した。

私は信じられなかった。検事総長は、私の不審をわかったらしく、

「藤堂、お前には中国によい友があって幸いだった。みんなでお前の助命嘆願書を出したばかりでなく、昨夜から嘆願のためにここに集まっている。会ってよく礼を言うとよい」

とつけ加えた。私が呆然としていると、わきに立っていた担当検事が、

「さあ、みんなが待っている。早くみんなのところに行け」

とうながした。ダイヤを口に入れている私はモゴモゴというような声を出して何度もお辞儀をして検事総長室を出た。

階段を降り、中庭を突っ切って、客庁《カーティン》（来客を引見する場所）の前に行くと、二十人ほどの中国人が出てきて、

「藤堂先生《テンタンシェンション》、助かってよかった」

と言いながらぞろぞろと私を取り囲んだ。みんな、私が華北各地で食糧増産の指導をし、

軍部の強制集荷から身を挺して守ってやった農民たちだ。私が戦犯として逮捕されたことを知って、助命運動に立ち上がってくれたのだという。へたに日本人をかばうと自分まで漢奸の嫌疑を受けるかもしれない状況のなかで、私の助命運動をしてくれるとは……ダイヤを口に入れているためばかりでなく、感激のあまり私は言葉が出なかった。突然涙が滂《ぼう》沱《だ》として流れ出した。厳しい運命にさらされた人間は、残酷さに耐えることはできても優しさに耐えることはできないものなのだ。私はひたすら頭を下げるばかりだった。

間もなく私は天津から引き揚げ船に乗った。引き揚げ者が内地に持ち帰ることができる金は一人千円と制限されている。中国内で書き記した手記も国外持ち出し禁止である。

ダイヤはどうしようかと考えたが、林永江が第一ボタンに隠したという辺見の話を思い出して、なんとかボタンに細工して隠した。ノートは二つ折りにして辺見の骨を納めた骨壺に押し込んだ。まさか骨壺までは開けてみないだろうと思ったのだが、実際は開けられた。だが、一度骨を出してノートを壺の内周にはりつけるように押し込んで、また骨を戻して、ちょっと開けただけではノートが見えないようにしておいた。係官はじっくり見ようとはしなかったので、検査を通過した。これならダイヤも骨壺に隠せばよかったと思ったが、二つのうち一つが見つかっても、ほかの一つだけは持ち帰ろうと、隠し場所を別にしたのだ。ところが、ダイヤを仕込んだボタンのほうは乗船の時の人ごみで揉まれるうちにちぎれてしまった。ボタンがちぎれているのに気がついたのは乗船したあとで、もう戻るわけにはいかなかった。落ちているボタンにダイヤが隠されているのに気づいた人はいないだろう。たぶん、あのままボタンはダイヤとともに、万古《ばんこ》の昔から堆積し続けた黄土が形づくる中国の大地のなかに消えてしまったことだろう。

その日も、「黄塵万丈《こうじんばんじょう》」と呼ばれる気象現象が、果てしない中国の天地を覆っていた。地上にはなんら嵐の気配もないのに、上空のある層が、密集した黄砂が浮遊した黄塵に覆われ、このため天空全体が黄ばんだ霧に包まれているようになるのだ。太陽はかろうじて識別できる円盤のように空中に浮かび、それが天津の港に幻想的な雰囲気をかもし出していた。私は黄塵《こうじん》の彼方《かなた》にかすんでいく天津の港をながめて、これで帰国できるのだという実感にひたっていた。

【主要参考文献】

ジョシュア・A・フォーゲル／阪谷芳直訳『中江丑吉と中国』（岩波書店）
伊藤桂一『兵隊たちの陸軍史』（新潮文庫）
伊藤武雄『満鉄に生きて』（勁草書房）
横山宏章『陳独秀』（朝日新聞社）
横山宏章『中華民国史』（三一書房）
黄仁宇／北村稔他訳『蔣介石』（東方書店）
菊地章太『義和団事件風雲録――ペリオの見た北京』（大修館書店）
宮崎市定『科挙史』（平凡社東洋文庫）
今村均『私記・一軍人六十年の哀歓』（芙蓉書房）
佐藤亮一『北京収容所』（河出書房新社）
阪谷芳直他編『中江丑吉の人間像』（風媒社）
阪谷芳直編『中江丑吉という人』（大和書房）
三浦由太『町医者が書いた哲学の本』（丸善プラネット）
三浦由太『日中戦争とはなにか』（熊谷印刷出版部）
三浦由雄『鈍牛のつぶやき』（非売品）

山中峯太郎『実録　アジアの曙』（文藝春秋新社）
山本七平『私の中の日本軍』全二冊（文春文庫）
山本七平『一下級将校の見た帝国陸軍』（文春文庫）
児島襄『日中戦争』全五冊（文春文庫）
児島襄『満州帝国』全三冊（文春文庫）
鹿錫俊『中国国民政府の対日政策1931―1933』（東京大学出版会）
若槻泰雄『戦後引揚げの記録』（時事通信社）
秋永芳郎『満州国』（光人社）
小俣行男『侵掠――中国戦線従軍記者の証言』（現代史出版会）
松岡洋右伝記刊行会編『松岡洋右―その人と生涯』（講談社）
森繁久弥『森繁自伝』（中公文庫）
成田乾一・千枝『動乱を驢馬に乗って』（非売品）
清沢洌『現代日本文明史（第三巻）外交史』（東洋経済新報社出版部）
大山梓編『北京籠城』（東洋文庫）
檀一雄『夕日と拳銃』（新潮社）
張戎、ジョン・ハリディ／土屋京子訳『マオ　誰も知らなかった毛沢東』全二巻（講談社）

塚本誠『ある情報将校の記録』（中公文庫）
田中彰『小国主義』（岩波新書）
渡辺龍策『馬賊』（中公新書）
渡辺龍策『大陸浪人』（徳間文庫）
島田俊彦『関東軍』（中公新書）
内海愛子『日本軍の捕虜政策』（青木書店）
福沢諭吉『文明論之概略』（岩波文庫）
福沢諭吉『学問のすゝめ』（岩波文庫）
文藝春秋編『されど、わが「満洲」』（文藝春秋）
木村政彦『わが柔道』（ベースボール・マガジン社）
林語堂／佐藤亮一訳『北京好日』全二巻（芙蓉書房）
鈴江言一『孫文伝』（岩波書店）
帚木蓬生『蠅の帝国』（新潮社）
澁谷由里『馬賊で見る「満洲」』（講談社選書メチエ）

【主要参照文献】

石橋湛山『石橋湛山全集』全十五巻（東洋経済新報社）
稲葉正夫他編『現代史資料11　続・満洲事変』（みすず書房）
岩波書店編集部編『近代日本総合年表　第四版』（岩波書店）
加茂茂編『近衛騎兵連隊の栄光』（非売品）
小林龍夫他解説『現代史資料7　満洲事変』（みすず書房）
斎藤毅『中学地理の精解と資料』（文英堂）
島田鈞一『論語全解』（有精堂出版）
島田俊彦解説『現代史資料8・9・10・12・13　日中戦争1～5』（みすず書房）
藤堂明保『チャート式漢文』（数研出版）
中江丑吉『中國古代政治思想』（岩波書店）
秦郁彦編『日本官僚制総合事典』（東京大学出版会）
同『日本近現代人物履歴事典』（東京大学出版会）
同『日本陸海軍総合事典（第2版）』（東京大学出版会）

著者プロフィール
三浦 由太（みうら ゆうた）
1955年　岩手県水沢市生まれ
1982年　山形大学医学部卒
1989年　整形外科専門医
1993年　医学博士
1994年　開業

著書　2009年『町医者が書いた哲学の本』（丸善プラネット）
　　　2010年『日中戦争とはなにか』（熊谷印刷出版部）

黄塵の彼方

2014年5月15日　初版第1刷発行

著　者　三浦 由太
発行者　瓜谷 綱延
発行所　株式会社文芸社
〒160-0022　東京都新宿区新宿1－10－1
電話　03-5369-3060（編集）
03-5369-2299（販売）

印刷所　広研印刷株式会社

ISBN978-4-286-15009-3　JASRAC 出1401244－401